古典詩歌研究彙刊

第十輯

龔鵬程 主編

第 20 冊

施瓊芳詩歌研究

余 育 婷 著

國家圖書館出版品預行編目資料

施瓊芳詩歌研究／余育婷 著 — 初版 — 新北市：花木蘭文化
出版社，2011〔民 100〕
目 4+210 面；17×24 公分
（古典詩歌研究彙刊 第十輯；第 20 冊）
ISBN 978-986-254-593-5（精裝）
1.（清）施瓊芳 2. 清代詩 3. 詩評
820.91 100015362

ISBN-978-986-254-593-5

9 789862 545935

古典詩歌研究彙刊
第十輯 第二十冊 ISBN：978-986-254-593-5

施瓊芳詩歌研究

作 者 余育婷
主 編 龔鵬程
總 編 輯 杜潔祥
出 版 花木蘭文化出版社
發 行 所 花木蘭文化出版社
發 行 人 高小娟
聯絡地址 新北市永和區中正路五九五號七樓
電話：02-2923-1455／傳真：02-2923-1452
網 址 http://www.huamulan.tw 信箱 sut81518@gmail.com
印 刷 普羅文化出版廣告事業
初 版 2011 年 9 月
定 價 第十輯 20 冊（精裝）新台幣 28,000 元

施瓊芳詩歌研究

余育婷 著

作者簡介

余育婷，1979 年生，臺灣臺北人。私立東吳大學中國文學碩士，國立政治大學中國文學博士。研究領域為臺灣古典文學，著有《施瓊芳詩歌研究》（碩士論文）、《想像的系譜——清代臺灣古典詩歌知識論的建構》（博士論文）。目前研究方向繼續往臺灣文學邁進，除致力探討「詩歌」在臺灣文學中的位置，還將努力耕耘日治時期的臺灣文學發展。

提　　要

　　施瓊芳（1815～1868）出生嘉慶末年，是清代臺南的第一位進士，也是道咸時期臺灣本土文人的代表。瓊芳處於本土文人崛起的初始階段，曾輔佐臺灣道徐宗幹在海東書院推動教學改革，提倡詩文之學，鼓勵學生創作臺灣風物的詩篇；而其五百二十三首詩作中，也有許多反映臺灣民俗及社會現實的內容，頗能代表道咸時期本土文人對臺灣的關懷。本論文以「施瓊芳詩歌」為研究對象，從微觀的角度看施瓊芳其人其詩，對其生平、創作背景、詩歌內容與藝術手法加以探討。從中，能看到受儒家文學觀與恬退性格影響所造就出來的詩人面貌，是一方正自持的儒生，既不追逐名利，也沒有任何風流事蹟。所謂「平生不二色」的美名，對照其擔任海東書院山長期間，對臺灣士子的諄諄教誨，以及孜孜矻矻、精益求精的治學態度，人品與學識可謂相得益彰。正因瓊芳學識淵博又勤於創作，故其詩歌面貌豐富，共有風土、題畫、詠史、詠懷、酬贈、試帖、社會寫實、詠物、閨情等主題，提供後人一窺瓊芳及道咸時期臺灣本土文人的視域何在。瓊芳作詩工於用典，遣字典雅，故其詩風以清純雅正為主，這在瓊芳詩裡可謂一覽無遺，亦是瓊芳詩歌美學的特色所在。

目

次

第一章　緒　論

第一節　研究動機

　　施瓊芳（1815～1868）出生嘉慶末年，乃道咸時期臺灣重要本土
文人。早年曾在引心書院讀書，後入古文學家周凱（1779～1837）門
下，其能成爲臺南第一進士，是乾嘉時期宦遊文人推廣文教的成果。
清代中葉，隨著臺灣經濟的開發，文學與教育也快步成長，道咸時期，
是清代臺灣文風轉變的關鍵歲月，在此之前，臺灣文風不盛，文學作
品多由宦遊文人撰述，其詩歌內容主在「勵風俗」，且是以一種優越
的、外來的視角來紀錄臺灣的山川草木、民情物象，缺乏對臺灣的認
同與關懷。〔註1〕及至道咸年間，隨著臺灣本土意識的覺醒，本土文
人也逐漸崛起，開始主導著臺灣古典文學的走向，不讓大陸來臺的遊
宦文人專美於前。就文學發展而言，臺灣文人的詩作，一方面繼承「勵
風俗」的傳統，一方面也因「文字獄」鬆綁，開始反映臺灣社會現象；
〔註2〕本土文人以臺灣人的眼光，來看待臺灣社會，正式爲臺灣文學

〔註1〕　參閱施懿琳《從沈光文到賴和——臺灣古典文學的發展與特色》（高
　　　　雄：春暉出版社，2000年6月），頁3；江寶釵《臺灣古典詩面面觀》
　　　　（臺北：巨流圖書公司，1999年12月），頁23～27。
〔註2〕　施懿琳《清代臺灣詩所反映的漢人社會》（臺灣師範大學國文所博士

粲下根基。

　　瓊芳處於本土文人崛起的初始階段，曾輔佐臺灣道徐宗幹（1796～1866）在海東書院推動教學改革，提倡詩文之學，鼓勵學生創作臺灣風物的詩篇；而其詩作也有許多反映臺灣民俗及社會現實的內容，頗能代表道咸時期臺灣文人的本土關懷。瓊芳出身本土科舉社群，難得的是他在中進士後，未就官職便乞養回臺，將畢生精力都貢獻於臺灣教育上，培育許多人才，此舉使得他在清代臺灣教育發展史上，留下難以磨滅的功績。

　　然而，可惜的是瓊芳生前著作盈篋，但皆未付梓，雖後有金門舉人林豪整理校點其詩文全集，擬為刊行，但因遭逢乙未割臺之亂，稿多散佚，致其盛名亦被埋沒。今僅存之詩文集《石蘭山館遺稿》，乃黃典權先生自瓊芳後裔處得之，並為之抄錄、標點，釐為二十二卷，刊於《臺南文化》第八卷第一期，1992 年再由臺北龍文出版社將遺稿收在《臺灣先賢詩文集彙刊》叢書中，先哲遺著才得以面世。〔註3〕而目前施懿琳主編之《全臺詩》出版，也收錄了施瓊芳的現存詩作，對未來研究臺灣古典文學者，實有相當助益。

　　瓊芳為道咸時期的臺灣著名詩人，其詩歌題材眾多，有風土、題畫、詠史、詠懷、詠物、試帖、社會寫實及閨情等，雖並非篇篇皆為佳作，但優秀作品確實不少。然而，或許是因瓊芳詩文久佚，故日治以後的臺灣文人，甚少讀過瓊芳之詩，自然也無從評論。臺南的文史學家連橫（1878～1936），早聞瓊芳詩名之盛，其在《臺灣詩乘》中提及瓊芳品學俱佳，為里黨所稱，對未見其詩頗感遺憾。有趣的是，連橫確實見過瓊芳之〈地瓜〉詩，還稱其為少見佳搆，並收錄於《臺灣詩乘》中，只是當時連橫誤以為是施士升所作，不知此乃瓊芳之詩。〔註4〕從這段插曲，可知瓊芳之詩的確名不虛傳。

論文，1991 年 5 月），頁 21～22。
〔註3〕《石蘭山館遺稿・板本說明》（臺北：龍文出版社，1992 年 3 月）。
〔註4〕連橫《臺灣詩乘》：「昔徐樹人觀察曾以〈地瓜行〉校士，作者雖

　　不過，綜觀前人對施瓊芳的研究，幾乎都放在瓊芳與其次子士洁二人的生平，對父子雙進士的殊榮特別著重，而對其詩作則多以大略介紹爲主，並無深入探討。僅有吳毓琪〈臺南詩人施瓊芳作品中的臺灣社會面相〉〔註5〕一文，單獨論析瓊芳社會詩及部分風土詩的內容與價值，除此之外，並無其他研究者對瓊芳詩歌的內容、特色、價值等有詳盡的論述。道咸時期，是清代臺灣本土文人很重要的一個崛起與發展的階段，瓊芳詩共五百二十三首，不僅標示了個人的才學卓越，更是當時重要代表詩人，故值得後人深入論析。探討瓊芳詩作，瞭解的不僅只在於其個人而已，還有因其個人視域所透顯出來的時代風潮與文學現象。因此本論文以「施瓊芳詩歌」爲研究對象，對其生平、創作背景、詩歌內容與藝術手法加以探討，盼能深入瞭解其人其詩在臺灣社會史、臺灣文學史中的地位與價值。

第二節　研究範圍與方法

　　本文以施瓊芳《石蘭山館遺稿》所收錄之詩歌爲研究範圍，並藉由瓊芳之生平及所處的時代環境，以明其詩歌的創作背景與內涵。至於本文所運用的研究方法，主要仍以文本細讀研究爲重。既是細讀文本，則文本的選擇便非常重要。首先，蒐集施瓊芳《石蘭山館遺稿》的各種版本，並一一加以比對，找出最佳文本以供研究。目前《石蘭山館遺稿》的版本不多，而以龍文出版社所影印之清抄本《石蘭山館遺稿》爲最佳，其他的排印本如《全臺詩》第五冊皆是以此抄本爲底本。但清抄本既爲手抄，則難免有誤，故仍須相互比對參照，以求完整正確。

　　　多，而少佳搆。唯臺邑施茂才士升一首較好。蓋此題既非典雅，
　　　未易藻飾，然可作臺灣故實也。」連橫所列之詩，與《石蘭山館
　　　遺稿》所載稍有不同，而後者較前者爲佳，此應是瓊芳在日後整
　　　理詩稿時，自行修正之故。（南投：臺灣省文獻委員會，1960 年 1
　　　月），頁 141。
〔註5〕吳毓琪〈臺南詩人施瓊芳作品中的台灣社會面向〉（《文學台灣》第
　　　36 期，2000 年 10 月）

其次，便是詳細閱讀並深入論析文本。論析瓊芳詩歌，是本文研究的重點，然瓊芳之詩喜用典故，遣詞造字也典雅不俗，必須詳加閱讀並作適當註解，方能瞭解詩歌的義蘊所在。文本的細緻解讀，固然有助於認識瓊芳詩歌的妙處何在，但瓊芳是道咸時期的臺灣本土文人，如要進一步瞭解其人其詩在臺灣歷史與文學中的定位，就不得不蒐羅清代臺灣的社會經濟、文學思潮、教育發展等背景資料，如此方能有全面的瞭解。此外，再參閱其他臺灣古典文學的研究成果，從各個研究者剖析問題的角度及所提出的看法、理論，仔細思考後應用在本論文上，希望能拓寬研究的廣度，加深論文的深度。

第三節　文獻檢討與撰寫程序

一、文獻檢討

目前有關施瓊芳的重要文獻及期刊論文，僅見於下列數篇：

（一）黃典權〈石蘭山館遺稿〉

此文收錄於《臺南文化》第六卷第一期，內容包含序文、遺稿識略、作者先世與生平、遺稿所見作者之風格、遺稿之鄉土文獻價值等。黃典權是出版《石蘭山館遺稿》的最大功臣，本於史學家的學養，對施瓊芳的生平與詩文價值，有相當中肯的說明與評價。

（二）盧嘉興〈開臺唯一父子進士施瓊芳與施士洁〉

此文原收於《臺灣研究彙集》第一卷中，因盧嘉興撰寫許多清代臺灣文人的生平事蹟，故臺南市立藝術中心出版其部分作品，編為《臺灣古典文學作家論集》三冊，對瞭解臺灣古典文學作家頗有助益。盧嘉興蒐集資料十分翔實，此文與黃典權之文可收互補之效。

（三）蛻萫老人《大屯山房譚薈》

此書見於《臺北文獻》1～4 期合刊本及由邱秀堂編撰的《鯤海粹編》。蛻萫老人，不知何許人也，由於《大屯山房譚薈》提到 1895 年

割臺後的文學現象，故推測爲同光以後的文人。是書記載許多清中葉臺灣的軼聞，自有其史料價值，如記瓊芳於咸豐四年出任海東書院山長，還有瓊芳之教學主張、人生觀、自輓聯等等，都是他處所沒有的資料。只不過此書是蛻萚老人記錄自己的所見所聞，資料難免有誤，如瓊芳出身富家，但書中卻云其家貧，自小刻苦讀書等；與事實不合。

（四）王國璠〈東寧才子施瓊芳〉

此文收在王國璠、邱勝安合著之《三百年來臺灣作家與作品》中，文中介紹瓊芳生平的資料，多參考黃典權之序文；惟文末論及瓊芳詩文之特色，頗具見地。

（五）謝碧連〈府城臺南父子雙進士──施瓊芳、施士洁〉

此文收在《臺南文化》新五十三期，作者除參閱現有資料外，還親自走訪瓊芳後裔，並勘查瓊芳之墓碑，有許多第一手資料，很值得參考。

（六）王甘菊〈臺南米街父子進士〉

此文收在《聯合報》，1992 年 12 月 28 日 17 版，是王甘菊採訪瓊芳後人施燦基、施燦森兄弟，此文內容是「根據族譜的記載及老一輩傳下來的說法」，因此文中固然有他處所無的資料，但某些內容並不可靠，如「老進士不喜宗親滋事，自然也不理會事端，……宗親怪老進士沒膽量，憤稱其爲「女進士」，轉找小進士代爲撐腰。」老進士指施瓊芳，小進士即其子施士洁，但施瓊芳逝世之時，施士洁年僅十四歲，尚未成進士，故此說明顯有誤；除此之外，其他細節亦多有錯誤。

（七）吳毓琪〈臺南詩人施瓊芳作品中的臺灣社會面相〉

此文刊於《文學臺灣》第三十六期，是第一篇專門探討瓊芳詩作的單篇論文，文中論點多有可取之處，惟部分詩篇的解析仍有待商榷。

（八）〈施氏父子同進士〉

此文收於大陸學者陳貽庭、張寧、陳慶元合著之《臺灣才子》中，

其生平介紹大同小異，但對瓊芳及士洁之詩文、創作心境著墨較多。

（九）向麗頻〈清代臺南詩人施瓊芳近體詩用韻考察〉

此文收於 2001 年 7 月的〈東海中文學報〉，深入探討施瓊芳近體詩的用韻情形，結論是瓊芳選韻以寬韻多，險韻少；在三百五十八首近體詩中，只有一首受泉州音的影響而出韻。

從上述文獻，可以看出研究施瓊芳詩歌者甚少，只有生平資料比較完整，因此還有很大的空間值得研究。所以本論文將進一步探討施瓊芳的生平經歷及詩歌成就，以呈現其人其詩在臺灣文學史上的地位與價值。

二、撰寫程序

本論文係以施瓊芳之詩歌為範疇，根據《石蘭山館遺稿》及相關資料所作的全面探討。全文共分為七章，茲將綱目及主要內容簡述如下：

第一章「緒論」，內容如上。

第二章詳述瓊芳的生平與著述，分別介紹瓊芳的先世家族、師承與交遊、生平行實及著述，以完整瞭解其個人身世與性情志向。此外，再說明其著述及版本概況。

第三章詳述瓊芳詩歌的創作背景，從社會環境、文學與書院兩方面加以論述。社會環境包含了清廷治臺政策、經濟發展概況與社會秩序。文學與書院則分述清代臺灣的文學發展及書院教育。

第四、五章探討瓊芳的詩歌內容，分別以「風土詩」、「題畫詩」、「詠史詩」、「詠懷詩」、「試帖詩」及「社會寫實」、「詠物詩」、「閨情詩」等主題，論述詩作的內涵意蘊。

第六章論析瓊芳詩歌的藝術成就，先論其寫作技巧，包括語言特色、運用典故、議論入詩、虛實相生、組詩聯詠等表現手法，各舉詩例，詳為論析。其次再從整體的詩作與技巧，歸納其詩風格。

第七章結論，總結全文，並論瓊芳在臺灣古典文學的地位與影響，斯人雖歿，其聲名宜永垂後世。

第二章　施瓊芳之生平與著述

　　施瓊芳（1815～1868），字見田，一字昭德，又字星階，號珠垣；初名龍文，於考中舉人後改今名。道光二十五年（1845）中式進士，也是清代臺南第一位文進士。原籍泉州府晉江縣，嘉慶二十年（1815）七月在臺南出生，同治七年（1869）九月病歿，享年五十四歲。〔註1〕本章廣事蒐羅其生平資料，分別探討其先世及家族、師承交遊、求學經過與在臺經歷，以期呈現施瓊芳較為完整的生平全貌。

第一節　先世及家族

一、先　世

　　施姓源流甚遠，支系分布亦廣，施瓊芳原籍晉江縣西岑鄉，屬施氏中的錢江派，乃唐秘書丞施典由河南遷居福建晉江鄉開基。〔註2〕不過，施氏雖然支系甚多，但大多以「臨濮」作為堂號。「臨濮」，因瀕臨濮水而得名。濮水，亦稱濮河或普河，據說在黃河未改道前，濮

〔註1〕盧嘉興〈開臺唯一父子進士施瓊芳與施士洁〉（《臺灣研究彙集》（一），1966年12月》），頁30。

〔註2〕關於施瓊芳的先世，參閱《道光丁酉年福建拔貢年齒錄》（收於《石蘭山館遺稿》上冊，臺北：龍文出版社，1992年3月）；《施氏世界》創刊號（彰化：世界施氏宗親總會發行，1984年10月），頁23～24。

水曾流經河南、河北、山東三省，現已淹沒不見。因施父〔註3〕八世孫施之常〔註4〕被封於臨濮侯，且之後的子孫也一再被封於臨濮，故「臨濮」成為施姓的共同標幟，代表了飲水思源之意。〔註5〕

據《道光丁酉年福建拔貢年齒錄》的記載，施瓊芳的先世早有功名。太高祖施朝誠，字德廟，號恥六，是康熙三十五年（1696）丙子科的舉人。高叔祖施必功字廟采，號實甫，白鑾儀衛（即禁衛軍）出身，於乾隆九年（1744）四月任臺灣協鎮水師副將，十一年五月署臺灣掛印總兵，轉陞江南狼山總兵左都督，誥受振威將軍，晉授榮祿大夫。曾叔祖施寧世為乾隆十二年（1747）丁卯科舉人，揀選知縣。祖父施邦切，來臺經商，由安平登陸，在米街（按：即今臺南市民族路、成功路之間的新美街）開設米店，常往來西岑與臺南之間。父施菁華，又名泰岩，為國學生，始移臺灣府治（今臺南市）大西門外之南河（現在西區和平街）定居。〔註6〕

二、家　族

（一）父母兄弟

施瓊芳之父施菁華（？～？），在臺南米街開店，經商致富，有一妻郭氏，二妾林氏、曾氏。瓊芳乃側室林氏（閨名纓）所出，在家中排行第五，上有兄四人，分別是長兄昭選，次兄龍光（邑庠生），三兄昭煥，四兄龍章（國學生）；下有弟龍翔一人。〔註7〕瓊芳的先世

〔註3〕即魯隱公第三子恒，被封於施國，故稱施父，為施姓之得姓始祖。
〔註4〕施之常為孔子七十二賢徒之一。
〔註5〕《施氏世界》創刊號（彰化：世界施氏宗親總會發行，1984年10月），頁14。
〔註6〕參閱盧嘉興〈開臺唯一父子進士施瓊芳與施士洁〉（《臺灣研究彙集》（一）），頁30；王甘菊〈臺南米街父子進士〉（《聯合報》，1992年12月28日17版）；《施氏世界》創刊號（彰化：世界施氏宗親總會發行，1984年10月），頁20。
〔註7〕參閱《道光丁酉年福建拔貢年齒錄》（收於《石蘭山館遺稿》上冊，臺北：龍文出版社，1992年3月）。

早有功名，而其次兄龍光又爲邑庠生，這在當時是十分光榮的事情，對瓊芳自然也有鼓勵的作用。此外，其父施菁華與四兄龍章皆爲國學生，雖是用錢買來的監生，但從另一個角度看，父子都捐了監，足以證明施家有雄厚的經濟基礎。〔註8〕瓊芳出身書香門第，家境又十分優裕，因此可以專心求學，與兄弟互相切磋，而無後顧之憂。

關於瓊芳兄弟的資料極少，除了《道光丁酉年福建拔貢年齒錄》上簡短的記載外，只有《石蘭山館遺稿》中〈送四兄昭玉六弟昭澄附海舟西歸晉省應試鄉闈〉古體長詩一首，敘述送行時的依依不捨以及對兄弟的鼓勵期勉，及〈爲六棣聘張氏啓〉。由於《道光丁酉年福建拔貢年齒錄》僅記載瓊芳兄弟之名或字，但從施瓊芳初名龍文，字昭德，可知施家兄弟應以「龍」爲名，「昭」爲字，如長兄昭選、三兄昭煥是記載其字，次兄龍光、四兄龍章、六弟龍翔是記名，由此再配合詩題，便知四兄爲施龍章，字昭玉；六弟爲施龍翔，字昭澄，其餘便不知名或字了。

此外，蛻菴老人在《大屯山房譚薈》記載施瓊芳事蹟時，曾簡短地提及施龍翔：「瓊芳有弟昭澄，字潔庵，晉江優貢，歷官江南建平、溧陽教諭。咸豐初年上鄉試不第，渡臺助其兄教授海東書院。督教認真，有聲於時。能詩，頗似長吉。」篇幅雖不長，但聊勝於無。由於此書乃蛻菴老人記錄當時聽聞，故書中難免有誤，如記施瓊芳時，云：「施瓊芳，晉江人，字升階，號龍門，亦號禮庭。少從父經商至南郡，家焉。父卒，清苦自勵，力學不懈。……」然而，瓊芳字「星階」，非「升階」，且家境富裕，並不清寒，恐怕蛻菴老人是誤記了。另余美玲在〈海東進士施士洁的詩情與世情〉中曾云：「施士洁父親施瓊芳（咸豐四年，1854年）、叔父施昭澄（同治二年，1863年）曾分別擔任海東書院山長。」〔註9〕瓊芳在咸豐四年主掌海東書院一事，可

〔註8〕黃典權〈石蘭山館遺稿・作者先世與生平〉（收於《臺南文化》第6卷第1期），頁125。

〔註9〕余美玲〈海東進士施士洁的詩情與世情〉（《逢甲人文社會學報》第

見《大屯山房譚薈》的記載，但昭澄在同治二年擔任海東書院山長，則不知所據爲何，余美玲也無註釋說明。不過，瓊芳在〈宣德郎修亭陳君墓誌銘〉文中云：「歲己未（咸豐九年，1859），余以弟喪未葬，數問地於陳君修亭……」，〔註10〕由於瓊芳排行第五，下只有六弟昭澄，若此弟指昭澄，則昭澄當卒於咸豐九年（1859），當然不可能在同治二年（1863）主掌海東書院。此外，據林文龍《臺灣的書院與科舉》所載，同治二年（1863）六月至十二月，海東書院山長爲陳楷，〔註11〕因此昭澄是否曾任山長，還有待考證，但助其兄瓊芳講學一事，應無庸置疑。

（二）妻　兒

瓊芳年少娶黃品娘爲妻，與妻子伉儷情深，平生不二色，爲世所稱。遺稿中有〈別內〉、〈寄贈內子〉等詩，皆早年離家應試途中所作，充分流露心中的難捨之情。品娘生於嘉慶二十二年（1817）二月，卒於光緒二十年（1894）五月，距瓊芳去世二十六年，享壽七十八歲。由於當時中日戰爭，清軍敗北，有割臺求和之議，次子士洁因恥爲異族之民，匆匆治喪後，於九月攜眷西渡，而清朝也因當時情勢混亂，故未曾對瓊芳夫妻再加贈封。

瓊芳有二子，長子士沆（邑廩生），次子士洁於光緒三年（1877）丁丑科考中進士，臺南唯一父子進士，名噪全臺；尤其士洁中式後，亦乞養回臺，最後更掌教於海東書院，家學世傳，爲時人所稱頌。關於瓊芳二子的資料，皆以士洁爲主，士沆的生平不詳，僅知其名應潯，乳名增川，學名士沆，號瞿仙，邑廩生。〔註12〕士洁有〈二十初度，長兄瞿仙招同劉拙菴、陳榕士兩司馬、楊西庚、朱樹吾兩明府，梁定

一期，2000 年 11 月），頁 39。

〔註10〕參閱施瓊芳《石蘭山館遺稿・宣德郎修亭陳君墓誌銘》（臺北：龍文出版社，1992 年 3 月），頁 14。

〔註11〕林文龍《台灣的書院與科舉》（臺北：常民文化，1999 年 9 月），頁 99、111。

〔註12〕參閱盧嘉興〈開臺唯一父子進士施瓊芳與施士洁〉，頁 35。

甫拔萃、傅采若上舍、沈竹泉布衣□□穎軒禮東坡像，以洁與坡老同
生日也。次日，□題蘇詩後，成八十韻〉長詩一首，提及與兄長同拜
東坡像，此外，已無士沆的生平資料，亦不知卒於何時；故以下僅介
紹士洁的生平經歷。

　　施士洁（1855～1922），名應嘉，字澐舫，號芸況，又號喆園、
楞香行香，鯤瀚棄甿，晚號耐公，或署定慧老人。由於出生月日與東
坡同（東坡生於十二月十九日乙卯時），因此頗有蘇氏再世之自況。
士洁二十歲補博士弟子員，且縣、府、院試第一，號稱「小三元」；
光緒二年（1876）二十一歲中舉；光緒三年（1877）中進士，殿試為
二甲賜進士出身，成「連捷進士」，欽點內閣中書，時僅二十二歲。

　　其未中舉之前亦曾落榜，倍受兄長老師的責備以及親戚僕婢的輕
視，此段經歷令士洁終生難忘，從此發憤苦讀，最後才得金榜題名。
〔註13〕相較於當時臺灣文人中進士的年紀：如丘逢甲二十五歲，許南
英三十六歲，汪春源三十四歲，士洁可說是意氣風發，少年得志；而
比起自己的父親施瓊芳三十一歲中進士，更是青出於藍，所謂「南宮
兩世有家學」，一點不假。父子同為進士，全臺復無此例，確實值得
驕傲，士洁常自詡為「狂生」，一方面是生性放誕，一方面或許也是
良好的家世與早年得志，令他高傲曠達。

　　士洁中進士後，因不喜仕進，與父親瓊芳同樣選擇乞養回臺任
教。光緒四年（1878）返臺後，先遊本島中北部，所歷之地皆有詩作
吟詠。歸里後，常與諸名士唱和，詩作甚多，不久便掌教彰化白沙書
院，後移硯至臺南海東書院逾十年，培植人才眾多，其門生中進士者
有許南英、汪春源等。〔註14〕光緒十三年（1887），唐景崧任臺灣道，

〔註13〕施士洁〈艋川除夕遣懷〉（《後蘇龕合集》，臺北：龍文出版社，1992
　　　年3月），頁18。
〔註14〕黃典權《後蘇龕合集・弁言》引《臨濮堂施氏族譜》云：「先後掌教
　　　白沙、崇文、海東三書院。」列崇文於白沙之後，但士洁在〈臺澎
　　　海東書院課選序〉則云：「士洁自白沙講席移硯於此，倏踰十稔矣。」
　　　可見其自白沙返回臺南後，即主講海東書院，並無崇文書院，故在

聞士洁聲名，曾多次親訪，訂爲文字交，與臺南府知府羅大佑、彰化縣丘逢甲日夕酬唱，有《四進士同詠集》。光緒十七年（1891），唐景崧陞任布政使，駐臺北，士洁曾參其幕，有〈臺北唐維卿方伯幕中補和臺南「淨翠圖」韻〉之作。

士洁由彰化返回臺南主講海東書院的十餘年，是其一生最爲光輝燦爛的時候。當時全臺所有人皆知施家有父子進士，且皆擔任臺灣最高學府海東書院山長，其社會地位極爲崇高，常往來於文酒中，儼然是當時臺灣文壇領袖，十分優游自在。士洁平生淡於仕宦而勤於吟詠，培育菁莪無數，與父親瓊芳皆對臺灣教育貢獻良多。然而其生性放達、風流倜儻、交遊廣闊，與乃翁瓊芳恬退守禮、方正耿介的性格大相逕庭。士洁不僅妻妾眾多，且常流連歌館樓臺，這在其詩詞、日記中皆有明確記載，如最著名的〈臺江新竹枝詞〉，便專寫青樓紅袖的風情，香豔纏綿；而在〈柬香雪、壽若兩太史〉更直言：「臺江我是鶯花帥，閬苑君爲翰墨侯。」對縱情聲色的生活毫無隱瞞。

光緒二十年（1894）五月，母親黃品娘棄養，是時中日戰爭，清軍戰敗，割臺求和；當臺灣淪陷，士洁恥爲異族之民，匆匆治喪後，攜眷西渡，歸泉州晉江之西岑故里。稍後，參加商會，主辦貢燕業務，時往來於福州、廈門間。1911 年出任同安縣馬巷廳長； 1917 年，抱病應聘往福州，入「閩省修志局」，不久便請辭，寄居廈門之鼓浪嶼。士洁性格高傲放達，既不願在官場折腰，龐大的家財也因離臺之故蕩然無存，故晚年生活困頓潦倒，貧病交加，兼以妻妾子孫相繼過世，更令身在異鄉的他悲傷莫名，滿腹牢騷，只能哭以當歌，最後於 1922 年五月二十三日病卒鼓浪嶼寄寓，年六十八。

士洁出生於臺南府城，所謂的「故鄉」（晉江），對他而言其實是陌生的地方，其心始終繫念臺灣，當不得已離臺時，有〈別臺作〉、〈痛

此依〈臺澎海東書院課選序〉所記爲準。

哭〉等詩，字裡行間充分流露去國離鄉的悲憤；西渡後，更是夢寐馳
思，未嘗忘臺，所以「鹿耳」、「鯤身」，流露筆鋒，幾觸目可見。不
過，雖然晚景黯淡無光，但仍恪守末節，至死不渝，令人敬佩。士洁
詩詞文俱工，而詩名尤盛，連橫曾讚：「光緒以來，臺灣詩界群推施
澐舫、邱仙根二公，各成家數。」〔註15〕其著作甚多，有《日記》一
冊、《鄉談律聲啓蒙》一冊、《喆園吟草》四冊、《後蘇龕詩鈔》十一
冊、《後蘇龕文稿》兩冊、《後蘇龕詞草》一冊。1964 年，黃典權先
生在瓊芳後人處發現士洁遺集，加以整理，編爲《後蘇龕合集》。因
士洁與蘇軾同生日，常以東坡再世自況，不僅詩文多追求模仿東坡豪
放之風，更以《後蘇龕》冠其各類著作。由於其篤愛鄉邦，勤於吟詠，
遊歷見聞皆入詩文中，故不論是早期在臺或晚期在中國的作品，都蘊
含著大量的臺灣文獻，值得重視。〔註16〕

第二節　生平行實

一、求學經過

　　施瓊芳（1815～1868）生於嘉慶二十年（1815）六月四日子時，
〔註17〕年少即爲諸生，餼府庠，恬淡好學，早晚弗懈，經史典籍、諸
子百家，無不通貫。瓊芳早年就讀於臺南引心書院，道光十三年（1833）
七月，周凱調署臺灣道兼學政，瓊芳入其門，成爲周凱門生。道光十
四年（1834），周凱另一位得意門生蔡廷蘭（1801～1859）講學於引

〔註15〕連橫《臺灣詩乘》（南投：台灣省文獻委員會，1992 年 3 月），頁 214。
〔註16〕以上關於施士洁的生平，參閱盧嘉興〈開臺唯一父子進士施瓊芳與施
　　　　士洁〉、黃典權《後蘇龕合集・弁言》（《後蘇龕合集》，臺北：龍文出
　　　　版社，1992 年 3 月）、余美玲〈海東進士施士洁的詩情與世情〉（《逢
　　　　甲人文社會學報》第 1 期，2000 年 11 月）、謝碧連〈府城臺南父子雙
　　　　進士──施瓊芳、施士洁〉（《臺南文化》新 53 期 2002 年 10 月）。
〔註17〕施瓊芳年齒錄記爲六月四日，但神主牌記爲七月四日，因年齒錄是
　　　　瓊芳生前所記，故以年齒錄爲準。參閱盧嘉興〈開臺唯一父子進士
　　　　施瓊芳與施士洁〉，頁 30。

心書院，其與瓊芳既是師生，亦是同門。而後道光十六年（1836），周凱復權臺灣道時，瓊芳與蔡廷蘭一同被舉為道光丁酉（十七年）科拔貢，〔註18〕是年赴福州應鄉試，與蔡廷蘭皆順利考中舉人，師生同榜，傳為佳話。

隔年瓊芳進京應禮闈，不幸落榜。道光十九年（1839）冬，瓊芳再度進京應試未中，遂留京閉戶讀書，杜絕浮華奔競之習，以待翌年辛丑科（道光二十一年）春試，惜亦未獲登第。道光二十三年（1843），第三次赴京，參加甲辰（二十四年，1844）科春試，結果同門生蔡廷蘭名登金榜，瓊芳則再留京準備翌年的乙巳（二十五年，1845）恩科會試。由於瓊芳的勤奮讀書，最後終於登乙巳恩科進士，時年三十一歲。在殿試朝考後，評為三甲第八十四名，賜同進士出身，經吏部分發補江蘇知縣，未赴任，再經銓選為候選六部主事；〔註19〕然而瓊芳無意仕宦，未就職便乞養回臺。

瓊芳歸臺祭祖後，在道光二十六年（1846）又回祖籍晉江祭祖墳，發現其八世祖施仁峰之墓被毀，遂留晉江西岑鄉處理善後，直至道光二十七年（1847）始返臺。〔註20〕

〔註18〕「拔貢」制度，是逢酉一選，亦即十二年才考一次，凡最近屢試優等者皆可參加，因拔貢是由地方官保舉，呈送學政後會同巡撫考試，且需進京覆試，優選者以小京官用，次選者以教諭用，所以學政對拔貢的甄選十分重視，寧缺勿濫，絕不敢馬虎，而正因為如此，拔貢生的地位也特別崇高。參閱林文龍《台灣的書院與科舉》（臺北：常民文化，1999 年 9 月），頁 138。

〔註19〕黃典權先生考察瓊芳中進士後，「銓選六部主事，久滯京曹，後補江蘇知縣，未就職，乞養回籍。」而盧嘉興則考證為「經吏部分發，即補江蘇知縣，未赴任再經銓選為候選六部主事，乞養回籍。但謝碧連在〈府城臺南父子雙進士——施瓊芳、施士洁〉中，記其木造神主浮雕第一行云：「顯考賜同進士出身候選六部主政」。可見施瓊芳最後是授職「六部主政」，因未就職便乞養回臺，故云：「候選六部主政」。參閱盧嘉興〈開臺唯一父子進士施瓊芳與施士洁〉；黃典權〈石蘭山館遺稿·序〉；謝碧連在〈府城臺南父子雙進士——施瓊芳、施士洁〉（《臺南文化》新 53 期 2002 年 10 月），頁 44，

〔註20〕參閱《石蘭山館遺稿·附錄》下冊（臺北：龍文出版社，1992 年 3

二、在臺經歷

　　瓊芳乃臺南第一位中式的進士，品學俱優，於道光二十七年（1847）晉江祭祖墳返臺後，便在臺南海東書院助黃紹芳講學，而在咸豐四年（1854）正式出任海東書院山長。〔註21〕其深研宋明理學，力闡正學，教諸生以五性人倫為本，開明心術，變化氣質為先。又生性恬退，雖出生富家，但並不以富自誇，教學時，嘗告諸生曰：「聖賢言行，盡於六經四書，其微詞奧義，則先儒之說備矣，心涵意會，久自得之，不可妄有是非也。」又曰：「人之所以為人者，在明道義耳，富貴何足恃哉。如明道義，不富貴而亦尊；不明道義，雖富貴而亦鄙。」瓊芳深知富貴無常，惟有德者保之，故諄諄告誡學生，而自身亦是秉禮讀書，從無逾矩之行，為時人所重。〔註22〕

　　道光二十八年（1848）至咸豐三年（1853）間，瓊芳與徐宗幹在海東書院實行教學改革，於制義試帖外，增加賦詩雜作等內容，鼓勵學生對臺灣的民情風俗進行創作，從此學風大開。徐宗幹考錄制藝雅馴者，編為《東瀛試牘》；而說經、論史及古近體詩作佳者，輯為《瀛洲校士錄》，一同刊行於世，藉以鼓舞學生。〔註23〕瓊芳與徐宗幹既

月），頁 116～120。

〔註21〕施士洁曾云：「清惠公與先大夫交至厚，談藝亦至洽。先大夫通籍後，久滯京曹。迨南旋，主講是席，則惟狠狠焉以引掖後進為己任，一時高足弟子，稱極盛焉。」由此看來，瓊芳應是回臺後便主掌海東書院，但事實上，道光二十八年（1848）的海東書院山長為黃紹芳，而瓊芳正式出任海東山長在咸豐四年（1854）。由此看來，瓊芳在道光二十七年回臺至咸豐四年間，極有可能助黃紹芳講學。但不管如何，瓊芳輔助徐宗幹推行教學改革，應是無庸置疑。施士洁〈臺彭海東書院課選序〉（《後蘇龕合集》，南投：臺灣省文獻委員會，1993年9月），頁 353；黃新憲《閩台教育的交融與發展》（福州：福建人民出版社，2003年7月），頁 54；陳貽庭、張寧、陳慶元合著之《台灣才子》（北京：九州出版社，2003年8月），頁 42。

〔註22〕蛻萚老人《大屯山房譚薈》（收於《臺北文獻》1～4 期合刊本），頁 180。

〔註23〕徐宗幹《斯未信齋文編》（《臺灣歷史文獻叢刊》，南投：臺灣省文獻委員會，1994年5月），頁 121。

提倡賦詩雜作，加以《瀛洲校士錄》問世，一時之間，文人學子競為吟詠，師生亦相互切磋，大大提升臺灣學子的詩文水準。綜觀《石蘭山館遺稿》，內有許多代作詩文，被刊入在《東瀛試牘》、《瀛洲校士錄》中，如〈擬韋宏嗣戒博奕論〉、〈燕窩賦〉是代吳上舍敦仁作，〈香珠賦〉、〈山澤通氣賦〉、〈擬謝靈運遊赤石進帆海詩〉是代吳孝廉敦禮作。瓊芳與徐氏推廣文教之舉影響甚遠，同光年間南臺灣士子考中舉人進士者漸多，詩文水準亦可與內地相提並論，實應歸功於道咸時期官員士紳的共同努力。

　　咸豐三年（1853）鳳山縣林恭事變，清廷在咸豐四年（1854）諭令鄭用錫、施瓊芳、林國華、林占梅等協辦團練，勸捐事宜，〔註24〕瓊芳不遺餘力，與鄭用錫等人共同督團，肅清盜賊。同年，為石鼎美撰〈育嬰堂給示呈詞〉，批評當時溺死女嬰的惡習，並勸捐育嬰費用，倡建育嬰堂以幫助貧苦人家，改善溺嬰之風。咸豐末年，更撰〈臺郡募修北條水道序〉，推動水利灌溉、疏通渠道，以避免臺地水潦之患。同治五年（1866），吳大廷受閩浙總督左宗棠及福建巡撫徐宗幹的推薦，任為臺灣道，其蒞任後，興學校、修武備，對臺建設良多。吳大廷辦節孝總局，瓊芳亦大力協助，將臺灣府知府葉宗元、臺防同知王文棨轉報的已故節孝婦女一百四十二人、現存節孝婦女一百零八人，共計二百五十人，造冊呈請旌表，以裨化民風。由於臺灣地處偏隅，舉辦節孝之衙門因經費及層轉被退等問題，常畏難不辦，以致數十年未曾旌表節孝之行。瓊芳有感於此，故協助吳大廷共同表彰節孝，以教化民心。凡此種種，皆可見其關懷民生、積極教化之心。

　　同治七年（1867），新任閩浙總督馬新貽上任，馬新貽與左宗棠派系不同，兩不相容，而吳大廷既是左宗棠所舉薦，自然備受壓制，不久便以病乞休。臺郡士民聞悉，環轅挽留者不可勝計，瓊芳與吳大廷有深交，故代眾人撰〈臺郡諸紳公同為吳道憲大廷留任秉〉，無奈吳大

〔註24〕《清文宗實錄選輯》（收於《臺灣文獻叢刊》，臺北：大通書局，1987年10月），頁28。

廷辭意甚堅，二月離臺之日，沿街供香案送行，紳衿道別，依依不捨。

　　瓊芳潛心性理之學，居則與詩史共晨夕，凡事皆秉諸於禮；爲人嚴重介節，方正自持，恭敬孝友，樂施予，愼然諾，雖身爲府城第一進士，但未曾因此稍干分外之事，備受鄉里敬重。其事母至孝，晨興必問視，同治五年（1866）七月二十六日，生母林太夫人享壽七十棄養，哀毀骨立，不內寢，不銜肉，是以州邑稱其孝，親戚欽其慈，僚屬敬其悌，友朋尊其仁。〔註25〕晚年曾作自輓聯，聯曰：

　　　讀書經世即眞儒，遑問他一席名山，千秋竹簡；
　　　學佛成仙皆幻想，終輸我一天明月，萬樹梅花。

由此更可見其恬退之性。同治七年（1867）九月十三日戌時，瓊芳病歿赤崁樓畔府第──石蘭山館（現在臺南市民族路三十號至三十之七號，乃瓊芳榮歸後所建。），享年五十四歲。其墓位於今臺南市中華南路南區新都段二七三號地之「南山公墓」，現列爲臺南市定古蹟之一；此墓乃其子士沅、士洁造於光緒丁丑年（三年，1877），非瓊芳去世當時所造。

〔註25〕關於瓊芳的生平，較爲完整的資料當推盧嘉興〈開臺唯一父子進士施瓊芳與施士洁〉一文，其次便是黃典權〈石蘭山館遺稿‧序〉。另外較爲少見的，有蛻葊老人《大屯山房譚薈》（收於《臺北文獻》1～4 期合刊本）、王甘菊〈臺南米街父子進士〉（《聯合報》，1992年 12 月 28 日 17 版）。蛻葊老人不知是誰的字號，其《大屯山房譚薈》記載許多清中葉臺灣的軼聞，自有其史料價值，因文中有載：「瓊芳卒年不詳，有自輓聯極佳……」，又另一段亦載：「唐柳奇緣（按：請見本論文第五章詠懷詩一節，內有詳細介紹。），前已載之矣，近日蓮溪觀察自南郡來，爲誦施瓊芳山長詩八首，云記其事者，亟錄之，詩云：……」由此推測，其應與瓊芳同時或稍晚，且居於北臺灣。而王甘菊〈臺南米街父子進士〉一文，是採訪瓊芳後人施燦基、施燦森兄弟，此文內容是「根據族譜的記載及老一輩傳下來的說法」，因此文中固然有他處所無的資料，但某些內容並不可靠，如「老進士不喜宗親滋事，自然也不理會事端，……宗親怪老進士沒膽量，憤稱其爲「女進士」，轉找小進士代爲撐腰。」老進士指施瓊芳，小進士即其子施士洁，但施瓊芳逝世之時，施士洁年僅十四歲，尚未成進士，故此說明顯有誤；除此之外，其他細節亦有錯誤。

第三節　師承與交遊

一、師長——周凱

　　周凱（1779～1837）字仲禮，一字芸皋，自號富春江上撈蝦翁，浙江富陽縣人。生於乾隆四十四年（1779）九月，幼有異稟，聰穎過人，六歲從叔父雲川就讀，十歲從表姊夫王默齋學繪圖並讀書，十五歲從季泰亨學制藝小詩，次年入泮。十七歲時陽湖惲敬（字子居）宰富陽，教讀註疏，對周凱十分器重，後引其執經於張惠言門下，而後又師從楊鑠、董誥、汪廷珍等人，學業大進。其師惲敬、張惠言皆當世文章名家，是陽湖派古文鉅子，周凱承其指授，爲日後古文學奠下基礎。嘉慶十三年（1808）中舉；嘉慶十六年（1811）中進士，是年三十三歲。

　　道光十年（1830），授福建興泉永道。十二年（1832）正月奉檄赴澎湖卹風災，是時澎湖廳廩生蔡廷蘭上〈請急賑歌〉，備述澎湖的地脊民貧及災後慘況，情詞懇切，深爲周氏所賞識。周氏以〈撫卹六首答蔡生廷蘭〉，詳述賑災情形。賑災完畢，臨別時，曾作〈送蔡生臺灣小試〉七律二首，更親手抄錄讀書作文要訣一卷，題曰《香祖筆談》，贈與蔡廷蘭。其三月回廈門，著有〈澎海紀行詩〉。道光十三年（1833）六月，奉調暫署臺灣道，處理張丙亂後搜捕餘黨事宜，蔡廷蘭師事之，而施瓊芳亦入其門，十月歸興泉永道本職。復原任後，經以詩、古文、詞倡導於閩南，公餘之暇，與當時在閩名士劉五山、陳扶雅交遊，兼治古文；並重修廈門玉屏書院，延請高雨農講學於此，有聲於時。道光十六年（1836），再奉檄調署臺灣道，九月抵臺，後因公積勞成疾，道光十七年（1837）七月三十日病歿於臺灣道署公廨，享年五十九歲。

　　周凱之詩以抒性靈、通諷諭爲主，曾纂輯《金門志》、《廈門志》，著有《內自訟齋文集》。其中《廈門志》於十六年（1836）渡臺時將志稿副本留給門生呂世宜，於十九年（1839）秋由呂世宜總校刊行，

以完成周氏未了心願；而《內自訟齋文集》則由周氏門生林翾騰、黃元琮、吳廷材、蔡廷蘭、施瓊芳、葉化成、呂世宜、黃應清、莊中正、林樹梅、林焜煌、陳夢三、林克家、王源遼、吳敦仁、吳敦德、何尚義、黃春華、楊廷球、張福海、呂世修、林必瑞等人參訂，在道光二十年（1840）刊行。周氏公餘常精研畫理，其畫以人物最工；而古文最佳，堪稱當代古文學家。日本漢學及考古大家尾崎秀眞氏（古邨主人）曾云：「臺灣流寓的名士，就文我推周凱，詩推楊雲滄，書推呂西村，畫推謝琯樵。」〔註26〕由此可見周氏古文造詣之深。〔註27〕

二、交　遊

（一）蔡廷蘭

蔡廷蘭（180～1859），字香祖，號郁園，學者稱秋園先生，澎湖人。父蔡培華字明新，以篤學設教於里中，里人稱之。廷蘭自幼穎異，受父親薰陶，五歲讀書倍常童，八歲能文，十三歲補生員入府學，屢試屢冠同輩，旋補廩生食餼，文名甚著，尤得澎湖廉吏蔣鏞愛重。道光十二年（1832），澎湖風災，興泉永道周凱奉檄勘賑，蔡氏上《請急賑歌》，陳述澎湖災後「海枯梁無魚，山窮野無麥」的情況，情詞懇切。後周凱以〈撫卹六首答蔡生廷蘭〉，詳述賑災情形，並云：「蔡生澎湖秀，作歌以當哭，上言歲凶荒，下言民煢獨。」對蔡廷蘭憂民之舉甚爲讚賞。蔡氏得周氏詩，又呈〈巡道周公有社倉之議，言事者慮格於舊例。公慨然力任其成立，賦撫卹歌六章，發明天道人心之應，淋漓悽惻，情見乎詞，因述其意，更爲推衍言之，續成長歌一篇〉，周凱亦再作〈再答蔡生〉長歌一篇回應。而後周凱在離澎前，詠〈送

〔註26〕盧嘉興〈清代官守臺灣的古文學家周凱〉（《臺灣研究彙集》（五）），頁173。

〔註27〕參閱周凱《內自訟齋文集》（台灣歷史文獻叢刊，1994年5月），頁5～20；盧嘉興〈清代官守臺灣的古文學家周凱〉（《臺灣研究彙集》（五）），頁170～173；葉英《周芸皋事略》（《臺南文化》新刊（四）第7期），頁25～55。

蔡生臺灣小試）七律二首，並親手抄錄讀書作文要訣一卷授之，名曰
《香祖筆談》，其讚譽蔡氏之心由此可見一斑。由於周凱任福建興泉
永道時，已是古文名家，而蔡氏以海島的一介生員，得所器重，故當
時臺灣府當道名流，無人不知澎湖有蔡廷蘭。

　　道光十三年（1833），周凱奉調暫署臺灣道，蔡氏師事之。十四
年（1834），蔡氏受聘主講臺南引心書院，是時瓊芳亦在引心書院就
讀，兩人既是同門，亦是師生，雖相距十三歲，但情誼十分深厚。道
光十五年（1835）秋，蔡氏赴鄉試罷歸，由金門回澎湖遭颱風，船飄
十晝夜，飄抵越南之思義府茱芹汛，爲越南漁夫救起。蔡氏在越南其
間，備受國王禮遇，和越南人士常以詩相酬和，藉以採風問俗。後由
陸路回閩，歷經重重險難，共行四個月，走萬餘路，始抵廈門。後來
蔡氏將親身經歷與越南風俗，撰爲《海南雜著》，分述有〈滄溟紀險〉、
〈炎荒紀程〉、〈越南紀略〉，於道光十七年（1837）刊印。此書內有
周凱、劉鴻翔的序文，及蔣鏞的題詞，後蔡氏經繪由陸路返閩的畫像
一幅，請同門生呂世宜簽題，題曰：「風塵萬里客，天地一詩人。」
以彰蔡氏走萬里洋、行半天下之舉。此段漂流越南遭的遭遇，在當時
蔚爲奇談，而《海南雜著》也被視爲奇書，閩南、臺澎名流更是人人
皆知蔡廷蘭之名。

　　道光十六年（1836），周凱調任臺灣道，舉蔡氏爲丁酉科（道光
十七年，1837）拔貢，旋領鄉薦，時年三十六歲，與瓊芳成爲了同年
生。師生二人同榜，全臺僅此一例，傳爲美談。是年郡守聘主崇文書
院講席，兼引心、文石兩書院。據聞，府城臺南有一則俚諺：「有狀
元學生，無狀元老師。」即調侃蔡氏主講引心書院，其學生如陳松齡、
李樹澤、黃景琦等皆於道光十五年（1835）中舉，但蔡氏卻屢試不第。
蔡氏受此刺激，益發圖強，終在道光十七年與學生施瓊芳同中舉人，
此後俚諺又變爲：「有狀元學生，也有狀元老師。」〔註28〕蔡氏與瓊

────────────

〔註28〕謝碧連〈府城臺南父子雙進士——施瓊芳、施士洁〉（《臺南文化》
　　　　新53期2002年10月），頁43。

芳兩人相距十三歲，但亦師亦友的緣分，讓兩人情誼十分深厚。蔡氏中舉後，回臺主講臺南崇文書院，兼臺南引心、澎湖文石兩書院。

蔡氏於道光二十四年（1844）中進士，乃澎湖第一位進士，其以知縣即用分發江西，時年已四十四歲。二十九年（1849）四月，補峽江縣，至則清理積案，獎勵善類，月課諸生，為文親自校閱。因觀瀾書院久廢，就協助修築郡治的章山書院，使郡內士子得以就近肄業。峽江縣素來號稱瘠區，欠稅者眾，廷蘭以大義勸諭士民，民皆悅服，照額完納。道光三十年（1850），秋收荒歉，其自捐司房筆資，請豁免逋賦，並設法賑恤，多所全活。咸豐二年（1852）七月解任，三年又回峽江任，直至五年八月卸事。咸豐六年（1856）九月，委署豐城縣知縣，遇贛江暴漲沖毀提防，蔡氏捐資修堤，又募人撈拾屍首，安插難民。時值太平軍逼境，盜賊四出，其督辦團練，固守有成，以防堵出力，巡撫耆齡保升同知。咸豐九年（1859）三月十五日病歿於任所，享年五十九歲。〔註29〕

蔡廷蘭詩工古體，文善四六，所撰《海南雜著》刊行已久。為諸生時，曾佐通判蔣鏞纂《澎湖續編》。光緒四年（1878）金門林豪為之集成《愓園古近體詩》二卷，駢體文、雜著各若干卷，《愓園古近體詩》今未見。而《全臺詩》所收蔡氏詩歌，是依據蔣鏞《澎湖續編》〈藝文〉、林豪《澎湖廳志》〈藝文〉、連橫《臺灣詩乘》、賴子清《臺灣詩醇》、彭國棟《廣臺灣詩乘》、陳漢光《臺灣詩錄》、許成章《高雄市古今詩詞選》編校、增補，可供參考。〔註30〕

（二）林鶚騰

林鶚騰（？～？），字晴皋，一字薦秋，福建同安人。道光二十年

〔註29〕以上參閱盧嘉興〈澎湖唯一的進士蔡廷蘭〉（《臺灣研究彙集》（一），收於《臺灣研究集刊》1），頁 9～18；林豪纂輯《澎湖廳志》卷六〈人物・文學〉（《台灣文獻史料叢刊第一輯》臺北：大通書局），頁 237～239。

〔註30〕參閱施懿琳主編《全臺詩》第四冊（臺南：國家臺灣文學館，2004年），頁 392。

（1840）更子進士，選庶吉士，授編修。以其居於局口街，故有局口翰林之稱。家素豐，不慮生計，喜陶情風月，遊山玩水，年未三十，即請告歸，未幾卒。師從周凱，方其領鄉試時，曾應聘主文石書院兩年。

相傳其父操航海業，往來於津廈之間各大口岸，年半百，尚未有子。一日艤舟山東半島，岸有巨剎，禮之，因見十八羅漢中一尊面網蛛絲，乃引袖拂拭，並曰：「羅漢倘能賜我得男，異日當北上叩謝。」俄而風寢，揚帆而歸，期年，果生一子，即林鶚騰。及長，茹素絕葷，且喜念金剛經，日必一遍。方其辭官南還時，與友人同訪山東某寺，所奉羅漢有與鶚騰容貌酷似者，友戲之曰：「此非子耶？」鶚騰一笑置之，並無回應。自是，懊喪若有所失，歸家後益甚。友來探視，詢問病因，曰：「自與君遊某寺後，心神惘然，今步履艱難，纏綿將死矣。」其時鶚騰之父已逝，母聞其言，曰：「汝父曾禱山東某寺，後即誕汝，汝之所遊，恐即是也。今汝之病，豈神責汝父食言，未能酬願，故祟之耶？」鶚騰曰：「山川遙阻，萬里長途，將何以致謝，況未必有是事耶！」數月，竟無病而卒。〔註31〕

瓊芳《石蘭山館遺稿》中與鶚騰唱和詩多達七十餘首，由此可見兩人交情之深。其學問淵博，詩文清超拔俗，而書法益佳，門師周凱甚重之。周凱因自號富春江上撈蝦翁，故曾自繪撈蝦翁像，並題〈富春江上撈蝦翁小像〉一篇，由林鶚騰謄書，目前畫與詩皆存，至今三臺世族尤視其手澤爲珍寶。

（三）呂世宜

呂世宜（1784～1855），字可合，號西村，又號種華道人，亦稱呂大，晚號不翁，福建同安縣廈門人，生於乾隆四十九年（1784）。呂世宜以金石學及書法聞名當世，當時臺澎名流皆知呂西村之名。其雖嗜學好古，喜愛金石，但早年爲應科舉，拜周敬堂讀書，專學制藝

〔註31〕參閱安季邦編輯《百家翰林書畫集》（臺北：禹甸文化事業有限公司，1976 年 8 月），頁 143。

試帖，沈溺於八股二十餘年。〔註32〕直到道光十二年（1832），周凱任興泉永道，駐廈門，一見西村大為賞識，自此呂氏入周凱門下，放棄科舉之學，轉向經學、小學力圖精進。由於呂氏僅小周凱五歲，故周凱是以友人相待，而未嘗目為門下士，其既好金石，又善書法，治經之餘，能得周凱薰陶，所以在書道和金石的造詣，益見精深，呂氏於《古今文字通釋‧自序》曾云：「宜自二十讀書，三十學隸，四十學篆，迄於今七十矣。」由此可知學習書法的歷程。現在廈門南普陀山後庭蒼崖，勒有呂氏所題的漢隸，是道光某年周凱和呂氏遊該山寺廟時所題，後來日本漢學家尾崎秀真氏遊歷該山，一見呂氏漢隸曾讚不絕口，並推呂氏為臺灣流寓名士的書法第一家。

呂氏書法聲價之高，早有定評，而嗜好金石，廣收碑版之事，亦是人所皆知，每見有真蹟，常傾資蒐求；曾以三十金得一銅鏡，乃西漢平津侯之物，自作〈古鏡記〉並函同門好友施瓊芳作〈西漢古鏡歌〉長詩一首，瓊芳在詩中先寫銅鏡的由來及其狀貌，繼而言及呂氏愛好金石之心與收藏之富，深明呂氏嗜古之情。

呂氏在道光二十七年（1848），應枋橋（今板橋）林國華、國芳兩兄弟之禮聘，渡臺擔任林家西席，並主講金石、書道。呂氏在林家講學之餘，也為林家蒐羅選購書籍數萬卷，暨金石拓本千餘種。〔註33〕呂世宜以書法、金石聞名當世，乃臺灣金石學之先聲；著有《愛吾廬文集》三卷、《愛吾廬題跋》一卷、《古今文字通釋》十四卷、《筆記》一卷。

（四）熊一本

熊一本（1784～？）字以貫，號介臣，六安人，世居邑南蘇家埠，

〔註32〕呂世宜《愛吾廬文鈔‧自序》：「少從敬堂夫子學，聞有古文法，未習也。自是溺於八比，二十餘載。壬辰間，遊芸皋師之門，傳以義法，復得劉五山、高雨農二先生緒論，偶有作亦不多。」（收於《叢書集成新編》78 冊，1986 年 1 月），頁 154。

〔註33〕參閱盧嘉興〈臺灣金石學的導師呂世宜〉《臺灣研究彙集》（一），頁 19～26。

生於乾隆四十九年（1784）。〔註34〕據傳幼時極為愚昧，七八歲連羊
犬都辨認不出，十四歲始從同里名儒翁紹梅就讀，但數月後連「人之
初」三個字也讀不上口。某日，熊氏緣梯攀登屋簷，無意中失足滑落
地面，受此驚嚇後大病一場，病癒，穎慧異常，析理論事，常折服長
輩。嘉慶十九年登甲榜進士，選庶吉士，散館後改刑部主事。道光二
十三年（1843）出任臺灣道，二十七年（1847）九月卸職，二十七年
十二月再任，二十八年（1848）四月解組。其為政簡嚴，吏不敢欺。
閒暇之餘，兼治儒術，與同門生蘇咏耕並稱「翁門雙鳳」。〔註35〕

　　熊氏為人守正不阿，明辨秋毫，當其任刑部主事時，適逢福建布
政使李賡芸被龍溪知縣朱履中誣訐，遽讓閩浙總督汪志伊劾訊，李賡
芸向以廉潔自持，至是遂羞忿自經死。事聞，朝廷派遣刑部侍郎熙昌，
副都御使王引之及刑部主事熊一本往按。熊氏等人到閩郡後，立鞫履
中，履中倉促不能辯，自承誣告；同時察得福州知府涂以輈為了迎合
總督汪志伊，對李賡芸嚴刑逼供，至其於死地。詔斥總督汪志伊、巡
撫王紹蘭俱奪職，永不錄用；知府涂以輈枷號兩個月，遣戍黑龍江。
熊氏自「李賡芸案」平反後，聲名大噪，凡奇冤枉獄，承辦最多。

　　道光二十三年（1843），原臺灣道姚瑩解組，由熊一本接任。熊
氏到臺後，一面整頓書院，發揚文教；一面鞏固邊陲，以防外侮。施
瓊芳有〈熊介臣夫子六秩晉一壽詩〉七律四首，詩中有「愛留南國三
冬日，光照東邦兩壽星。（註：公壽誕與姚觀察同日。）」熊氏於道光
二十三年任臺灣道，故是詩應作於道光二十五年（1845），此年瓊芳
中進士返家祭祖，敬賀熊氏六十一歲壽辰。〔註36〕

〔註34〕施瓊芳有〈熊介臣夫子六秩晉一壽詩〉七律三首，作於道光二十五
　　　　年（1845），由此往上推六十一年，可知生於乾隆四十九年（1784）。
〔註35〕王國璠〈分巡臺澎兵備道熊一本──其人其事其詩〉《臺北文獻》第
　　　　九期（1965.05），頁1。
〔註36〕道光二十四年，瓊芳進京赴會試不第，未歸，直至二十五年春中進
　　　　士後才返家，隨即在二十六年又回祖籍晉江祭祖，因發現祖墳被毀，
　　　　留在當地處理事宜，在二十七年始歸。瓊芳詩中有註曰：「公壽誕十

熊氏工詩能文，著有《皇華雜詠》、《臺陽雜著》，可惜皆毀於兵燹，僅存詩數首留世。雖卒年不詳，但楊大泌《十朝揮塵錄》：「七十後喜作小詩，能寓悲壯於閒澹之中，意興言會，言隨意遣，渾若天成。」〔註37〕可知當卒於咸豐四年（1854）之後。

（五）徐宗幹

徐宗幹（1795～1866），字伯楨，號樹人，江蘇通州人。嘉慶元年出生（1795），嘉慶二十五年（1820）進士，分發山東知縣。歷曲阜、武城、泰安三縣知縣，高唐、濟寧知州等職。道光二十五年（1845）丁母憂，二十七年（1847）服闋在籍，授福建臺灣道，二十八年四月來臺。徐氏治臺，循名核實，舉凡策防夷、申禁煙、理財賦、議積儲、設屯丁、開番地，無不勉力為之，並諄諄勸導各屬辦理舉報節孝，以裨化民風，達六年之久。尤其臺灣遭英人窺擾之後，士民蓄憤，自立鄉約，禁不與貿易，徐氏亦著防夷之策。是時綠營廢弛，班兵多宿民家，挾械以嬉，徐氏移鎮管束，改建營房處之，兵民始分。又議改澎湖募兵，變通船政，清理人犯，語多可行。水沙連六社番久請內附，而廷議以險遠為難，照舊封禁，徐氏上書總督，請援乾隆五十三年之例，先設屯丁，以便管理，從之，其後遂設官焉。咸豐三年（1853）四月，林恭、洪泰等起事，陷臺灣、鳳山兩縣，徐氏與民守禦，防勦兼施。其後復擾噶瑪蘭廳，徐氏亦督兵平之。咸豐四年（1854），擢按察使，為閩巡撫王懿德所劾，解任。旋召至京，命赴河南幫辦勦匪。

同治元年四月（1862），擢福建巡撫。三年（1864），粵匪李世賢、汪海洋等由廣東入閩境，逼漳州，龍巖、雲霄相繼陷，宗幹偕閩浙總督左宗棠以次勦平。五年（1866），病卒於位，左宗棠偕福州將軍英桂上奏云：「宗幹以循良著聞，……其居官廉惠得民，所至皆有聲績。」清廷乃優詔褒卹，諡清惠。同治七年（1868），入祀福建名宦祠。著

月。」由此推測，可知此詩應作於道光二十五年十月。

〔註37〕轉引自王國璠〈分巡臺澎兵備道熊一本──其人其事其詩〉（《臺北文獻》第9期），頁3。

有《斯文信齋文編》，記載畢生里居、閱歷，又徐氏將平日採輯前人治臺成效及論臺事之名言碩論，薈萃成《治臺必告錄》五卷以授丁曰健，曰健補輯三卷刊之，爲治臺重要文獻。〔註38〕

　　徐氏的治臺宦蹟及軍事武功已如上所述，而在文教事業上，也有所成效，尤其是積極刻書一事，對清代臺灣教育貢獻卓著，如重梓《孝經正解》，作爲海東書院教學的輔助教材；編輯《瀛洲校士錄初集》、《瀛洲校士錄二集》、《瀛洲校士錄三集》；並出版劉家謀編輯的《東瀛試牘初集》、《東瀛試牘二集》、《東瀛試牘三集》等。其中影響最鉅者，當推《東瀛試牘》與《瀛洲校士錄》。徐氏在《瀛洲校士錄・序》中強調：「解經爲根柢實學，能賦乃著作通才。」故考錄制藝雅馴者，編爲《東瀛試牘》，將說經、論史及古近雜體詩文等諸生院課肄業之作，輯爲《瀛洲校士錄》，以爲鼓舞獎勵之用。因爲清代書院自雍正十一年（1733）後，便逐漸重視應試科舉之功，到了乾隆時期，書院的實際教學更是專注於試帖詩和八股文，因此徐氏出版《東瀛試牘》，是爲了不廢制藝試帖，而編輯《瀛洲校士錄》，則是爲了提升士子詩文創作的水平，使海東書院學生在專心科舉應試之餘，也能培養詩賦古文的能力。由於徐氏與施瓊芳的教學理念相同，故當徐氏推行改革之時，瓊芳也從旁協助輔佐；及至咸豐四年（1854）徐氏解任離臺，瓊芳主講海東書院，仍以獎披後進爲己任，一時高足弟子備出，文風極盛。〔註39〕可惜的是，《東瀛試牘》與《瀛洲校士錄》等書，目前存世可見者僅有《瀛洲校士錄三集》。此書分爲上下卷，上卷論文二十七篇，下卷詩賦九十一首，共網羅臺灣士子三十三人的作品；連橫

〔註38〕參閱《清史稿台灣資料集輯》列傳一百三〈徐宗幹〉（台灣文獻叢刊第243種，臺北：台灣銀行經濟研究室，1968年3月），頁840～841；《清史列傳選》二〈徐宗幹〉（台灣文獻叢刊第274種，臺北：台灣銀行經濟研究室，1968年6月），頁285～290；徐宗幹《斯未信齋文編》（台灣歷史文獻叢刊，南投：台灣省文獻委員會，民國83年5月）。

〔註39〕施士洁《後蘇龕合集・臺彭海東書院課選序》（南投：臺灣省文獻委員會，1993年9月），頁353。

在《臺灣詩乘》屢次引錄此書內容，由此可見是書之重要。〔註40〕徐宗幹又刊有《虹玉樓詩選》，內分「虹玉樓詩帖選」、「古今體試草附」兩部份，封面刊云「道光庚戌（三十年，1850）鐫，獎賞生童，不取工價」，其於教育之用心良苦可見一斑，今藏於國家圖書館臺灣分館。

（六）吳大廷

吳大廷（1824～1877），字桐雲，湖南辰州沅陵人，咸豐五年（1855）中式舉人。其學問淵博，交遊甚廣，公卿耆宿，常折節相交，尤受左宗棠、曾國藩、胡林翼等人推重，歷任員外郎、安徽臨淮鎮記名道員、賞戴花翎、福建鹽法道。同治三年（1864）太平軍竄閩，左宗棠十一月督軍由浙入閩，十二月奏調吳氏及周開錫等員來閩差委，奉召准到閩。後經左宗棠、徐宗幹於同治五年（1866）九月初八上〈請以吳大廷調臺灣道缺摺〉，是年九月二十七日上諭准以吳大廷調補臺灣道，吳氏十月到臺接任。左宗棠為使吳氏治臺順利，又奏請自己屬下福甯鎮總兵劉明燈為臺灣鎮總兵，清廷亦准奏。吳氏在臺任內興學校，修武備，飭吏治，其中最著名的政績有二：一是辦節孝局；一是處理美船羅妹號案。

先看辦節孝局一事。吳氏認為臺民節孝及苦節者不少，但卻數十年未曾舉辦彙奏旌表，以致淫風日盛，人心不古，究其延宕未舉報之因，乃是各層衙門無此項紙筆經費，且層轉中遇有款式不合一再飭令更正，輾轉稽延經年，常延誤彙奏期限，故各任承辦官員多畏難不辦，一直拖延了數十年。其間原福巡撫徐宗幹任臺時，曾刊頒簡明程式，諄諄勸導各屬辦理節孝，達六年之久；而其門生周維新也采輯節孝者編為《全臺闡幽錄》，又名《島上闡幽錄》，徐氏亦作序鼓勵。可惜徐氏未及表旌便解組離職，直至吳氏就任臺灣道，於同治六年（1867）初任命臺防廳同知王文棨依徐宗幹所頒程式專責辦理節孝局。因鑑於

〔註40〕參閱楊永智《明清臺南刻書研究》（東海大學中文所碩士論文，2001年），頁106～118；楊永智〈徐宗幹臺灣關係刻書考述〉（《東方人文學誌》第1卷第1期，2002年3月），頁106～107。

所辦多為稽延時間過久，致無績效，為期推辦順利起見，乃成立「節孝總局」，由各廳、縣地方士紳採訪，逐報臺防廳，由臺防廳核明呈報臺灣道；再由臺灣道限期飭各廳、縣並學官查明詳復，更由府、廳彙案呈臺灣道，由道專案奏咨。施瓊芳當時亦大力協助吳氏，將臺灣府知府葉宗元、臺防同知王文棨轉報的已故節孝婦女一百四十二人、現存節孝婦女一百零八人，共計二百五十人，造冊呈請旌表，以裨化民風。吳氏於同治七年（1868）正月上〈彙題臺屬節孝旌表摺〉，是年十二月朝廷准奏，奉旨核准。吳氏將數十年未辦的旌表之事，在一年內辦妥，其治事之勤、效能之高，由此可見一斑。

其次，吳氏在處理美船羅妹號案，亦是應變得宜。同治六年（1867）二月初四日，美國商船羅妹號（Rover）從廣東汕頭欲前往東北牛莊，不料遇颱風襲擊，在臺灣南端距岸不遠處沈沒，船長赫特（Hunt）及其妻與所有船員一共十四人，乘小艇逃生，最後在恆春尾龜仔角登岸，卻被當地原住民攻擊，慘遭殺害。英國領事館知情後，致函吳氏依法究辦，不久美國駐廈門領事李仙得（Le Gendre）也來臺協助處理，吳氏一面查辦，一面函覆，告以生番不歸地方官管轄，請外國人不要擅入生番境界，以免滋事。但美國得知消息後，自行派兵來臺施行報復。吳氏周旋其中，既派兵囤守於恆春附近，安撫恆春居民，並注意美國兵船，設法阻止美兵再來報復，以免仇恨愈深。最後，李仙得與當時聯盟首領卓杞篤談判，約定以後尊重飄到臺灣海岸的美國人及歐洲人的生命財產，儻再有被生番殺害之事，則閩粵頭人轉為幫駕兇番，解官從重究辦；李仙得並贖回赫特夫人的頭顱及照影鏡一具，雙方達成和解，吳氏也同意此項協議，於是此案就此結束。吳氏處理本案，幾經曲折，至同治六年（1867）十一月初始結案，其既對的原住民加以懲撫，又對虎視眈眈的外國人予以協調，所幸事終得平，因是聲望日增，功加二品服，再加按察使銜。是年十二月，吳氏四十四歲壽誕，各方熱烈慶賀，由紳董進士施瓊芳撰〈誥受資政大夫吳桐雲觀察暨德配孫夫人雙壽序〉，以表祝賀。

同治七年（1867）初，新任閩浙總督馬新貽上任，馬新貽與左宗棠派系不同，兩不相容，而吳大廷既是左宗棠所舉薦，自然備受壓制，不久便以病乞休，在二月離臺。臺郡士民聞悉，環轅挽留者不可勝計，由此可見吳氏得臺民愛戴之深。離臺後，又經曾國藩、李鴻章先後舉薦，但詔留不下，直至光緒二年（1876），兩江總督沈葆楨、直隸總督李鴻章輪流奏薦，吳氏始於光緒三年（1877）奉旨召見，出而待命，可惜詔命下達時，吳氏已因病逝世。〔註41〕

第四節　著　述

施瓊芳博學鴻詞，著作盈篋，然而生前皆未付梓，死後有金門才子林豪（1831～1918）整理校點其詩文全集，擬為刊行，但因遭逢乙未割臺之亂，稿多散佚，僅《春秋節要》、《詩文全集》由子士洁攜渡內地；士洁卒，子奕疇檢之回臺南故里。此時，《春秋節要》也已散佚，僅存之詩文集《石蘭山館遺稿》一直藏於施家，未曾付梓刊行。

施瓊芳工詩能文，詩名享譽南臺，連橫撰述《臺灣詩乘》時，亦知瓊芳詩名之盛，可惜連橫未見其詩，以致無法給予適當的評價。直至1954年，黃典權與友人在顏木林家中發現《聲花集》一書，中有施瓊芳〈比目魚〉、〈寄生螺〉二詩；而後又讀《施氏臨濮堂族誌》，始知瓊芳遺稿存家未梓，故設法與瓊芳後裔聯繫，於1958年獲見目前所存遺稿五冊（詩三冊，文二冊），為之抄錄、標點，並撰〈遺稿識略〉、〈作者先世與生平〉、〈遺稿所見作者之風格〉、〈遺稿的鄉土文獻價值〉，一同刊於《臺南文化》第六卷第一期。1965年，瓊芳後裔將家藏之瓊芳、士洁父子全部遺稿讓歸黃典權，始得全本。黃氏將全稿釐為二十二卷，

〔註41〕以上參閱〔清〕吳大廷《小酉腴山館主人自著年譜》（《臺灣文獻叢刊第二九七種》，臺北：臺灣銀行經濟研究室，1971年12月），頁1～97；（盧嘉興〈左宗棠所薦舉的臺灣道吳大廷〉（《臺灣研究彙集》八，1969年7月），頁23～30；〔清〕吳汝綸撰，施培毅、徐壽凱點校《吳汝綸全集‧贈太僕卿故福建道臺灣兵備道吳君墓銘》（安徽：黃山書社，2002年9月），頁27～28。

點校排印，刊於《臺南文化》第八卷第一期。1992 年，臺北龍文出版社據黃典權所藏之清抄本及其點校之排印本，分成上中下三冊，重新影印刊行，從此先哲遺著因得面世。〔註42〕

　　施瓊芳後裔所藏之《石蘭山館遺稿》共有二部抄本，其中一部即1958 年黃典權第一次獲見的五冊抄本，其在《臺南文化》第六卷第一期〈石蘭山館遺稿‧遺稿識略〉中，曾詳細說明校定此稿的經過：此《石蘭山館遺稿原抄底本》是黃典權從瓊芳曾孫施江純處借出，計有簡便釘紙機釘成的五本冊子，各本稿子一律是十六行，對摺成八行，行十八字；摺處印有「石蘭山館遺彙」，後來即以此爲書名。稿本內容主要可分成「詩」與「文」兩部分，詩有三本，筆跡具工楷勻稱；文有兩本，筆跡工楷，但勻稱遠不如詩。此稿曾由金門才子林豪認眞編校過，因稿本的第三本六、七葉中有夾條說明：

　　　　「藏否」二字須作「臧否」爲是，蓋傳抄偶錯耳。

　　　　先生一生品學，以「恬退」爲尚，於此二詩微露之，豪故
　　　　敬錄以冠於全集之首。其餘則尋次第，不敢意爲易置也。

　　　　（按：此二詩是指〈詠懷〉二首詩。）

而第四本十、十一葉中亦有夾條云：

　　　　「空卷」二字見《漢書》，以宜從原底爲是。若改爲「券」
　　　　字，恐與下「命中見獵」俱不實矣。後學林豪謹識。（並蓋
　　　　「卓人初稿」之印章。）

從這兩張夾條的內容，可知林豪是十分嚴謹認眞地校對此稿。黃典權由兩夾條的內容，認爲此稿本應是初經草定的原抄底本，而在此稿本之外，應還有經過林豪編定的《全集》，因林豪說過：「敬錄以冠於全集之首。」但稿本的〈詠懷〉二詩並不在集首，足見此稿本爲底本，後有《全集》出現才是。黃典權推測這《全集》的名字可能不再稱作

〔註42〕《石蘭山館遺稿‧板本說明》（臺北：龍文出版社，1992 年 3 月）；
　　　　黃典權〈石蘭山館遺稿‧遺稿識略〉（《臺南文化》第 6 卷第 1 期），
　　　　頁 122～124。

「石蘭山館遺稿」，而是「某某詩文全集」，所以《臨濮堂施氏族誌》記載施瓊芳才有「詩文全集存家未梓」之句。〔註43〕這部《石蘭山館遺稿原抄底本》五冊，黃典權疑係瓊芳親筆所抄，不忍私藏，乃奉還瓊芳後裔，俾瓊芳後人得以保藏祖先手澤。〔註44〕

　　而另一部抄本，即1965年瓊芳後裔歸讓給黃典權之全部遺稿，先由黃典權點校排印，刊於《臺南文化》第八卷第一期，後由臺北龍文出版社據以影印刊行。「此本稿紙、行、字悉同前部抄本，其筆跡似非出自一人之手，但較前本工整；就其抄工、格式觀之，恐係擬附雕版之底本，每卷之首各空二行，當係供釐卷、標題之用也。」〔註45〕

　　至於林豪敬錄校訂的《全集》究竟在何處呢？不詳。施江純曾出示一紙端楷抄稿〈育嬰堂給示呈詞〉全文，後接〈募建育嬰堂啓〉，此紙半葉十行，行二十字，與稿本行款不同，編次亦有別。施江純謂此為曾祖父施瓊芳之手澤，但黃典權則疑為林豪敬錄《全集》本之一葉，並推測《全集》原存於施家中，只是後來被蟲蛀壞或散佚大半，僅存目前所見的稿本，由於瓊芳手稿早已散佚，因此孰是孰非，已難定論。

　　1992年，臺北龍文出版社據黃典權所藏抄本影印，但此部清抄本原缺三葉，其中二葉為《臺南文化》第六卷第一期封底所附存真，後由史地學家王恢行以行書據存真及黃氏點校排印本如式補抄。臺北龍文出版社將《石蘭山館遺稿》分為三冊，前為影印之清抄本，後為黃典權點校之排印本，可供讀者相互對校，是目前研究施瓊芳詩文最佳之版本。2004年，施懿琳主編之《全臺詩》五冊出版，其第五冊所收施瓊芳《石蘭山館遺稿》之詩，即以龍文出版社所影印的清抄本為底本，進行編校。本文引錄之詩，為方便起見，皆引自《全臺詩》

〔註43〕以上參閱黃典權〈石蘭山館遺稿・遺稿識略〉(《臺南文化》第 6 卷第 1 期)，頁122～124。
〔註44〕《石蘭山館遺稿・板本說明》(臺北：龍文出版社，1992年3月)
〔註45〕《石蘭山館遺稿・板本說明》(臺北：龍文出版社，1992年3月)

之電子全文，同時參照龍文出版社影印之清抄本，凡相異之處皆以清抄本爲主。基本上，《全臺詩》所列瓊芳之詩既依龍文出版社之清抄本刊印，文字內容應與其無異，但筆者相互對照，發現清抄本之文字，與排印本及《全臺詩》皆有不同，此恐是當時校對之疏漏，以下便將其相異處一一列出：〔註46〕

卷次	詩題	清抄本	排印本	全臺詩	備註
卷七詩鈔一	延建道上山水	西來**日日**緣溪行	月日	日日	排印本誤
卷八詩鈔二	贈人雙壽詩	代記松年在**鯉庭**添**寫**昇平瑞應詩	鯉庭漏「寫」字	鯉庭同清抄本	排印本誤
	吳怡棠郡侯獨像歌	坐令癡骨**蒙**妍皮	薰	蒙	排印本誤
卷九詩鈔三	六月望日水災書事	潛蓄勢**方**迫	力	方	排印本誤
	五月辛亥地震書事			五月辛亥（1851）書事	詩題「辛亥」指日，非指1851年。
卷十詩鈔四	節義蔡母蘇氏行看題詞	當年**參透**生死觀	滲透	參透	排印本誤
	渡建溪灘	絕頂山門**束**	束	東	全臺詩誤
	平望夜泊	溪山**明日**屬蘇州	明日	明月	全臺詩誤
	吳履廷以踏雪尋梅圖囑題爲賦長篇	萍蹤**鷺島**客呈技**扁舟訪戴**雪谿裡	鴉島扁舟訪戴	鷺島扁舟訪載	排印本誤全臺詩誤
卷十三詩鈔七	夏雨即事	**袪**濕尤無功	袪	袪	從詩意來看，此「袪」字應作「袪」，去除也。全誤。
	七夕	便似初婚意**喜驚**	善	喜	排印本誤

〔註46〕清抄本，指龍文出版社由黃典權處所影印之抄本，此本爲完本，亦是底本。排印本，即黃典權刊於《臺南文化》第 8 卷第 1 期之排印本，亦是龍文出版社據以影印之排印本。

卷十四詩鈔八	送某友人奉使塞外	**士卒**投壺馬放坡	土卒	士卒	排印本誤
	王母李太孺人壽詩	得子成儒母**益**尊	益	亦	全臺詩誤
	唐李奇緣詩十八首	六如居士**擅**豪情	擲	擅	排印本誤
卷十六詩鈔十	伐蠹篇	使彼欲鑽無**鐸隙**	餘隙	鐸隙	排印本誤
卷十七補餘詩鈔一	我是玉皇香案吏	**聞馨**下界猜	聞生	聞馨	排印本誤
	地瓜	聖朝務本重耕籍，地生尤物補澆瘠			全臺詩重複此二句
卷十八補餘詩鈔二	隨清娛	也要如花**侍案**前	侍案	侍案	全臺詩誤
卷十九試帖一	陽禮教讓	**撝謙**易不忘	撝諜	撝謙	排印本誤
	秋之秋	黃雲**覆**隴頭	賈	覆	排印本誤
卷二十試帖二	堅兵在鬚	湛恩周挾**纏**	纏	纘	全臺詩誤
	政如農工	**睢麟**起化時	瞧麟	睢麟	排印本誤
卷二十一試帖三	好竹連山覺箇香	**芬**應撲鼻俱	芳	芬	排印本誤
	蟬不知雪	**犬**吠柳州噴	大	犬	排印本誤
	古硯微凹聚墨多	**質樸**堪供案	撲	樸	排印本誤
	十年不摘洞庭霜	面壁**費**猜詳	貴	費	排印本誤
卷二十二試帖四	秋至最分明	**人間**有秋色	問	間	排印本誤
	喜雨	酒旗愁**陣**解	陳	陣	排印本誤
	梅子黃時雨	**蜜雨**兼疏雨，迎梅又送梅。	密雨	密雨	由上下句來看，應是清抄本筆誤。

第三章　施瓊芳詩歌之創作背景

　　瓊芳詩歌的創作，除了內在思想外，外在環境也息息相關。所謂
「知人論世」，要研究瓊芳的創作，當然也要關切到當時的時代背景
與社會環境。瓊芳一生主要活動於道咸時期與同治初年，這段時期，
是臺灣文風轉變的關鍵歲月，也是清代由中葉逐漸步入末期的階段。
本章欲從瓊芳生長的時代，探討當時臺灣的社會環境與文學思潮，以
瞭解其詩歌的創作背景。

第一節　社會環境

一、清廷治臺政策

　　康熙二十二年（1683），清廷討平鄭氏的反抗力量，領有臺灣，
起初以臺灣孤懸海外，乃一蠻荒海島，欲放棄臺灣，但施琅上〈臺灣
棄留疏〉力爭留臺，清廷始在國防與治安的考量下，於康熙二十三年
（1864）收入版圖並設一府三縣，即臺灣府及臺灣（臺南）、鳳山（高
雄）、諸羅（嘉義）三縣，隸福建省管轄。

　　臺灣的行政體系，以光緒十一年（1885）設省為界，可分為兩個
時期：自康熙二十三年（1684）至光緒十一年（1885）立省之前，隸

屬福建省管轄；中法戰爭後，清廷始知臺灣在海防的重要性，故於光緒十一年（1885）設省，獨立爲臺灣省。而臺灣在隸屬福建省時，其府、廳、縣的設置變動如下：〔註1〕

（一）一府三縣時期
康熙二十三年（1684）至康熙六十一年（1722）

清朝設置臺灣府，下有臺灣、鳳山、諸羅三縣。因臺灣南部最早開發，故此期的主要行政區域皆設置在南部，尤以臺南安平爲主。在官職上，臺灣府有知府，一人，三縣也各有知縣一人；而臺灣的最高行政長官則由福建省設分巡臺廈兵備道，兼管臺灣與廈門，至康熙六十年（1721）去兵備，爲分巡臺廈道。此外，自康熙六十一年（1722）起，特設巡臺御史滿、漢各一員，前往臺灣巡查，每年期滿更替。巡臺御史不兼行政職務，主在駐巡臺灣，並且於卸任後回京奏知在臺見聞及利弊興革等事項。巡臺御史官職不高，但因代天巡狩，故權勢不小，易有積弊，因此乾隆五十二年（1787）時，撤廢此職，而巡臺職責改由閩省督、撫、水師、陸路提督輪值代行。〔註2〕

（二）一府四縣二廳時期
雍正元年（1723）至乾隆五十二年（1787）

此期因人民逐漸向中北部移墾，官方也配合人民開墾的腳步，將觸角往中北部延伸，遂於中部增設彰化縣，北部增設淡水廳，並從臺灣縣畫出澎湖廳。此期由於西部平原已大致開墾殆盡，部分移民又開始由西岸轉向東岸開墾。雍正六年（1728），將臺灣最高行政長官「分巡臺廈道」改爲「分巡臺灣道」，統臺灣、澎湖，至乾隆三十二年（1767）加兵備銜。〔註3〕

〔註1〕參閱黃立惠《清季臺灣吏役之研究》（臺灣師範大學歷史研究所碩士論文，1999年），頁11～13。

〔註2〕楊熙《清代臺灣：政策與社會變遷》（臺北：天工書局，1983年6月），頁35。

〔註3〕同前註，頁34～35。

（三）一府四縣三廳時期

乾隆五十三年（1788）至同治十三年（1874）

乾隆五十三年，因臺灣義民在林爽文事件（乾隆五十一年，1786）中平亂有功，爲嘉獎義民，故將「諸羅縣」改名「嘉義縣」。嘉慶十七年（1812），因宜蘭蛤仔難土地肥沃，移民日多，故新增噶瑪蘭廳，以處理各項地方事務。〔註 4〕此期的臺灣全島已大致開發完成，與各國的貿易也日漸頻繁，許多通商港口也發展爲繁榮的市鎮，吸引更多人民前往。

（四）二府八縣四廳時期

自光緒元年（1875）至光緒十年（1885）

光緒元年（1875），因牡丹社事件之故，〔註 5〕增設恆春縣，並放鬆入番禁令，開墾的範圍也更加深入山地。中部地區因內山逐漸開闢，故新設卑南、埔里社二廳。清廷同時又採納沈葆楨的建議，在北部增設臺北府，並將原噶瑪蘭廳改爲宜蘭縣；將舊淡水廳分爲新竹縣、淡水縣及基隆廳。至此，臺灣便有臺灣、臺北兩府。臺灣府統轄臺灣、鳳山、嘉義、彰化、恆春五縣級澎湖廳；臺北府則統轄淡水、新竹和宜蘭三縣。清廷大舉增設府、廳、縣的舉動，皆因日軍侵臺而起，但此時並未眞正認知到臺灣地位之重要，因光緒二年（1876）刑部左侍郎袁保恆奏請朝廷改福建巡撫爲臺灣巡撫，卻未獲接納。直到

〔註 4〕張勝彥等編著《臺灣開發史》（蘆洲：國立空中大學，2002 年 3 月），頁 107。

〔註 5〕同治十三年（1874），日本以臺灣牡丹社原住民曾於同治十年殺害琉球人爲由，出兵佔領台沿南部琅橋一帶。清廷得知後，立派沈葆楨以巡閱爲名率兵到臺灣察看，不久情勢緊張，清廷認爲日本有意侵佔臺灣，乃任命沈葆楨爲欽差辦理臺灣等處海防兼理各國事務大臣。此時的清廷雖國力薄弱，但日本也因改革初始，內部意見不一，加上當時國際態度也不一定支持日本出兵之舉，因此中日雙方於同治十三年九月二十二日簽訂北京專約，日軍於是年十月中旬撤離臺灣。此一日軍犯臺事件，在台灣史上稱之爲台灣事件。參閱張勝彥等編著《臺灣開發史》（蘆洲：國立空中大學，2002 年 3 月），頁 109～110。

光緒九年（1884）中法戰爭爆發，清廷才深知臺灣的重要，故中法停戰後，便立即於光緒十一年（1886）正式成立臺灣省。〔註6〕

一直以來，清廷對臺灣深存戒心，故始終以消極的態度治理臺灣。如初領時期，即公布「臺灣編查流寓例」，被稱爲「移民三禁」，此三禁爲：一、想渡臺者，需先在原籍地申請度航許可證，並經分巡臺廈兵備道及臺灣海防同知的審驗核可，方可渡臺。二、渡臺者一律不准攜眷，既渡臺者，也不准招致家眷。三、粵地屢爲海盜淵藪，不准粵地人渡臺。〔註7〕

接著，又頒佈渡臺禁令，禁止攜眷來臺，這項禁令，從康熙二十三年（1684）至乾隆二十五年（1760）間，曾三禁三弛，〔註8〕直至乾隆四十一年（1776）以後，才准攜眷渡臺。此外，並下令凡駐軍官吏任期三年，立刻調離，官吏不准攜家帶眷，家眷必須留在大陸，形同人質，以牽制來臺官吏。駐軍也是三年輪調換班，故又稱爲班兵，照例漳州兵不准駐漳人村，泉州兵不准駐泉人村，以防止就近與住民勾結；同時限制駐軍兵將必須有家眷，其家眷亦須留於大陸，當作人質，以防軍隊在臺造反。康熙六十年（1721），朱一貴叛亂，頓時全臺爲之震動，此亂平定後，清廷又頒佈另一項消極政策——「封山」，將漢民與番民隔離，畫「土牛界」爲限，表面上是爲了防止漢人侵入番地，亦阻止番民傷害漢人；但事實上，清廷的眞正用意是爲了防止漢人與番民勾結，據山爲亂。清廷領臺期間，一共發佈六次封山禁令。〔註9〕直到同治十三年（1874）沈葆楨開山撫番，渡臺禁令與封山禁

〔註6〕 同前註，頁 112。

〔註7〕 李筱峰、劉峰松合著《臺灣歷史閱覽》（臺北：自立晚報社文化出版部，1997 年 3 月），頁 78。

〔註8〕 不准攜眷的禁令，在 1684～1760 間，曾三禁三弛，分別是：1684～1732 年，禁四十八；1732～1740 年，弛八年；1740～1746 年，禁六年；1746～1748 年，弛二年；1748～1760 年，禁十二年；1760 年以後，弛。參閱楊碧川《簡明台灣史》（高雄：第一出版社，1994 年 5 月），頁 53。

〔註9〕 同前註，頁 56。

令才正式廢除。

　　以上種種，皆可看出清廷治臺的最主要目的，便是爲了防止叛亂發生，此種「爲防臺而治臺」的消極政策，使得臺灣吏治腐敗，而民變叛亂、分類械鬥更是層出不窮。這種情形，就連道光末年任臺灣道的徐宗幹也大爲痛心，曾云：「各省吏治之壞，至閩而極，閩省吏治之壞，至臺灣而極。」〔註10〕不過，來臺官吏雖視臺灣爲畏途，甚至有貪污枉法者，但其中亦有不少良吏，對臺灣的開發極有貢獻，如藍鼎元、姚瑩、周凱、徐宗幹等皆是。

二、經濟發展概況

　　閩、粵二省多山地丘陵，可耕地少，許多無地可耕之遊民，自然會想到臺灣這個新天地開墾，下以求溫飽，上以求致富。因此，儘管清廷禁止無照遊民來臺，但偷渡者仍是絡繹不絕。由於偷渡客禁不勝禁，故清廷曾數次放鬆禁令，前述的三禁三弛即導因於此。但不論是正規或偷渡，移民來臺者漸多，許多禁令形同具文，乾隆五十三年（1788），福建巡撫建議「隻身遠渡與挈眷同來之內地民人，應由地方查明給照，移咨臺灣入籍，按戶編甲。」算是承認既成的事實。〔註11〕

　　移民人口一批一批的湧入，在嘉慶十六年（1811），漢人人口已由鄭氏時期的廿萬人，增加到一百九十四萬四千多人，而到了光緒二十一年（1895）割臺之時，更達二百五十四萬五千多人。〔註12〕臺灣之所以會在數十年間湧進如此多的人口，就是因爲此地山高土肥，且氣候溫暖，利於耕種。雖然清廷對臺採取消極、封閉的政策，但臺地的豐饒富庶仍吸引大量內地居民遷徙，隨著時間的推進，各地建設也有長足進步；清代中葉，臺灣的土地已朝向中北部及東岸地區開發，

〔註10〕徐宗幹《斯未信齋文編》（台灣歷史文獻叢刊，南投：台灣省文獻委員會，1994年5月），頁

〔註11〕李筱峰、劉峰松合著《臺灣歷史閱覽》（臺北：自立晚報社文化出版部，1997年3月），頁82。

〔註12〕同前註。

而臺灣的經濟重心也隨之北移，此與臺灣的經濟作物、貿易息息相關。

清領初期，臺灣的經濟重心在嘉南平原，作物以稻米和甘蔗為主。雖然臺灣的米產也有盛產或凶荒之時，但較之內地的貧瘠，仍是豐足有餘。尤其豐收之年，不僅臺人足食，更可運售到大陸販賣。雖朝廷為免臺米被拿去接濟海上叛徒而下達禁令，但禁歸禁，走私出口的臺米仍然充斥漳、泉二地，甚至販賣到南洋。康熙五十六年（1717），重申禁令，只准臺米供應漳、泉的不足。而康熙六十一年（1722）朱一貴之亂平定後，巡臺御史黃叔璥為了防海盜，乃有禁運之議。至雍正年間，閩浙總督高其倬為了內地人民的需求，在兼防海盜的情況下，請求重新開米；﹝註13﹞朝廷准奏後，臺米出口日多，由此可見臺產米量之豐盛。不過，道光三十年（1850），廈門成為南方的貿易中心，南洋米大量湧進，臺米價格暴跌，對此情形，當時的臺灣道徐宗幹曾云：「臺灣……銀日少、穀日多。銀何以日少？洋煙愈甚也。穀何以日多？洋米愈賤也。……臺民則無業者十之七，將仰食於富民，富民貧，貧民益貧，而官府亦因之而貧。」﹝註14﹞至此，清廷又極力獎勵臺米內運，但仍無法挽回劣勢。道光末年至咸豐初年，臺米滯銷，穀賤傷農，影響臺地經濟甚鉅，加上清廷徵收臺地賦稅甚於內地十數倍，致使「商為虧本而歇業，農為虧本而賣田，民愈無聊賴矣。」﹝註15﹞

由於臺米受到南洋米的衝擊，加上北部已陸續開發，茶及樟腦也因外商的採購而日益興盛，因此臺灣的經濟作物漸由嘉南平原的稻米和甘蔗，轉為北部的茶葉和樟腦。而在咸豐十一年（1861），淡水成為通商口岸後，茶、樟腦更成為臺灣對外的主要貿易貨物。﹝註16﹞由

﹝註13﹞ 參閱《清經世文編選錄・請開臺灣米禁疏》（臺北：臺灣銀行經濟研究室，1996年），頁1。

﹝註14﹞ 參閱〔清〕徐宗幹〈請籌議備貯書〉，收於〔清〕丁曰健編著《治臺必告錄》（臺北：大通書局，1984年），頁281。

﹝註15﹞ 劉家謀撰、吳守禮校註《海音詩》，收於《臺灣叢書・學藝門》第二種，南投：臺灣省文獻委員會，1953年4月），頁7。

﹝註16﹞ 李國祁〈清代臺灣社會的轉型──內地化的解釋〉（《歷史月刊》1996

於臺灣四面環海，在經濟上除了農業自足外，對外貿易亦十分重要；道咸時期，許多中北部的商業港口，皆發展成繁榮的商業中心，如鹿港、淡水、艋舺、新莊等皆是。

　　清代中葉，臺灣隨著土地的開墾，人口的增加，商業貿易也蓬勃發展起來，而「郊」的興起，正顯示出臺灣在土地開墾後商業繁榮的一面。所謂「郊」，就是一種商會，是貿易商人間的聯合組織。早期成立的郊，以貿易地爲郊名的較多，如臺南的北郊、南郊，鹿港的泉郊、廈郊，艋舺的泉郊、北郊。「郊」的組織類似今日之進出口商，其主要功能在解決貨品運銷事宜，並控制貨品的價格，以避免同行競爭削落價格。〔註17〕臺灣的「郊」，又分爲做本島生意的「內郊」與對外貿易的「外郊」。外郊郊行主要的輸出品，早期以米、糖爲大宗，中葉以後，改以茶、樟腦、糖爲主；而最大輸入品，就是鴉片了。

三、社會秩序

　　臺灣地處偏隅，清廷向來視爲蠻荒海島，不予重視，故政治力鬆弛；而移來的閩粵居民爲了生存之故，性格極爲剽悍，因此社會秩序一直不穩定。就臺灣的漢人社會而言，主要的變亂略可分爲民變和分類械鬥。

　　關於民變，臺灣俗諺有：「三年一小反，五年一大亂。」民變之多，由此可見一斑。日人伊能嘉矩在《臺灣文化誌》中也云：「清領二百餘年的歷史，過半是對匪徒倡亂的經略。」這個「匪徒」，指的就是反清的叛亂者，此話顯示了清代的臺灣史中，民變已佔了大部分。清領臺灣二百一十年間，民變約有七十三次，〔註18〕而其中以康

年12月），頁61。
〔註17〕張勝彥等編著《臺灣開發史》（蘆洲：國立空中大學，2002年3月），頁132。
〔註18〕關於清代民變的統計次數，並無一定的數據，如連橫在《臺灣通史》卷二〈人民志〉統計清代臺灣有四十二次民變，而張菼在〈臺灣反清事件的不同性質及其分類問題〉一文中，統計反清民變有一百一十六次。數據之所以差距如此大，是因史料的涉及、範圍與判斷的

熙六十年（1721）的朱一貴事件、乾隆五十一年（1786）的林爽文事件，及同治元年（1862）年的戴潮春事件被稱爲清代三大民變。其影響最大，且範圍都波及全臺。綜觀清代臺灣的民變有幾項共同點：一、除了林爽文事件外，其餘多被立即消滅。二、多以「反清復明」、「倒滿興漢」爲號召。三、叛亂者多會改元稱號，如朱一貴年號永和，稱中興王；林爽文改年號爲順天；戴潮春自稱東王；海盜蔡遷則稱鎮海威武王，立年號爲光明。四、民變多屬會黨之亂，如林爽文之亂、陳周全之亂（乾隆六十年，1795）是天地會；李石之亂（咸豐三年，1853）是小刀會；戴潮春之亂是八卦會等。五、民變並無遠大計劃，多是官逼民反，故臨時起意號召。﹝註 19﹞連橫在《臺灣通史》亦云：「夫臺灣之變，非民自變，蓋有激之而變者。」臺灣吏治的敗壞，使人民怨恨叢積，三大抗清事件，皆導因於此。

　　瓊芳生於嘉慶末年，主要活動於道咸同時期，當然也經歷不少民變事件。咸豐三年（1853）鳳山縣的林恭之變，瓊芳在隔年奉旨與鄭用錫、林占梅等人督辦團練，肅清盜賊。而同治元年的戴潮春事件，更是震驚全臺，此變爲亂三年，是臺灣民變中歷時最久的一次，以下便略述此事始末，藉以一窺清代民變的情形。

　　戴潮春，字萬生，彰化四張犁人，家境富裕，頗通詩書，曾任北協署稿書。其兄戴萬桂曾倡八卦會，但潮春並未加入；咸豐十一年（1861），北路協副將夏汝賢知戴家富有，羅織罪名，意圖勒索未成，故將戴潮春革職。當時戴萬桂已死，戴潮春乃召集其兄舊黨結爲天地

標準不同。事實上，記次的問題不是研究臺灣民變的關鍵，因爲臺灣民變有些是「形同叛逆」，並非真正有組織的反清，有三五成群者，也有數百、數千者；有還沒開始便結束了的，也有三、五天便失敗的，當然也有歷時數年，波及全臺的。因此，丁光玲認爲，民變的次數並不重要，民變的性質及其所代表的時代意義，才是研究問題的核心。參閱丁光玲《清代臺灣義民研究》（臺北：文史哲出版社，1994 年 9 月），頁 5～6。

﹝註19﹞王詩琅〈清代中葉臺灣的叛亂要點〉（《考古人類學刊》第 28 期，1966 年 4 月），頁 76。

會以求自保，並藉團練之名，備鄉勇隨官捕盜，勢力漸大。當時大陸有太平軍之亂，臺地人心大受影響，惶亂不安，故入會者甚多，已至十餘萬人，聲勢日大。這些會員成分複雜，有富家殷戶、平民百姓、地方流氓、無賴之徒等，戴潮春雖爲會首，但也無法確實約束他們的行爲，以致天地會成員到處橫行。臺灣道孔昭慈聞天地會勢眾，派淡水同知秋日覲查辦，會黨自危，起而抗清。同治元年（1862）三月十七日，戴潮春圍攻彰化縣城，城破，臺灣道孔昭慈仰藥自盡，北路協副將夏汝賢亦受辱憤死，各官逃至鹿港，百姓流離失所，頓時人心惶惶。戴潮春抗清後，各地無業遊民響應者眾多，聲勢十分浩大，清廷因內地的太平軍之亂未平，且臺灣爲海外孤島，故並無派遣太多兵力平亂；幸有義民起而協助，阻止戴潮春等人勢力的擴張，使其僅在中部彰化一帶竄擾，不能有所擴展。這次事件，不僅是抗清歷時最久者，也是清廷第一次以臺勇平亂。〔註20〕

　　至於分類械鬥，亦是破壞臺灣社會秩序的一大原因。主要是因政治力薄弱、公權力不彰，移民爲求自保，自然會同鄉聚居，以求互相助援。早期遷移來臺者，皆來自大陸東南沿海的不同地區，有漳州、泉州或廣東等地，這些祖籍地不同的人民，在進入臺灣後，尚有濃烈的地緣觀念，加上生存空間的競爭，經濟利益的衝突，故各族群間經常發生集體爭鬥，稱爲「分類械鬥」。分類械鬥有各種形式，或不同祖籍之鬥爭，如閩南人與客家人之爭、閩南人中的漳州與泉州之爭；或宗性間之鬥爭，如李姓與廖姓之爭；或村落之鬥爭，或職業團體之鬥爭，不一而足。械鬥的導火線，通常只是賭博爭注或偷東西等小事。不過，爭執的事情雖小，但拼鬥起來卻相當激烈，甚有設置砲臺、修築城牆之舉，而遇有規模較大的械鬥，連官兵都不敢介入，只能等到其中一方鬥輸了，官方才出面發揮公權力，由此可見臺灣械鬥情況的嚴重了。〔註21〕

〔註20〕參閱丁光玲《清代臺灣義民研究》（臺北：文史哲出版社，1994年9月），頁97～99。
〔註21〕參閱張勝彥等編著《臺灣開發史》（蘆洲：國立空中大學，2002年3

第二節 文學發展與書院教育

一、文學發展

清代臺灣為一移民社會,移民者多是為了求得溫飽才冒險渡臺,對於舞文弄墨之事,自然並不重視,因此早期臺灣文教不興,是可以想見的。

康雍時期,來臺人民努力開拓新天地,並以米糖等作物,與大陸東南沿海地區貿易。這個時期因拓墾的地區有限,貿易也尚未蓬勃發展,尤其移民來臺者多為不識字的羅漢腳,仍有賴清廷設學教化,故此期的臺灣文學十分貧瘠,文學著作也幾乎全由宦遊文人撰述,如孫元衡的《赤崁集》、黃叔璥的《臺海使槎錄》、郁永河的《裨海紀遊》等。觀其內容主在「勵風俗」,且是以一種優越的、外來的視角來紀錄臺灣的山川草木、民情物象;這些作品,雖然為臺灣留下了珍貴的資料,但卻缺乏對臺灣的認同與關懷,終究不屬於臺灣本土文學。不過,縱然如此,這些外來的知識份子對臺灣的文教建設,依然有很大的功勞,因為早期臺灣社會不文,仕宦者的文化素養與措施,關係著地方文教建設的發展;〔註22〕而仕宦者的創作,不僅引導潮流,也成為早期臺灣文學的重要作品。

到了乾嘉時期,臺灣移民進入高潮,商業貿易也更加繁榮,許多豪商或大地主在累積可觀的財富後,通常會參與政治活動或公眾事務,並培養後代子孫讀書以求取功名,藉由科甲一途進入士紳階層。如施瓊芳的父親約在嘉慶年間來臺定居,以賣米經商致富後,不僅自己捐職成為國學生,還積極栽培子弟讀書,故施家子孫除瓊芳、士洁父子二人考中進士外,其餘也或為邑庠生、國學生、優貢生等,皆屬士紳階層。

月),頁 151;李筱峰、劉峰松合著《臺灣歷史閱覽》(臺北:自立晚報社文化出版部,1997 年 3 月),頁 88。
〔註22〕江寶釵《臺灣古典詩面面觀》(臺北:巨流圖書公司,1999 年 12 月),頁 23。

　　由於士紳具有官位名銜，不僅在社會上具有特殊的地位，就連外來官吏爲了加強對地方的瞭解與控制，也常與士紳維持密切的關係。臺灣經濟的快速發展，促進了本土士紳的興起，也使臺灣文人有了「本土意識」的自覺。所謂「本土意識」的自覺，可從諸羅士紳聯合反對「冒籍」之事來看：因早期臺灣文教不興，故許多內地文人來臺寄籍應考，此種「冒籍」行爲，當時的仕宦人士並不禁止，反認爲如此可以提升臺灣文風。儘管清廷明令禁止這種「冒籍」的現象，但收效未宏。及至乾隆二十五年（1755），隨著社會經濟的繁榮，臺灣士子參與科舉考試者漸多，諸羅士紳不欲科舉名額受到侵佔，聯合發表〈嚴禁冒籍應考條例碑〉，反對冒籍應考的閩粵文人，並說明「本籍在臺」的定義爲「入籍三十年，有廬墓、眷產者」，以保障臺灣本地的學額，此可視之爲臺灣「本土意識」的萌芽。〔註23〕總而言之，乾嘉時期士紳階層的興起，取代了早期的豪商與大地主的地位，在臺灣的漢人社會扮演著領導的角色，這種現象，在道咸時期更加顯著。

　　道咸時期，本土文人興起，而「開臺進士」、「開蘭進士」、「開彭進士」的出現，〔註24〕顯示出臺灣本土意識的覺醒，〔註25〕使臺灣由移民社會漸漸走向「土著化」變成土著社會，〔註26〕亦即臺灣人已對

〔註23〕江寶釵《臺灣古典詩面面觀》，頁37～39。

〔註24〕「開臺進士」爲何人，歷來有不同說法，此指新竹鄭用錫，其於道光三年（1823）中進士，自謂「臺灣土著成進士自余始」（〈七十自壽〉詩註）；「開蘭進士」指楊士芳，於同治七年（1868）中進士；「開彭進士」指蔡廷蘭，於道光二十四年（1844）中進士。此外，本文研究的施瓊芳於道光二十五年（1845）中進士，亦是臺南第一中進士者。上述四人，皆屬道咸同時期的本土文人。

〔註25〕道光三年鄭用錫取中進士後，人稱「開臺進士」，其後又有開蘭、開彭進士的出現，顯示乾嘉以來日漸增強的土著意識，至此更加強烈。尹章義撰《臺灣開發史研究》（臺北：聯經出版社，1989年12月），頁553。

〔註26〕臺灣的漢人社會本是一移民社會，移民社會的性質就是原傳統社會移植或重建的過程，但移民社會在經過一段時間之後，即經土著化

臺灣土地產生認同感，不再以祖籍地爲自己的家鄉，而是以臺灣爲自己的歸屬。江寶釵亦言：「臺灣古典詩歌創作的的紮根，有待乎本土文人的崛起，而本土文人的崛起，有待乎本土科舉社群的出現。」〔註27〕的確，隨著臺灣經濟的繁榮發展，此期臺灣士子中式舉人、進士者漸多。楊熙也認爲道光年間是臺灣士紳迅速成長的決定性年代，由於士紳擁有社會特權、經濟財富，很容易便成爲一方之望，變成鞏固社會基層組織的領導力量。〔註28〕如淡水的大龍峒陳維英家族、新竹的鄭用錫家族、臺南的施瓊芳家族等皆是。

　　這些本土文人由於生於臺灣，長於臺灣，對於臺灣的觀感自然與宦遊文人有異，也因文化視域的不同，而有迴然不同的文學創作表現。本土文人的詩作，一方面繼承前期「勵風俗」的傳統，一方面也因清廷國力轉弱，尤其在鴉片戰爭後，內憂外患不斷，對知識份子的箝制也不如以往，因此詩作中也開始有反映現實、批判時局之作。〔註29〕本土文人以臺灣人的眼光，來看待臺灣社會，正式爲臺灣文學紮下根基。由此看來，道咸時期可謂臺灣文風轉變的關鍵歲月。

　　在道咸時期透過科舉晉身爲士紳階層的文人士子，如施瓊芳、陳維英、鄭用錫、陳肇興等，多半不願爲官，或是任職不久便辭官回臺任教，而也因爲他們的影響，讓文教逐漸普遍，因而造就了同光年間更多的優秀人才。

　　同光時期，臺灣士子中式舉人、進士者更多，且詩文著作的水

過程轉化爲土著社會。土著社會的表徵表現在移民本身對臺灣本土的認同感，不再一味地以大陸祖籍爲指涉標準，逐漸從大陸的祖籍孤立出來，成爲一新的地緣社會。陳其南撰：《臺灣的傳統中國社會》（臺北：允晨文化，民國83年2月再版），頁159～160。

〔註27〕江寶釵《臺灣古典詩面面觀》（臺北：巨流圖書公司，1999年12月），頁33。

〔註28〕楊熙《清代臺灣：政策與社會變遷》（臺北：天工書局，1983年6月），頁147。

〔註29〕參閱施懿琳《從沈光文到賴和──臺灣古典文學的發展與特色》（高雄：春暉出版社，2000年6月），頁3。

準也大大提升，其中最優秀的詩人當推施瓊芳之子施士洁及丘逢甲。〔註30〕光緒二十年（1894），中日戰爭爆發，清軍戰敗，在隔年簽訂馬關條約割讓臺灣。割臺之舉，震驚全臺，臺灣文人因恥爲異族之民，紛紛起而抗日，無奈最終仍告失敗；悲憤之餘，只能匆匆離臺，將心中的痛苦化爲文字，訴諸詩歌。如施士洁、丘逢甲、汪春源及許南英等臺灣著名詩人，在割臺後，未曾一日忘懷故里，因此詩中所流露的憂憤悲慨及思鄉情懷，往往令人心酸。不過，就文學發展而言，此期也是臺灣文學大放異彩之時，因爲光緒時期的詩作風氣十分興盛，只要受過傳統文化薰陶者多能吟哦詠唱；〔註31〕再者，他們遭逢乙未割臺之亂，經歷去國離家之痛，其情感反映在作品中，慷慨悲歌，不雕自工，文學成就自然也比道咸時期的文人較高。

綜上所述，臺灣古典文學在康雍時期是以宦遊文人爲核心；乾嘉時期，雖然本土意識漸興，臺灣人也紛紛投入科舉以求步入士紳階層，但在文學上，依舊是以宦臺文人爲主。及至道咸時期，本土文人崛起，不僅爲臺灣文學紮根，也培育出大量的優秀學子；而在同光時期，本土文人群起，其詩文的質與量都超越宦遊文人，尤其在乙未割臺後，本土文人的眼界擴大，詩境也愈深，使得臺灣古典文學的發展達到顛峰。

二、書院教育

臺灣的書院起於清代，此乃是爲了輔助官學的不足。原本書院爲自由講學的地方，但清初時因恐明朝遺民藉講學之便，散播民族思想，

〔註30〕連橫曾云：「光緒以來，臺灣詩界群推施澐舫、邱仙根二公，各成家數。」參閱連橫《臺灣詩乘》（南投：台灣省文獻委員會，1992 年 3 月），頁 214。

〔註31〕臺灣文人結詩社相互酬唱之風，在乙未割臺後的日治時期，更是推展到極致。此可從日本據臺五十年中，臺灣詩社數量高達二、三百個，居於全國之冠的事實中得到證明。參閱施懿琳《清代臺灣詩所反映的臺灣社會》（臺灣師範大學博士論文，1991 年 5 月），頁 56。

曾一度禁止，後因官學不足，書院的設置實有必要，才又獎勵創設書院。
按：官學即為儒學，是清代各地方的官設最高教育機構，府、州、廳、
縣均設有儒學。儒學，舊稱學宮、文廟、聖廟，今通稱孔子廟，主要是
供奉孔子的廟堂，平時則負責督促生員求學，安排月課；因此，學宮除
了大成殿、崇聖祠外，必設有明輪堂作為生員入泮之所。各儒學皆設有
學官掌理教務，府為教授，州為學正，縣置教諭，廳為訓導，名額各一；
另府、州、縣儒學得視需要再置訓導一名來輔佐教務。儒學中的生員，
需參加官府舉辦的童試取得入學資格，入學者通稱為附生，亦即俗稱的
秀才；附生經過歲、科考之甄選，成績優異者可遞補為增生或廩生。而
附生、增生、廩生只要通過科考的選錄，便可參加鄉試，中式者即為舉
人；舉人可進而參加會試，一圓進士的夢想。〔註32〕

　　臺灣書院因在官方力量的介入下，已成為重要的造士之所，目的
在「導進人才，廣學校所不及」，〔註33〕其性質與官學相同，旨在培
育士子應舉，故教學重點皆以制藝試帖為主，算是科舉教育的推廣。
臺灣所有書院皆有學規揭明教育宗旨，此學規多取法自福州的「鼇峰
書院」，〔註34〕對學生的為人處世、讀書應舉有明確指示。

　　臺灣書院早期集中在南部臺灣府轄區內，而隨著土地的開發，書
院的分布範圍也隨之擴展，乾隆時，臺灣書院已分布到嘉義、雲林、
彰化、新竹新莊等地，甚至到達澎湖。〔註35〕總計清代臺灣的書院，

〔註32〕參閱詹雅能編撰《明志書院沿革志》（新竹：新竹市政府，2002 年
　　　　10 月），頁 18。
〔註33〕乾隆元年上諭：「書院之制，所以導進人才，廣學校所不及。」參閱
　　　　陳培桂纂修《淡水廳志》卷五〈學校志〉（台中：臺灣省文獻委員會，
　　　　1977 年 2 月）。
〔註34〕乾隆元年（1735）上諭：「（書院）酌倣朱子白鹿洞規條，立之儀節，
　　　　以檢束其身心。倣分年讀書之法，予之禮課程，使之貫通乎經史。」
　　　　朱子的白鹿洞學規為南宋以來歷代書院的宗旨，尤其朱子為閩南大
　　　　儒，閩地受其影響最深，故閩南書院學規皆倣自白鹿洞規條；而臺
　　　　灣的書院則倣自閩南的第一書院──「鼇峰書院」。
〔註35〕參閱王啓宗《臺灣的書院》（台中：臺灣省政府，1987 年 6 月），頁
　　　　17。

多達五十所以上，可分爲高等教育的正規書院與基礎教育的非正規書院。正規書院均爲官方倡建，並由地方士紳共同捐資，其設備完善，組織健全，依等級可細分爲道轄、府轄、廳轄、縣轄等。〔註36〕如瓊芳所任教的海東書院是道轄學府，更是當時的最高學府；由於是臺灣最高行政機關所建立，因之規模宏敞，地位崇高，能入門受學的青年，需先通過考核，故海東書院的學生皆是各地優秀學子，而講席也必是一時名儒。至於其他府轄、廳轄、縣轄等書院，規模設備雖不如海東書院，但也都是各地培育士子的重要場所。而非正規書院有官辦、民辦或官民合辦，是爲普及教育所置，故所授以基礎教育爲主；其中亦可細分爲義學、社學、試館、特殊教育等數種。〔註37〕但不論是正規或非正規、官辦或民辦，均須受官府監督。以下便分正規書院與非正規書院加以介紹。

（一）正規書院

　　通常書院的組織編制，包括院長（俗稱山長）、監院、董事及院丁。山長總領書院的教學；監院負責行政、財務等工作。二者皆是書院的重要人物，且均由官方任命，尤其是山長一職，關係到書院的成敗，因此清廷對院長的選拔頗爲嚴格，首重品格，次重學問，務必能爲士子典範者方可勝任。至於董事主在催收學租、管理帳目，此職例由民間士紳擔任；院丁則負責打掃雜務。正規書院爲官府倡建且受官府監督，故性質與官學相近，有入學考試、講書、考課及祭祀等活動。正規書院的生童須經過入學考試，或由儒學、義學保送來的優秀學生方能就讀；但也有的書院只要是學區內的生童，皆可參加其月課，限制並不嚴格。臺灣書院的學生人數，大致在二十至六十之間，通常正

〔註36〕正規學院中，道轄爲海東書院；府轄爲崇文書院；廳轄有明志、文石、仰山……等書院；縣轄有引心、鳳儀、玉峰、白沙、宏文等書院。參閱林文龍《台灣的書院與科舉》（臺北：常民文化，1999年9月），頁17。

〔註37〕義學有西定坊、東安坊、屏山、南湖、藍田等書院；社學有興賢、文英、超然等書院；特殊教育有正音、正心等書院。同前註。

月甄試入學，二月「開館」並開始考課，十一月停止月課，十二月初旬放假，稱爲「散館」，準備過年。〔註38〕

　　書院教學有兩大重點，一是講書，一是考課。講書在講堂中進行，開講前有「開講式」，講後附以靜坐，使其潛思反省。講書之餘，生童自行安排讀書日程，按表自習；山長則居於書院中之宿舍，與生童共同生活，督導學生的功課並隨時爲之解答疑惑。書院照例每月皆須舉行「官課」、「師課」二種考試。「官課」例由監院學官於每月初二出題考課；「師課」由山長於每月十六日出題考課。〔註39〕考課的內容以八股文與試帖詩爲主，參加考試的生童，應自購指定的考試用紙，於課期內繕謄繳卷，試畢由學官或山長評閱發榜，依等級發給膏火（即獎學金）。〔註40〕各書院膏火的名額與金額視財力而異，並無一定。以海東書院爲例，每次課考取生員與童生各前二十名爲超等內課生，各四十名爲優等外課生，其餘則分爲一、二、三等，分別給予膏火。〔註41〕

　　正規書院考課的目的是在培養學生應舉的能力，通常書院若培育出舉人或進士，書院名氣也會跟著水漲船高，因此制藝試帖一直爲官員、山長所重視。不過，到了道咸時期，臺灣文風日長，治臺官員及本土文人亦開始提倡詩文，並鼓勵學生創作，如道光二十八年（1848）徐宗幹與施瓊芳在海東書院進行教學改革，於正課外另加賦詩小課，師生相與切磋，廣開學風。而至同光年間，書院多加考詩賦雜文，以提升學子的詩文水準，如海東書院、明志書院等皆是。〔註42〕

　　書院除了講學和考課外，最重要的就是祭祀了。臺灣書院所祭祀

〔註38〕參閱王啓宗《臺灣的書院》（臺中：臺灣省政府，1987 年 6 月），頁35、40。
〔註39〕同前註，頁35。
〔註40〕參閱林文龍《台灣的書院與科舉》（臺北：常民文化，1999 年 9 月），頁17。
〔註41〕楊護源〈臺南海東書院興廢初探〉（《臺南文化》新46期，1998 年 2 月），頁11。
〔註42〕參閱詹雅能編撰《明志書院沿革志》（新竹：新竹市政府，2002 年 10 月），頁29。

之對象，或為先賢先儒，如朱子、宋儒五子；或為有功於地方之文人，如文開書院配祀明遺臣沈光文、徐孚遠、盧若騰、王忠孝、沈佺期、辜朝荐、郭貞一及清知府藍鼎元等八人。王啓宗曾云：「臺灣的書院祭祀約可分為兩系：閩人的書院多祀朱子或宋儒五子；粵人的書院多祀韓愈。此外，亦有祀文昌帝君或倉聖（倉頡）等者。另有名宦、鄉賢也往往列入從祀。」〔註43〕由此看來，臺灣書院祭祀的對象並不一定，但以祭祀文昌帝君及朱子的情況最普遍。

（二）非正規書院

1. 義學、社學

義學以收容貧困學童為主，生童的入學資格自無嚴格限制，而學業內容也僅限於初級的啓蒙教育。臺灣義學早期以官辦為主，而後有官民合辦，甚至民辦的情形，總計清代臺灣至少有八十三所義學。〔註44〕臺灣義學之稱，有時沿用，有時改名書院，但性質不變，如西定坊書院、東安坊書院、竹溪書院、藍田書院等；然亦有原為義學，後轉為正規書院，如明志書院。〔註45〕此亦是後人難以正確分辨義學與書院的原因。

清代社學以推廣教育為目的，多為官辦，設置於鄉，讓偏遠地區的鄉民亦可就學，其教學內容亦以啓蒙教育為主。道光以後，民辦社學出現，且部分社學的性質也轉為文人文會之所；〔註46〕此亦可視為臺灣文風漸長之證明。

義學與社學，是臺灣啓蒙教育的基礎，也是生活貧困或地處僻鄉的生童，獲得識字能力的地方，雖甚少造就出才俊之士，但對普及教

〔註43〕參閱王啓宗《臺灣的書院》（台中：臺灣省政府，1987 年 6 月），頁 34～35。
〔註44〕曾蕙雯《清代臺灣啓蒙教育研究（1684～1895）》（臺灣師範大學教育學系碩士論文，2000 年 6 月），頁 89。
〔註45〕林文龍《台灣的書院與科舉》（臺北：常民文化，1999 年 9 月），頁 19。
〔註46〕曾蕙雯《清代臺灣啓蒙教育研究（1684～1895）》（臺灣師範大學教育學系碩士論文，2000 年 6 月），頁 39。

育一事，功不可沒。

2. 特殊教育

凡為特定目的或對象興辦書院者，皆屬此類。如以教授「官音」為主的正音書院，顧名思義便是為了「正音」而辦，這是因為雍正六年（1728）的上諭中明確指示：官員需勤加教導閩廣人民學習官音，使能互相通曉，而在地官員也易於通達民情；翌年（1729）臺灣各縣便設正音書院，此乃奉文而設。〔註47〕另如南投的正心書院，是為教化土著民族而特別成立的，亦屬特殊教育之一。

臺灣的儒學及書院，是培育本土文人的搖籃，但因儒學名額有限，因此書院教育便極為重要。書院是讀書的地方，畢業並不能取得任何資格，能否參加科舉考試，端看有無生員（秀才）、舉人的身份。清代臺灣主講書院者，不少也是出身於書院，如施瓊芳曾就讀於臺南引心書院，後主講臺南海東書院；鄭用錫出身彰化白沙書院，後主講新竹明志書院；丘逢甲出身海東書院，後任臺南崇文書院院長。臺灣的書院造就了許多地方才俊，對臺灣的文學與教育發展有莫大貢獻，實不容輕忽。

〔註47〕林文龍《台灣的書院與科舉》（臺北：常民文化，1999 年 9 月），頁19～20。

第四章 施瓊芳詩歌之內容探析（上）

　　瓊芳之詩，共計五百二十三首，題材內容十分廣泛，今就研讀所得，略分風土、題畫、詠史、詠懷、酬贈、試帖及其他等七類，擇有關作品，分別探究。以上分類，或按詩題、或按內容、或按形式來區分。當然，各類題材之間難免有部分疊合，但基本上仍是以主題內容特殊偏重之處來加以歸類。如〈題臺灣府八景圖〉，若按詩題分，應為題畫詩，但它內容乃描繪鹿耳春潮、安平晚渡、澄臺觀海、鯤身漁火等臺灣風景名勝之處，故仍將其歸入風土詩中；又如〈晴皋太史同年以題顏希源百美新詠詩索和勉擬附後〉，按詩題應入酬贈詩，但其內容是品詠歷代百美，故歸詠史詩內。

　　題材分類，雖不能使每首詩都恰如其份，但已力求適當安排。以下各節便依序列述原詩，並旁徵相關資料，參證時代背景，希望能對瓊芳各類詩作中的思想蘊涵及心境寄託，略窺一二。

第一節　風土詩

　　「風土」一詞，最早見於《國語・周語上》：「是日也，瞽師、音官以風土。」韋昭注：「音官，樂官。風土，以音律省風土，風氣和則土氣養也。」[註1] 亦即考察各地的樂曲可以得知該地的風土民情，

〔註1〕《國語・周語上》（臺北：里仁書局，1981年12月），頁20。

包括風俗習慣與地理環境。高拱乾修《臺灣府志》，共分十類，其一即爲「風土志」，包含漢人風俗、土番風俗、氣候、歲時、風信、潮汐、土產等七項。以下即依此範疇，將《石蘭山館遺稿》中，五十七首描寫臺灣風土的詩篇，略加縷析。

一、地理氣候

（一）地　理

臺灣素有美麗之島的美稱，其特殊景觀自然不少，〔清〕范咸在《重修臺灣府志》中收有「臺灣府八景圖」，分別是「安平晚渡」、「沙鯤漁火」、「鹿耳春潮」、「雞籠積雪」、「東溟曉日」、「西嶼落霞」、「澄臺觀海」、「斐亭聽濤」。臺灣當然不僅僅只有這八景特出，但在清治時期，這八景應可說是臺灣風景的代表。施瓊芳有〈題臺灣府八景圖〉詩一組共八首，分別描繪八景，可惜今僅存四首：

〈鹿耳春潮〉
　鼇柱雄關鹿耳開，吐吞日月吼奔雷。
　空城潮打紅毛去，破浪風驅白馬來。
　此地三春多釀雨，當年八尺助平臺。
　海門鎖鑰波臣守，萬里天威到僻陬。

鹿耳門在臺南安平鎮西，是開臺初期主要的港口，因外形像鹿耳，故名鹿耳門。其港道狹窄，加上沙堅如鐵，素有天險之稱。正因爲地形的特殊，鹿耳春潮的景致也是奇絕壯觀。連橫曾說：「『鹿耳春潮』，爲臺灣八景之一。然至四月二十六日以後，波濤澎湃天垂海立，有萬馬奔騰之勢，亦宇內奇觀也。……鹿耳門之北爲國姓港，南爲七鯤身，而海吼爲天下奇。自夏徂秋，驚濤坋湧，厥聲迴薄，遠近相聞。張鷺洲侍郎狀而賦之。好奇之士就而觀之。錢塘八月之潮尙不足以擬其偉大也。」〔註2〕臺灣縣治之海常吼，從安平鯤身到鹿耳，常有浪

〔註2〕連橫《雅堂文集》卷三〈筆記・臺灣史蹟志〉（南投：臺灣省文獻委員會，1992 年 3 月），頁225。

濤驚人，「吐吞日月吼奔雷」一句，正是描繪激起的浪濤來勢凶猛與聲勢強勁，與連橫記載「驚濤坋湧，厥聲迴薄，遠近相聞」的景象不謀而合。

由於鹿耳門地理位置險絕，港路迂迴，易守難攻，在軍事上是兵家必爭之地，且因鹿耳門港深不足，大船無法進出，唯有漲潮之時得以直入無阻。瓊芳先是描寫鹿耳春潮之壯觀，隨後筆鋒一轉，帶出鄭成功驅逐荷蘭之事。鄭成功征臺時，正是因爲遇上海水漲潮，才能在驚濤駭浪中順利由鹿耳門登陸與荷軍決戰，最後收復臺灣。瓊芳用「紅毛」與「白馬」來對比荷蘭人與鄭成功，並言「萬里天威到僻陬」，可見得他對鄭成功平臺之功十分敬仰。

鹿耳門在清道光之前，一直是天險之地，但由於經年累月的風沙堆積，漸漸淤沙成陸，在道光三年（1823）七月，臺灣大風雨，鹿耳門內海沙驟長，變爲陸地。〔註3〕瓊芳作此詩時，鹿耳春潮雄偉的景致早已不復存在，但他生於臺南，長於臺南，對聞名遐邇的鹿耳春潮自然不會陌生，此詩將奇景與史事融入其中，詠出鹿耳門昔日的天險風光，也抒發了個人情志。

〈鯤身漁火〉
　瞥訝天星散海濱，千燈放網認鯤身。
　地蕃未化鵬程勢，火照將潮鹿耳津。
　沙線盡頭通鳳邑，鹽丁額外悉漁人。
　筠籃夜市爭鮮估，來日庖廚滿郡新

〈鯤身漁火〉描述的是入夜後七鯤身的夜景及漁民買賣爭鮮的景況。七鯤身，是鳳山縣七鼓山下逶迤到海的七堆土阜。范咸在《重修臺灣府志》記載：「七鯤身，在縣治（臺灣縣）西南十里，一鯤身與安平鎮接壤，自七鯤身至此，山勢相聯如貫珠，不疏，不密。……距里許，爲二鯤身，有居民。再里許，爲三鯤身。又里許，爲四鯤身。

〔註3〕 〔清〕姚瑩《東槎紀略・籌建鹿耳門砲台》（《臺灣文獻叢刊第七種》，臺北：大通書局），頁30～31。

又里許，爲五鯤身。又里許，爲六鯤身。又里許，爲七鯤身。自打鼓
山下起，七峰宛若堆阜，風濤鼓盪，不崩不蝕，多生荊棘，望之鬱然
蒼翠。外爲大海，內爲大港，採捕之人多居之。」〔註4〕七鯤身多漁
民居住，入夜之後，漁燈明滅不定，暈黃的月光照在海面上，安詳的
景致如詩如畫。〈鯤身漁火〉首聯是指夜晚時漁民點明燈火放網捕魚，
漁燈通明形成了鯤身獨特的景觀。頷聯「地摹未化鵬程勢，火照將潮
鹿耳津。」用《莊子・逍遙遊》：「北溟有魚。其名爲鯤，鯤之大，不
知其幾千里也。化而爲鳥，其名爲鵬，鵬之背，不知其幾千里也。」
〔註5〕點出鯤身地形的廣闊；頸聯則說明鯤身的盡頭與鳳山縣相通，
而居住者多爲漁民。最後詩人以「筠籃夜市爭鮮估，來日庖廚滿郡新。」
作結，呼應開頭「千燈放網」的捕魚情景，點出漁獲的豐收，人民爭
鮮買賣，使得家家庖廚都有鮮魚，將鯤身人民的自足安樂表露無遺。

〈安平晚渡〉

　　漫唱風波不可行，限茲衣帶隔安平。

　　寒沙航泊新潮岸，落日人歸古戍城。

　　來往蒲帆隨鷺影，呼招匏葉雜漁聲。

　　海濱鄒魯風偏樸，不似秦淮艷送迎。

　　七鯤身與臺灣島的主要聯繫，全靠安平鎮，亦即一鯤身，在其中
擺渡來回，「安平晚渡」，指的就是這種景象。高拱乾《臺灣府志》記
載：「安平鎮渡，自安平鎮至大井頭相去十里，風順，則時刻可到；
風逆，則半日難登。大井頭水淺，用牛車載人下船；鎮之澳頭淺處，
則易小舟登岸。」〔註6〕

　　安平晚渡之景，在鹿耳門淤沙成陸之後，亦不復存在，瓊芳是對
八景圖遙想早期的安平晚渡，其所描繪的就是夕陽西下時，寧靜海面

〔註4〕〔清〕范咸《重修臺灣府志》卷一〈封域〉（《臺灣府志三種》中冊，
　　　　北京：中華書局，1985年5月），頁1386。

〔註5〕黃錦鋐注譯《莊子讀本》（臺北：三民書局，1999年4月15刷），頁3。

〔註6〕〔清〕高拱乾《臺灣府志》卷二〈規制志〉（《臺灣府志三種》上冊，
　　　　北京：中華書局，1985年5月），頁501。

上錯落著點點小舟的祥和景致。詩中「寒沙航泊新潮岸，落日人歸古戍城。」「來往蒲帆隨鷺影，呼招匏葉雜漁聲。」兩聯，將景色與人物交織在一起，讓黃昏時刻的安平頓時生動起來，不再僅是平面的晚渡景象。尾聯「海濱鄒魯風偏樸，不似秦淮豔送迎。」說明安平晚渡時的熱鬧，不亞於秦淮河畔，雖然二者同有送往迎來，然而安平民風的自然純樸，卻與豔名遠播的秦淮河畔大異其趣，由此也可看出作者對家鄉寧靜平詳的景致，真是情有獨鍾了。

〈澄臺觀海〉
蜃氣分光到署前，澄清素志絕塵緣。
常言觀海難爲水，況復登臺別有天。
高處置身連尺五，閒來放眼看三千。
煙銷日出東溟近，指點蓬萊最上巔。

澄臺位於臺灣府道署內，是康熙三十一年（1692）來臺任分巡臺灣兵備道的高拱乾所建。〔註7〕澄臺之所以名爲「澄」，是因爲登臺攬勝之際，將海天一色盡收眼底，心志自然澄清無憂，寬廣遼闊。瓊芳〈澄臺觀海〉一詩，寫的就是登臺觀海的景色，與心情澄靜無波的投射。頸、頷兩聯，有大海壯觀之景，也有登臺觀景而使心志開闊之意，的確別有天地。

（二）氣　候

臺灣地處亞熱帶，又四面環海，氣候以濕熱居多，與大陸內地氣候明顯不同。郁永河《裨海紀遊》即云：「天氣四時皆夏，恒苦鬱蒸；遇雨成秋，比歲見寒，冬月有裘衣者，至霜霰則無有也。」〔註8〕瓊芳世居臺南，對臺灣的氣候有深刻體會，如〈三伏月晚猶苦熱〉一詩即云：
空祝陽烏墜，炎蒸似晝時。暖風歊毒助，旱電雨情欺。

―――――――――――――
〔註7〕高拱乾〈澄臺記〉：「於是捐俸鳩工，略庇小亭於署後，以爲對客之地；環繞以竹，遂以「斐亭」名之。更築臺於亭之左隅，覺滄勃島嶼之勝，盡在登臨襟帶之間，復名之曰『澄』。」同前註，頁1138。
〔註8〕〔清〕郁永河《裨海紀遊》（《中國方志叢書》臺灣地區第46冊，臺北：成文出版社，1983年3月），頁48。

蚊鬧將昏市，蛙喧久涸池。促更憎眼澀，熱粥忍腸饑。

力餒揮蒲腕，塵痒著葛肌。怯燈書懶對，近水榻頻移。

羨月居寒府，愁雲煽火旗。千金方細檢，甚藥暑能醫。

按「伏」為農曆六月之節候名。《釋名・釋天》云：「伏者，金氣伏藏之日也。」古人又將夏天分為初伏、中伏、末伏，故謂「三伏」；這是一年中最熱的時候，所以有「最熱三伏天」之說。詩中「暖風歆毒助，旱電雨情欺。」說明此時除熱氣逼人外，臺南還面臨小旱，才會有「蚊鬧將昏市，蛙喧久涸池。」的景象。苦熱的六月，即使到了夜晚還是燠熱難當，不但難以入眠，就連粥飯也因天氣燠熱而難以下嚥，寧願忍受飢餓。瓊芳為飽讀詩書之人，但三伏月之熱卻使他「怯燈書懶對，近水榻頻移。」連夜晚對燈看書都覺熱氣逼人，可見這三伏之熱確實令人難耐。

臺灣四季如春，但熱的日子多，且夏季尤熱。《臺灣府志》記載：「臺灣僻在東南隅……大約熱多於寒，恒十之七，故有四時皆是夏，一雨便成秋之說。」〔註9〕瓊芳〈夏雨即事〉組詩八首，其中便有夏雨舒解燥熱的描述，茲迻錄三首如下：

雨意將收暑，薰蒸氣轉衝。無情鳩棄婦，先見蟻移封。

礎汗流皆決，爐煙濕不濃。晚來非旱閃，雷鼓已鼕鼕。

日華安可保，轉眼又雲興。再雨欺朝旭，迴涼作夏冰。

扇勞偷隙懶，屐價得時增。閉戶如年晝，西樓第幾層。

奚必灣銷夏，當前景足娛。天漿分竹筧，物寶弄荷珠。

無字流溝葉，如錢散地榆。倘添鸝鷺宿，一幅輞川圖。

詩首云：「雨意將收暑，薰蒸氣轉衝。」即印證臺灣夏季「一雨成秋」之說。炎炎夏日能得雨水消除暑意，確實令人心曠神怡，難怪詩人要說「再雨欺朝旭，迴涼作夏冰。」瓊芳對著這夏日雨景，悠然自得的心情自然浮現，故云「倘添鸝鷺宿，一幅輞川圖。」其實，不必添鸝鷺，這雨景中流露出的自然景觀已是作者心中的輞川圖了。

〔註9〕〔清〕蔣毓英《臺灣府志》（《臺灣府志三種》上冊，北京：中華書局，1985年5月），頁11。

　　不過，夏雨雖然可以去除暑意，但若大雨連續不斷，則夏季得雨之樂，恐怕就要變成苦雨了。〈夏雨即事〉組詩後幾首，便反映出夏雨連綿之苦。

> 熱深思舊雨，一雨竟旬餘。魚溢頹堤沼，蚊添積潦渠。
> 艾蒲防節水，蠹麥檢農書。猶記春霖日，扁舟小屋如。
>
> 苦雨還懲熱，陰情未定衷。留酸梅有信，祛濕朮無功。
> 黴黑憐衣意，泥塗上市躬。乾星難卜霽，須盻暮霞東。
>
> 健龍今亦懶，陡破積旬陰。日出生疏態，雲歸戀滯心。
> 能乾方洗葛，久潤試調琴。靈鵲知人意，檐前報喜音。

臺灣四面環海，但一年之中的降雨量並不平均，有時連月不雨，形成乾旱；有時又降雨不止，甚至大雨肆虐。通常臺灣越往南，雨水越集中夏季，且冬夏差距甚大。通常五至九月的雨量約佔全年總雨量的十分之八，而其餘時間則雨量稀少，旱災頻仍。《諸羅縣志》載云：「夏秋紅日當空，片雲乍起，傾盆立至。一日之內，陰晴屢變，或連月不開。」〔註10〕連橫在亦曾提及臺灣的氣候：「濁水以南，每當夏季，時有驟雨來自西北，謂之西北雨。滂沱而下，暑氣頓消，瞬息即霽。若至七八月，雨淫浹辰，謂之騎秋，中秋乃止。」〔註11〕瓊芳雖未言及此時的大雨為何，但觀察前後詩句，可能是指西北雨，亦即午後雷陣雨。

　　詩人自言「熱深思舊雨」，希望雨水可以消除悶熱的夏日，想不到大雨是來了，但卻是「一雨竟旬餘」，使得「魚溢頹堤沼，蚊添積潦渠。」人民在苦熱之後，還要苦雨，真是「苦雨還懲熱，陰情未定衷。」著實令人無奈。大雨雖然可以為炎炎夏日帶來涼意，讓人心情舒暢，但若是一連十幾日大雨不斷，恐亦形成另一場水災。觀其「猶記春霖日，扁舟小屋如。」一語，可知不久前連綿的春雨，早已在當地釀災，因此詩人很畏懼這夏季大雨會形成另一場災難，所幸最後靈

〔註10〕〔清〕周鍾瑄《諸羅縣志》卷八〈風俗志〉（臺灣文獻叢刊第一四一　　　　種，臺北：臺灣銀行經濟研究室，1962 年 12 月），頁 181。
〔註11〕連橫《雅堂文集》卷三〈筆記・臺灣漫錄〉（南投：臺灣省文獻委員　　　　會，1992 年 3 月），頁 162。

鵲報喜，日出雨停。觀此〈夏雨即事〉組詩，從喜雨之樂到苦雨之憂，不僅寫出詩人兩極的感受，也寫出臺灣夏季氣候的變化莫測。

二、風俗信仰

王必昌《重修臺灣縣志》云：「民非土著，大抵漳、泉、惠、潮之人居多，故習尚與內地無甚異。」[註12] 清代早期的臺灣爲一移民社會，故風俗與內地相去不遠；但隨著時間、環境與人事物的改變，臺灣也發展出特有的風俗信仰。在施瓊芳的詩歌中，有許多便是描寫臺灣的歲時風俗與民間信仰，足以印證臺灣風俗的變遷與社會文化的發展。以下列舉有關歲時節慶的詩篇，藉此探討詩句中所反映的臺灣風俗。

（一）歲時風俗

1. 上 元

正月十五爲上元節，又稱元宵節、也是天官大帝誕辰之日。施瓊芳有歌詠上元之作：

〈臺陽上元日奎樓春祭魁星〉

此日剛逢太乙徑，儒風別有瓣香陳。

社中福醴元宵宴，樓上文光列宿神。

珠璧五星天闢運，燈歌萬戶地生春。

夜來火樹銀花發，藉卜科名桂杏新。

奎樓，在臺灣府道署之旁，雍正四年（1726）建，爲諸生集議之所；上建一閣，以祭祀魁星。[註13] 士人祭拜魁星一事，據《臺灣通史》云：「士子供祀魁星，祭以羊首，上加紅蟳，謂之『解元』。值東者持歸告兆，以羊有角爲『解』，而蟳形若『元』也。」[註14] 魁星乃民間奉祀

〔註12〕〔清〕王必昌《重修臺灣縣志》（臺北：大通書局，臺灣文獻史料叢刊第二輯）

〔註13〕連橫《臺灣詩薈》上（南投：臺灣省文獻委員會，1992年3月），頁605。

〔註14〕連橫《臺灣通史》卷二十三〈風俗志〉（南投：臺灣省文獻委員會，1992年3月），頁678。

的五文昌之首，〔註15〕歷來爲士人所推崇，其雙手分持墨斗與硃砂，左腳翹起，右腳踏鼇的的造型，乃象徵「獨占鼇頭」之意。祭魁星原是七夕的舊習，後來在中秋、上元時，也有文人雅士祭拜，祈求科舉順利。〔註16〕此詩首聯即入題，次聯明白指出元宵夜祭魁星之事；而後「珠璧五星天闛運，燈歌萬戶地生春。」則將祭魁星與元宵夜點燈結綵的熱鬧情景相結合。元宵夜除了張燈結彩外，人們亦大放煙火，讓夜晚的星空火花四射；結聯「夜來火樹銀花發，藉卜科名桂杏新。」藉著火樹煙花的繽紛燦爛，預卜來日榮登金榜之盛況，正是萬千學子的共同殷盼。

2. 寒 食

　　寒食節在清明節的前一日或二日，由於古時寒食節也有掃墓的習俗，所以寒食掃墓常與清明合併，到後來，人們只知清明掃墓，而不知有寒食了。〔註17〕寒食節的由來，古說不一，後世多以爲是晉文公即位，介之推不因有功而求祿，反而與母親偕隱山中，文公焚林求之，之推抱樹而死；文公哀傷，乃令每年是日禁火。故寒食掃墓的用意，原是爲了紀念介之推，而後逐漸演變成民間習俗。瓊芳有〈寒食日郊行〉共三首，紀錄臺灣人寒食掃墓之習：

　　〈寒食日郊行〉

　　　沿門插柳半黃藍，閒趁東風挈酒柑。
　　　到處聽鶯皆好友，誰家鬥草得宜男。
　　　節拘龍忌風都屏，耕待鳩催雨正酣。
　　　捱過春陰花氣煖，羅衫新試到城南。

　　寒食自古即有插柳之習，《武林舊事》：「寒食節都城人家，皆插柳滿簷，雖小坊幽曲，亦青青可愛。」〔註18〕詩云「沿門插柳半黃藍」，

〔註15〕五文昌爲魁斗星君、關聖帝君、文昌帝君、純陽祖師、朱一神君。
〔註16〕劉還月《臺灣歲時小百科》下（臺北：臺原出版社，1995年6月），頁427。
〔註17〕范勝雄《府城的節令與民俗》（臺南：臺灣建築與文化資產出版社，2000年10月），頁43。
〔註18〕〔宋〕周密《武林舊事》卷三〈祭掃〉（《中國歷代筆記精華》下，

可見臺灣猶存古俗。人民在寒食、清明祭拜祖先後，常與親友在郊外
踏青，陳文達《臺灣縣志》記載：「清明祀其祖先，祭掃墳墓，必邀
親友同行，婦女亦駕車到山。祭畢席地而飲，薄暮而還。」〔註19〕關
於掃墓順便踏青之事，三詩皆提及。此詩「到處聽鶯皆好友，誰家鬥
草得宜男。」「捱過春陰花氣煖，羅衫新試到城南。」即描述寒食踏
青郊遊的情景，所謂「鬥草」即鬥百草，是競採花草，以採多者勝，
此遊戲常於端午舉行，讀瓊芳此詩，可見「鬥草」在寒食日也很盛行。
由於此日婦女亦一同出遊，盛裝打扮自是難免，句末「羅衫新試到城
南」，明顯可見當日服裝爭奇鬥豔的景象。

〈寒食日郊行〉
　　拾翠初開舊塞蹊，野花無主發棠梨。
　　荒涼狸穴他鄉骨，羞澀鶯簧少婦啼。
　　童自乞墦牛飽臥，隴經焚楮草難萋。
　　忽聞暮鳥催歸緊，一路游人影落西。

　　此詩首句「拾翠初開舊塞蹊」，先點出寒食日婦女遊春之事。次
句「野花無主發棠梨」是即時即景，寫出無主孤墳的淒涼。今人吳毓
琪以為「棠梨」原指漢代宮名，隱射明鄭時期之王公貴族，如今卻成
為無主孤墳，只能任憑野花生長，無人問津。〔註20〕吳君之見，固然
可備一說，然據《本草綱目·果》載：「棠梨，野梨也，處處山林有
之。樹似梨而稍小，……二月開白花，結實如小楝子大，霜後可食。」
可見次句只是描述實景，襯托出埋骨異鄉的淒涼，似與漢代的「棠梨
宮」無涉。〔註21〕由於臺灣早期瘴癘充斥、瘟疫猖獗，來臺墾荒者往

　　北京：中華書局），頁899。
〔註19〕〔清〕陳文達《臺灣縣志》卷一〈輿地志〉（臺灣文獻史料叢刊第二
　　　　輯第三十冊，臺北：大通書局），頁63。
〔註20〕吳毓琪〈臺南詩人施瓊芳作品中的台灣社會面相〉《文學台灣》第
　　　　36期2000年10月），頁132。
〔註21〕施瓊芳詩歌中，提及「棠梨」者另有二處，一是〈中元觀放燈歌〉：
　　　　「落月冷秋墳，夜夜棠梨曲。」二是〈盂蘭盆會竹枝詞〉：「十萬河
　　　　燈齊放夜，棠梨月冷鮑家墳。」都是描述無主孤魂的淒涼，並無其

往因此斃命，遺屍郊野。這些墾荒者多爲單身無家之人，死後就成爲「荒涼狸穴他鄉骨」，不得落土歸根，景況十分凄涼。頸聯也是實情實景；結聯「忽聞暮鳥催歸緊，一路游人影落西。」則呼應首句婦女遊春，至薄暮始歸。

〈寒食日郊行〉
　　隊隊肩輿簇簇衣，澆墳酒罷未言歸。
　　深情兒女原無限，又向荒祠拜五妃。

此首全寫寒食郊遊之情景。按「五妃」乃南明寧靖王的五位姬妾──袁氏、王氏、秀姑、梅姐、荷姐。施琅攻滅鄭氏時，寧靖王殉死報國，而五妃也投環自盡。五妃廟在府城大南門外桂子山，康熙年間邑人就五妃之墓建廟，乾隆十一年巡臺御史六十七及漢御史范咸，命海防同知方邦基修墓，並在墓前建廟祭祀。〔註22〕從「深情兒女原無限，又向荒祠拜五妃。」可知，五妃廟的香火不盛，已成一座荒祠，僅有深情兒女於寒食日順道祭拜，以弔念五妃殉節之德。

3. 端　午

端午節是臺灣重大的節日之一。此原爲紀念愛國詩人屈原的節日，後來逐漸變成驅凶避邪之日。瓊芳有〈端陽日戲詠〉，其中便反映出端午的風俗：

　　端陽故事觸懷頻，雜綴聊成句腐陳。灼艾方知龍有女，結蒲始信草爲人。……畏符智笑行邪鬼，續縷權爭造命神。
　　卻有貞魂招不得，上虞江際汨羅濱。

拱乾《臺灣府志》云：「端午日，昔人取艾懸戶，採蒲泛酒；今合艾蒲共懸之，謂蒲似劍也。以五色長命縷繫兒童臂上，復以繭作虎子帖額上，至午時，脫而投之。」〔註23〕端午節懸掛艾葉、菖蒲之習，主

他隱射之意。
〔註22〕連橫《臺灣通史》卷二十二〈宗教志〉（南投：臺灣省文獻委員會，1992 年 3 月），頁 665。
〔註23〕〔清〕高拱乾《臺灣府志》卷七〈風土志〉（《臺灣府志三種》上冊，北京：中華書局，1985 年 5 月），頁 873。

要是爲了驅邪避疾；懸長命縷則是用五彩色線繫在孩童的手腳上，以祈孩子無病無痛，長命百歲。另外，還有於端午之日乞符，稱爲「午時符」，裝入小袋囊，掛於兒童頸上以保平安。〔註24〕詩中「灼艾方知龍有女，結蒲始信草爲人。」「畏符智笑行邪鬼，續縷權爭造命神。」等，全是端午節用來驅毒避邪之本地習俗。

4. 七 夕

農曆「七夕」，又稱「七巧節」或「乞巧節」。相傳牛郎織女結婚後，男忘耕、女廢織，天帝一怒之下，拆散兩人各居南北，中有銀河相隔使其不得相見。只有每年的七月七日夜，才由喜鵲搭起鵲橋，供牛郎織女相會一面。瓊芳有〈七夕〉詩，寫的就是牛郎織女的傳說。

> 靈匹雙星破鏡還，鍼樓想望渺河山。饒舌烏鵲填橋散，偷將密語傳人間。昨夜初昏會漢水，唱到天街話未已。擺脱往時傷別言，收淚牛郎悲轉喜。女言久聚淡忘情，濃意都從離別生。間歲參商一相見，便似初婚意喜驚。君不見下界長生密攜手，中道紅顏未白首。華清夜夜竟須臾，銀漢迢迢獨長久。日月正如儂梭忙，斗杓一轉又秋光。終天海誓山盟在，只願神仙莫帝王。思量聘債還天璧，盤古於今幾山積。思量佳會算年涯，盤古於今幾七夕。

此詩先寫牛郎織女相會之情，其中「女言久聚淡忘情，濃意都從離別生。間歲參商一相見，便似初婚意喜驚。」詩中夾雜議論，指出人在離別後產生思念之情，久別重逢更是欣喜若狂；若是彼此朝夕相處，則情感容易淡漠。詩後語鋒一轉，點出唐明皇與楊貴妃的愛戀。白居易《長恨歌》云：「七月七日長生殿，夜半無人私語時；在天願做比翼鳥，在地願爲連理枝。」唐明皇與楊貴妃也曾在七夕夜互許盟誓，以見證彼此的愛情，然而楊貴妃最後死於馬嵬坡下，只留唐明皇夜夜相思。所謂「華清夜夜竟須臾，銀漢迢迢獨長久。」正是兩人愛情的

〔註24〕范勝雄《府城的節令與民俗》（臺南：臺灣建築與文化資產出版社，2000 年 10 月），頁 62。

寫照。而「只願神仙莫帝王」，則不僅寫出唐皇、貴妃的感慨，也值得天下有情人省記。

舊時農曆七月七日夜，女子會在月下設香案，備針線、生花、瓜果及胭脂水粉，來祭拜織女，以求取智巧美慧；故七夕日又稱為「乞巧節」。關於七夕，瓊芳另有〈乞巧〉詩：

> 瓜果中庭默祝時，劇憐兒女太情癡。
>
> 休論仙巧人難乞，巧似天孫亦別離。

首句描述的是七夕夜女子拜織女的景況。以下三句則是詩人的論說。民間女子皆向織女求取智巧，但仙巧無法乞取，且巧如織女者，還不是得忍受與牛郎的別離之苦？既然如此，求巧又有何用呢？言外之意，只要能與情人長相廝守，就是最大的幸福，何必要奢求織女的智巧？

5. 歲　末

瓊芳有《臺陽臘除雜詠》詩十首，每首另附詩題，內容皆是臺南過年時的相關習俗：

> 舌耕初放暇，已是賣聯時。
>
> 履襪新正計，工謀潤筆資。（〈賣聯〉）

此詩記過年前賣春聯之事。農曆十二月二十四日是送神日，也是開始賣春聯的時候。古代的春聯多是沒落文人題寫，以求潤筆工資好過年；現在則多是由廠商大量印行了。

> 債主催今夕，逋家約過年。
>
> 扣門忙丙夜，已是過年天。（〈索帳〉）

此詩則是描寫過年前，債主前來討債之景。按照臺南舊俗，一年收討帳項三次，即端陽、中秋、年底。〔註25〕而年底討債時間通常只到除夕當晚，一過三更，就不可以再催討了。因為過新年是家家互相恭賀的好日子，此刻討債未免不近人情。此詩寫債主前來討債，而欠債人則約在過年時清償，意在避債，「丙夜」即三更天，債主臨門時

〔註25〕范勝雄《府城的節令與民俗》（臺南：臺灣建築與文化資產出版社，2000 年 10 月）

已到三更天，按習俗不能開口索債了。

> 綵勝絲籠貯，花孃喚玉人。
>
> 喜他連理樣，今歲是雙春。（〈春花〉）

此詩藉春花歌詠過年的喜氣。一、二句是說賣花女在過年用五色紙或五色絹剪成春燕、春蝶、春錢等各種形狀，俗稱「綵勝」，賣給其他女性簪於髮上，以示迎春。三四句以花喻人，有祝福買花玉人早結連理之意。據說女子在過年時要將綵勝收起，改在髮上插鮮花以增添新年喜氣。〔註26〕

> 當空焚片楮，天馬比驤騰。
>
> 不假韓韋畫，神通有法乘。（〈灶馬〉）

此詩是反映送神日燒甲馬黃紙，以供灶神有坐騎可以返回天庭。農曆十二月二十四日為送神日，傳說此日灶神須上天向玉皇大帝報告人間的功過善惡，以定百姓吉凶禍福。《諸羅縣志》：「臘月廿四日，各家拂塵。俗傳：百神將以是夕上閶闔謁帝。凡神廟及人家各備茶果、牲醴、卯幢幡、輿馬儀從於楮，焚而送之，謂之送神。」〔註27〕各家於此日早上開始供牲醴、焚甲馬黃紙、祀甜湯圓，恭送灶神上天。甲馬是一種在黃紙上畫有神馬盔甲和坐轎的圖像，作為灶神上天的服制和交通工具。〔註28〕

> 昔日凌煙閣，今朝士庶門。
>
> 李唐無寸土，秦尉像長存。（〈門神〉）

中國門神的由來，相傳是唐太宗夜晚常做惡夢，夢見龍王前來索命，因為太宗答應龍王要救他，最後卻沒有成功。唐太宗命文武百官設法，而秦叔寶和尉遲恭自願著武裝為唐太宗守門，自此龍王的幽魂

〔註26〕劉還月《台灣人的歲時與習俗》（臺北：常民文化，2000 年 2 月），頁 93。

〔註27〕〔清〕周鍾瑄《諸羅縣志》卷八〈風俗志〉（臺灣文獻叢刊第一四一種，臺北：臺灣銀行經濟研究室，1962 年 12 月），頁 153。

〔註28〕吳瀛濤《臺灣民俗》（臺北：眾文圖書出版社，1987 年 11 月再版），頁 32；施懿琳《清代臺灣詩所反映的臺灣社會》（臺灣師範大學博士論文 1991 年 5 月），頁 414。

沒有再來。太宗認為兩人威儀儼人，命畫師繪兩人畫像張貼門上，以護衛宮中安寧。此後，民間百姓也仿效之，「門神」之稱因此產生。李唐王朝早已消失，但秦叔寶與尉遲恭的畫像卻流傳至今，永遠護衛世間人民，想非二人生前所能料及！

> 寓象藏佳境，當門倚數株。
> 來春生意滿，此蔗竟先枯。（〈倚門蔗〉）

> 兒小未諳用，分錢寄母奩。
> 欲知年漸長，撲滿舊痕添。（〈壓歲錢〉）

〈倚門蔗〉是記述除夕下午，人民在門扉後豎放連根帶葉的甘蔗兩支，此稱之為長年蔗，蓋甘蔗味甜且枝葉茂密，有象徵好運吉利之意。〈壓歲錢〉則是描述全家圍爐吃完年夜飯後，家長便會分「過年錢」，也就是「壓歲錢」，這是為了要討一年之中荷包永遠有錢的兆頭。〔註29〕小孩子除夕夜領了壓歲錢很開心，但還不會用錢，所以過年後便得投入存錢的撲滿，交由母親保管；只要看撲滿又添了投錢的新痕，就知道孩子又長大了一歲。

> 床母與床公，今宵同守歲。
> 帷燈徹曉明，茶酒香風細。（〈照床燈〉）

除夕夜，家長分完壓歲錢後，全家團坐爐邊，談笑歡娛，直到元旦天明，此稱為「守歲」。民間認為「守歲」可以使父母長壽，或使全家增添福氣，因此當夜常是華燈齊亮，滿室通明。〔註30〕此詩即是直述除夕夜守歲點燈的情景。

> 人心計算長，一食留餘地。
> 社飯想明年，誰知高后意。（〈過年飯〉）

在除夕當日，人們會用小碗裝飯，飯上插紅紙人造花，此花謂之「飯春花」，此飯就是「過年飯」，又稱「春飯」。因為「春飯」和「剩

〔註29〕鈴木清一郎著，高賢治、馮作民譯《臺灣舊慣習俗信仰》（臺北：眾文圖書公司，1989 年 8 月再版），頁 539。
〔註30〕吳瀛濤《臺灣民俗》（臺北：眾文圖書出版社，1987 年 11 月再版），頁 35。

飯」的臺語諧音，可象徵一年中不論如何吃，也永遠會有「剩飯」，目的在討個好兆頭；「人心計算長，一食留餘地。」即寫出人們對「春飯」觀念的重視。通常春飯要在神佛前祭供，祈求明年仍有餘糧可食。詩云：「社飯想明年，誰知高后意。」便是將春飯拿來祭拜后土，也就是俗稱的土地公，希望神明保佑來年依舊豐衣足食。末句「誰知高后意」透露詩人對明年農事的關切。

（二）民間信仰

　　施瓊芳風土詩中，反映民間信仰者有二：一是中元普渡；一是北港媽祖。

1. 中元普渡

　　農曆七月十五日為「中元節」，是地官赦罪日。《修行記》：「七月十五日，地官降下，定人間善惡；道士於是日誦經，餓鬼囚徒，亦得解脫。」此日也是佛家所謂的「盂蘭盆會」，「盂蘭盆會」梵意為救倒懸，乃源自於目蓮救母之事。《盂蘭盆經》記載：「目蓮以母坐餓鬼道，佛之作盂蘭盆會，以珍果素食置盤中供佛，而後母得食。」不論是道家的「中元節」，或佛家的「盂蘭盆會」，此日人們皆要準備大量的祭品與經衣紙錢，來普渡孤魂野鬼。瓊芳〈盂蘭盆會竹枝詞〉四首，就是描寫中元普渡的情形：

> 大地風颺紙蝶灰，浮屠舊事目連開。
> 花瓜初罷穿針會，又見盂蘭薦福來。
>
> 六道三魔孰見真，瑤壇不少拜經人。
> 倒懸無限人間苦，偏是冥曹解脫頻。
>
> 玉京花果記遺文，人海喧闐會若雲。
> 十萬河燈齊放夜，棠梨月冷鮑家墳。
>
> 給孤園內靡金錢，懺遍空王願力堅。
> 祝與酆官妖霧散，笙歌燈火太平年。

　　第一首詩先藉滿地飄揚的紙錢灰燼，暗示盂蘭盆會的景況，繼之點出盂蘭盆會乃由目蓮救母一事而來。每當盂蘭盆會的日子一到，人

們紛紛以百味五果普渡孤魂野鬼，也期待藉此得到福報。第二首詩，是詩人從個人角度來看待盂蘭盆會，「六道三魔孰見眞，瑤壇不少拜經人。」指出不論六道三魔未必眞有，但人們依然虔誠地準備祭品紙錢以普渡亡魂，希望他們可以得到超渡，解脫一切苦難。不過，眾人在世間尚且不能解脫自己的倒懸之苦，卻耗費心力去超渡亡魂，豈不本末倒置？

　　第三首詩是描述盂蘭盆會的情形。七月普渡，廟宇通常會舉辦「公普」，也就是「盂蘭盆會」。公普前夕，要先在廟前豎燈篙，即用一根高幾丈的竹竿或木桿懸掛燈籠於頂端，以招引亡魂，民間相信燈篙豎得越高，所招的鬼魂也越多。普渡時，廟前設「普渡壇」與「孤棚」。「普渡壇」是普渡時最重要的祭壇，壇中央懸掛一面大鏡，書「盂蘭盆會」四大字或掛三官大帝像，祭壇前的長桌擺滿了各式祭品供孤魂享用。而設「孤棚」，則是爲了供置「孤飯」及雞、鴨、豬、羊等供物，且上面要插「中元普渡」或「敬奉陰光」等三角旗，以祭祀亡魂。另外還要放水燈，以引領溺死孤魂來享用祭品。普渡的祭品照例是相當豐富，因爲民間傳說孤魂餓鬼若是吃不足，就會作祟危害人間。〔註31〕此詩即記述普渡時祭品豐富與燈火輝煌、人聲喧鬧的景況。

　　第四首中，「給孤園內靡金錢，懺遍空王願力堅。」「給孤園」是佛寺的代稱，「空王」爲諸佛的通稱。普渡時，除了廟前有普渡壇、孤棚外，廟內還另設祭壇，壇內懸掛佛祖畫像，僧道坐座誦經，爲孤魂「化食」與「放燄口」。「化食」是因孤魂眾多，唯恐祭品不敷供應，故誦經以求以一化十，以十化百，爲之普施；而「放燄口」是因孤魂犯罪，故過食時口中吐出火焰，必須消除火焰，孤魂乃得進食。〔註32〕故首二句即言佛寺結壇、設孤棚、誦經以普渡亡魂之事。臺灣人十分

〔註31〕鈴木清一郎著，高賢治、馮作民譯《臺灣舊慣習俗信仰》（臺北：眾文圖書公司，1989 年 8 月再版），頁 467～471。

〔註32〕吳瀛濤《臺灣民俗》（臺北：眾文圖書出版社，1987 年 11 月再版），頁 24。

重視中元普渡，除祭品豐盛、排場講究之外，還稱這些孤魂野鬼為「好兄弟」，其目的就是為了要祈求闔家平安，鬼祟不要作怪。詩人最後云：「祝與酆官妖霧散，笙歌燈火太平年。」正是臺灣人中元普渡的用意所在。

　　前云：「十萬河燈齊放夜」，是寫中元節放水燈的情形。詩人另有〈中元觀放燈歌〉：

> 禪房解夏出，大慶逢月吉。當佛降生辰，是鬼超死日。今宵大聖誦靈篇，畢啓酆宮紂絕天。人間亦有渡亡會，水陸道場燈盡然。嘗聞黑海腥波毒，千斤吞舟恣其欲。茫茫大劫中，淪為黑暗獄。又聞兵後更凶年，白骨荒郊無似續。落月冷秋墳，夜夜棠梨曲。不見陽光不出頭，自照空悲燐火綠。惟佛婆心敕眾僧，大德十方禮上乘。苦海將把慈帆濟，法炬先從慧眼激。琉璃兩三盞，旃檀六七層。一展常生火，引出大千無數照冥燈。燈輪高，燈影鬥若敎。餒而嗟來就，世界陰轉陽。時光夜如晝。頃刻風酸火變青，應是幽魂已到候。燈漸寒，夜漸闌。唄祝空王醮，籍查地藏官。為現神光燭，超引餓魂沈魄齊上懺齋壇。壇上金剛經，壇下香積飯。幡繖不減唐宮迎，花果豈殊玉京獻。無盡亦既然，無遮亦既建。從此故鬼騰歡、新鬼解恨，檀越得福僧得財。大家利市各如願。古來熱蚖與製鯨，華燄每從佳節呈。菊燈重九燦，蠟燈除夜瑩。爭及此番光障海照魔城，功德之量莫與京。梵場眞樂國，喜氣徹幽明。只願災祲不作、疹癘不生，來春元宵燈火醉太平。

此詩開始，首先道出中元普渡日，人間百姓欲超渡亡魂，繼而提及為何臺灣人民如此重視中元普渡之因。清代早期，人民要渡海來臺十分困難，需先經黑水溝、颱風、颶風之考驗，而順利登臺後，還要避免瘴癘、瘟疫、水災、旱災的侵襲；而除了這些天災外，還有兵災、番害等人禍，在在危害人民的生命。詩中「嘗聞黑海腥波毒，千斤吞舟恣其欲。茫茫大劫中，淪為黑暗獄。」便是描述涉險渡海時，不幸喪生之人。而「又聞兵後更凶年，白骨荒郊無似續。落月冷秋墳，夜夜

棠梨曲。」則是寫僥倖登陸者，卻遇上天災人禍，終成荒郊裡白骨一具，無人祭祀。正因為臺灣有這麼多孤魂野鬼，所以臺灣人特別重視中元普渡，一方面是出於憐憫之心，一方面則是祈求太平。「琉璃兩三盞，旃檀六七層。一展常生火，引出大千無數照冥燈。」是描繪放水燈的情景。而後「頃刻風酸火變青，應是幽魂已到候。」則是所放的水燈已成功引請溺死孤魂前來，準備開始享用祭品。此時，一旁的僧道便開始誦經，使餓鬼得以進食。臺灣人既重視中元普渡，祭品、紙錢及各種排場自然也不會吝嗇，總是花費大筆金額，甚至到了奢華侈靡的地步。〔註33〕雖然如此，但百姓為求福遠禍，仍然樂於為之，僧尼則藉此得財，大發利市。「只願災祲不作疹癘不生，來春元宵燈火醉太平。」正是作者個人的願望，也是全體百姓的共同禱告。

2. 祭拜媽祖

相傳媽祖是福建莆田人，世居湄州嶼，為五代末都巡林惟慤之第六女，生於宋建隆元年（960）三月二十三日，原名九娘，因彌月不啼，故又名默娘。幼多異秉，性好禮佛，年十三得道人授要典秘法；十六能觀井得符，布席海上濟人；雍熙四年（987）九月初九日昇化成神，自此成為閩南沿海一帶的海上保護神。〔註34〕

「媽祖」，又稱為「媽祖婆」。「媽」，在臺語是「祖母」的意思，故以此字稱呼女神含有敬稱及親近之意。媽祖之所以能成為臺灣最重要的信仰神祇，實與臺灣地理環境有關。臺灣四面環海，早期先民渡海來臺險象環生，俗諺：「勸君切莫過臺灣，臺灣恰似鬼門關。」正說明了渡海的危險性。由於大海無情，不知奪走多少人命，因此人們

〔註33〕佐倉孫三《台風雜記》云：「戶戶爭奇，家家鬧奢，山珍海味，酒池肉林，或聘妓吹彈，或呼優演戲，懸采燈、開華筵，歌唱管弦，互一月之久……大家則費數百金，小家則靡數十金，其所費實不貲也。」類似情況，在《安平縣雜記》、吳子光《臺灣紀事》等書都有記載，反映出臺灣人中元普渡時，家家競奢的情況。

〔註34〕連橫《臺灣通史》卷二十二〈宗教志〉（南投：臺灣省文獻委員會，1992年3月），頁649。

只有祈求媽祖的庇佑，希望航海平安。不僅航海者需要媽祖的保佑，沿海的居民出海捕魚，也得仰賴媽祖庇護。瓊芳〈北港進香詞〉組詩十二首，即反映臺灣人民信仰媽祖的虔誠之心。以下摘錄數首說明：

> 當年湄嶼播靈風，百谷歸墟賴聖功。
> 此日瓣香齊頂禮，人心也似水朝東。
>
> 北港靈祠冠閫臺，傳香卻向郡垣來。
> 始知飲水思源意，不隔人神一例推。
>
> 筍籃絡繹鬧春三，香國聞根義可參。
> 一路綠煙吹不斷，南人北去北人南。
>
> 初聞神輦駐琳宮，山積黃阡一炬空。
> 不用祇園金布施，僧囊已飽楮灰中。
>
> 鼓如雨點爆如雷，肩轂今宵擁不開。
> 火樹光稀人漸散，青紅兒女奉香來。
>
> 鄉居終歲到塵稀，翻藉香緣快覽歸。
> 皂色襴衫朱約髮，只慚花樣入城非。
>
> 聞說香時不拾遺，腰纏手絮任游羈。
> 能令約法嚴三尺，神道方徵設教宜。
>
> 舶商賽會爲恬波，祀到山農意若何。
> 廟樂聲闐秧鼓動，慶豐祝比慶瀾多。

《安平縣雜記》云：「三月，北港進香，市街里保民人沿途往來數萬人，日夜絡繹不絕，各持一小旗，掛一小燈（燈旗各寫「天上聖母、北港進香」八字）。迨三月十四日，北港媽祖來郡乞火，鄉莊民人隨行者數萬人。……其北港媽祖駐大媽祖宮，爲閤郡民進香。至十五、十六日出廟繞境……三月二十日，安平迎媽祖。是日，媽祖到鹿耳門廟進香，……是夜，禳醮踏火演戲鬧熱，以祈海道平安之意。」〔註35〕瓊芳此組詩歌的內容與《安平縣雜記》的記載相對照，可謂大

〔註35〕《安平縣雜記》（臺灣文獻史料叢刊第二輯第三十五冊，臺北：大通書局），頁 14。

致相近。第一首「當年湄嶼播靈風，百谷歸墟賴聖功。」點出北港媽祖乃由湄州媽祖分香而來，此後香火鼎盛，信徒廣增。〔註36〕第二首「北港靈祠冠闔臺，傳香卻向郡垣來。」的情況，則與《安平縣雜記》所載「三月十四日，北港媽祖來郡乞火」相同，原本清代臺灣的媽祖廟是以臺南天后宮為中心，因此北港媽祖到臺南乞火，在當時本是理所當然之事，故詩云「始知飲水思源意，不隔人神一例推。」

北港進香，對臺灣人而言是一件大事，直到現在人民依然重視，此事古今不變。詩中「一路綠煙吹不斷，南人北去北人南。」「鼓如雨點爆如雷，肩轂今宵擁不開。」形容人潮來來往往，一路煙火不斷的情景，極為逼真。臺灣人既然信仰媽祖，對香油錢自然也不會吝嗇，「不用祇園金布施，僧囊已飽楮灰中。」說明不需人民捐獻，只是購買香紙，已足令僧道荷包飽滿了。

鄉下百姓平常不出遠門，為祭拜媽祖得以順道觀光，即使身無餘錢，也得勉力裝扮一番，詩云：「皂色襴衫朱約髮，只慚花樣入城非。」道出了鄉下百姓的實景真情。不過，人民信仰媽祖，也產生了自我約束的正面效果，觀看北港進香的情況，人人皆路不拾遺、互相幫忙，此種道德今日依然可見。究其原因，是因為人民害怕此時若心存貪念，媽祖會立刻知道並降災予以處罰，所以人人奉公守法，不敢作惡。詩云：「能令約法嚴三尺，神道方徵設教宜。」表達了神道設教之意。

媽祖原為航海守護神，然而發展到後來，媽祖已成了萬能的女神。不僅航海人與漁民祈求媽祖保佑，就連農民也祈求作物豐收；因此，在祭祀媽祖的節慶時，幾乎所有人都前來參與。時至今日，情形依舊如此，且祭祀的盛況更是有增無減。由於媽祖於三月出生，故臺灣有「三月瘋媽祖」之諺，顯示了臺灣人對媽祖信仰的虔誠。最後一首詩

〔註36〕《北港朝天宮聖母繞境沿革簡誌》載：「清康熙三十三年，福建湄州朝天閣高僧樹璧奉請媽祖神尊來台，於農曆三月十九日午時登陸笨港，庇佑萬民，遂立祠奉祀，自此香火鼎盛。」（引自劉還月《台灣歲時小百科》上冊，臺北：臺原出版社，1995年6月），頁247。

形容慶典的情景:「廟樂聲闌秧鼓動,慶豐祝比慶瀾多。」雖是描述人民慶祝豐收的熱鬧景象,其背後也反映出媽祖信仰在臺灣的轉變。

三、物產飲食

瓊芳詩中,多有涉及臺灣物產之詞,其全篇寫物產者亦有數首,例如:

〈地瓜〉

葡萄綠乳西土貢,離支丹實南州來。此瓜傳聞出呂宋,地不愛寶呈奇材。萬曆年中通舶使,桶底緘藤什襲至。溉植初驚外域珍,蔓延反作中邦利。碧葉朱卵盈郊園,田夫只解藷稱番。豈知煥糧資甲貨,汶山可廢蹲鴟蹲。聖朝務本重耕籍,地生尤物補澆瘠。不須更考王禎書,對此豐年慶三白。

地瓜,俗稱蕃薯。范咸《重修臺灣府志》載:「蕃薯,明萬曆中閩人得之外國,瘠土、沙礫之地皆可種。……閩海而南有呂宋國,朱薯披野連山,不待種植,夷人率取食之。」〔註37〕連橫《臺灣通史》亦云:「番藷,一名地瓜,種出呂宋,明萬曆中閩人得之,始入漳泉,瘠土沙地皆可以種取。蔓植之數月即生實,在土中大小纍纍,巨者重可斤餘,生熟可食。臺人藉以為糧,可以淘粉,可釀酒,其蔓可以飼豚,長年不絕,夏秋最盛,大出之時掇為細條,曝日極乾,以供日食。」〔註38〕此首〈地瓜〉詩,先言地瓜的由來,再言地瓜在臺灣的價值,「此瓜傳聞出呂宋,地不愛寶呈奇材。」地瓜原產自呂宋國(今之菲律賓),然夷人任其生長遍野卻不重視,直至萬曆年間傳至閩南,而後入臺灣,成為臺灣人最重要的食物之一。由於地瓜四季皆可生長,且瘠土沙地亦可種植,因此經濟價值十分高,「溉植初驚外域珍,蔓延反作中邦利。」說明了地瓜生長迅速,帶給人民很大的利益。因為

〔註37〕〔清〕范咸《重修臺灣府志》卷十二〈物產一〉(《臺灣府志三種》中冊,北京:中華書局,1985年5月),頁2249。
〔註38〕連橫《臺灣通史》卷二十七〈農業志〉(南投:臺灣省文獻委員會,1992年3月),頁743。

地瓜容易種植、價格便宜，故臺灣貧民常以地瓜充飢，甚至可將地瓜切成細條，曝曬成「番藷乾」，充作乾糧，以補稻米之不足。詩云：「豈知糗糧資甲貨，汶山可廢蹲鴟蹲。」即是說有了地瓜，就不吃芋頭了。可見地瓜對臺灣人而言，是一種非常重要的食物。詩末：「聖朝務本重耕籍，地生尤物補澆瘠。」便是讚揚地瓜對臺灣貧瘠地區與窮苦人家的貢獻。

〈佛手柑〉

　　佳果爭誇楚郡柑，別標佛手在閩南。花應迦葉拈微笑，實比兜羅軟並探。……彈指林中偕竹茂，化身座上與蓮參。掌承仙子金莖豔，爪擘麻姑玉瓣甘。……相伴只有僧鞋菊，長荷靈峰慧雨涵。

　　周鍾瑄《諸羅縣志》：「佛手柑：色同香櫞，長者近尺，狀如佛手指，有伸者、屈者，長短錯落，亦有如拳者。香特異常，雖乾而經年不歇，奇產也。」〔註39〕佛手柑產自閩廣之間，其果實色黃而香，狀如半握之手，故名佛手柑。此詩先言佛手柑的產地在閩南，而「花應迦葉拈微笑，實比兜羅軟並探。」則是形容佛手柑的花狀及果實。相傳世尊在靈山說法，一日拈華示眾，百萬人天不會其意，獨迦葉破顏微笑，世尊曰：「吾有正法眼藏，涅槃妙心，實相無相，微妙法門，不立文字，教外別傳，咐囑摩訶迦葉。」「兜羅」即「兜羅綿手」，指佛陀之手。瓊芳以世尊所拈之花喻佛手柑的花朵，又以「兜羅綿手」比擬果實的形狀，譬喻十分切當。由於佛手柑香特異常，因此人們經常拿它來供佛，詩中：「化身座上與蓮參」，是指供在佛前的佛手柑，如同安置佛像的蓮花座般；「掌承仙子金莖豔，爪擘麻姑玉瓣甘。」則說明了佛手柑狀如麻姑仙子的長手爪，且果實甘甜可口。詩末，瓊芳以僧鞋菊，比喻佛手柑的高潔，並以「靈峰慧雨」呼應世尊在靈山說法之事。全詩皆以詩人的主觀想像來描繪形容，讓原本只散發奇香

〔註39〕〔清〕周鍾瑄《諸羅縣志》卷十〈物產志〉（臺灣文獻叢刊第一四一種，臺北：臺灣銀行經濟研究室，1962 年 12 月），頁 204。

的佛手柑頓時變得別有含意。

〈薄餅〉

世風日趨嬛，一餅亦尚薄。用以裹葷腥，柔嫩便束縛。積饌高於山，開口深於壑。拱把不能持，團團也吞卻。一席饗餐神，並世人身託。初耽食味佳，繼爭食量博。咽噎腹膨脝，已夢紅裳惡。中飽宜漏巵，莫怨河魚虐。樂節鑒前賢，取義從餺飥。輕酌與淺嘗，思陪雅人酌。

薄餅，即臺灣所謂的「潤餅」，是清明時應節的食品。作法是用一張薄薄的圓形餅皮，將煮熟的蔬菜、肉類等食物置於中間，將之包捲起來，便可食用。此詩前寫薄薄一張餅皮，但葷腥柔嫩卻盡在其中，味道極佳。接著敘述人們在吃薄餅時，因囫圇吞棗，兼以大量飲酒，以致得到河魚之疾，腹瀉不止。薄餅固然美味，但詩人見大眾如此不知節制，心中亦感無奈。最後，詩云：「輕酌與淺嘗，思陪雅人酌。」薄餅雖好，但還是與雅人一同淺嚐小酌，才有樂趣。此詩寫薄餅，也寫食餅之人的醜態，雖無託物寓意，但卻盡物之態，十分生動。

小 結

綜觀瓊芳風土詩，可從兩個面向來探討其價值：一是作者個人的文化視域；一是對臺灣風貌的呈現與社會文化的反映。

首先，關於作者個人的文化視域：施瓊芳出身書香世家，一生淡泊名利，專心致力於教育人才。他生於臺灣，長於臺灣，對臺灣有極大的眷戀與認同，因此，其風土詩的創作動機及主觀情感，自不同於宦臺文人。在創作動機上，瓊芳詩中所反映臺灣的社會風土民情，是因生活於其中，自然有感而發，故論及臺灣的地理氣候、風俗信仰時，多是直接描述、詳細鋪陳，並抒發自己的感受與見解，而未刻意在詩中大量夾註說明臺灣的地理環境或民情習俗，期有采風之功。而在主觀情感上，詩人既眷戀臺灣鄉土，自然也對臺灣的風土人情有認同

感，能以理解客觀的態度看待臺灣風俗。如中元普渡一事，歷來宦臺文人多認為臺人鋪張浪費、迷信鬼神，語多貶抑；但瓊芳身為臺灣本土文人，十分清楚臺灣人為何如此重視中元普渡，縱然他也不贊同奢華的場面，但基本上他是可以認同臺灣人祈求太平的心理。這種認同感以及在許多詩作中流露出對家鄉風土的關懷與喜愛，是完全不同於宦臺文人將臺灣視為畏途或蠻邦的心理，因此其創作表現自然也與宦臺文人大相逕庭。

其次，施瓊芳詩作所呈現的臺灣風土，固然不能完全反映當時臺灣的完整面貌，但卻可與史料結合，以補史料之不足或印證史料的內容，使後人更能清楚明白早期臺灣的地理氣候與風俗民情。風土詩是施瓊芳在臺灣生活經驗孕育下的作品，其中除了詩人的個人情志外，還呈現了背後的社會文化與民族價值觀。如臺灣本為移民社會，隨著時間的累積，人民逐漸以臺灣為依歸，其在〈寒食日郊行〉詩中，描述臺南人在寒食日掃墓踏青，反映出臺灣人祭掃祖墓並不是回大陸祖籍，而是在臺灣本地祭祖掃墓。以臺灣的地理環境而言，渡海來臺不是一件容易的事，若每年都要回祖籍掃墓，所冒風險非常大，因此來臺者，隨著時間的累積，都會逐漸認同臺灣，產生入地生根的心態。而這事情的背後也顯示臺灣已逐漸從中國祖籍社會分離出來，成為一個新的地緣社會。此外，臺灣人對中元普渡的特別重視，以及媽祖信仰從海上保護神到最後變成萬能女神，種種都可證明臺灣的社會文化，隨著時代的變遷與環境的發展，已經不再依附大陸祖籍。

瓊芳風土詩，以本土文人的視域自然創作，其作品的旨趣與情感的流露，如與同時期的宦遊文學作一比較，可以明顯發現其間的種種差異，此可作為研究臺灣古典詩的一大資料。而對臺灣文獻而言，臺南文獻在嘉慶十二年（1807）至日治初期，因方志未修，許多人文記載也一片模糊；所以風土詩的出現，不僅呈現臺灣的風土人情，也反映當時社會文化內涵的轉變，其意義與價值自不容忽視。

第二節　題畫詩

　　題畫詩是為畫而作之詩，雖不一定題在畫面上，但其內容必與畫作有關，或詠畫、或抒情、或記事、或說理等，不一而足。〔註40〕題畫詩之淵源起於先秦時代的畫贊，〔註41〕畫贊是以四言韻文寫成，其目的是為了歌功頌德。到了漢朝，為圖作贊的風氣漸盛，漢朝繪畫作品，以人物畫最多，而其畫贊的內容除了歌功頌德外，也有勸誡教化的目的。〔註42〕及至魏晉南北朝，隨著詠物詩的興起，畫贊的對象也由人物畫逐漸擴展至動植物、器物、佛像等。〔註43〕現存最早的題畫詩，當推東晉支遁的〈詠禪思道人詩〉，〔註44〕此詩從詩題難以斷定是題畫之作，但詩前序文已清楚交代作詩旨趣，是支遁見孫綽作道士坐禪之畫像，故題詩一首。〔註45〕此詩不僅是為畫而作，還與畫者孫綽自題的讚辭並置於同一幅畫。〈詠禪思道人詩〉是具有詠物詩性質的題畫詩，顯示了六朝題畫詩受詠物詩影響的痕跡。〔註46〕題畫詩發展至

〔註40〕李栖《兩宋題畫詩論》（臺北：學生書局，1994 年 7 月），頁 5。

〔註41〕《晉書・束皙傳》曾記太康二年從汲郡魏襄王墓中得簡書七十五篇，其中有《圖詩》一篇，並說明是『畫贊之屬也』。見〔唐〕房玄齡等撰《晉書・列傳》卷二十一（臺北：鼎文書局，1979 年），頁 1433。

〔註42〕漢武帝太初四年明光殿壁畫有古聖賢、古烈士等圖，並配以贊文。此見〔唐〕徐堅《初學記・職官部・畫省》（臺北：新興書局，1972年）；又東漢靈帝召蔡邕畫將相圖，並命之作贊及書。同時期的趙岐，生前為自己先建墓塚，墓壁上畫季札、子產、晏嬰、叔向與自己的畫像，並作贊頌。見〔唐〕張彥遠《歷代名畫記》（收於《畫史叢書》，臺北：文史哲出版社，1983 年），頁 64。

〔註43〕關於題畫詩的發展與演進，可參見日人青木正兒著、魏仲祐譯〈題畫文學及其發展〉（《中國文化月刊》第 9 期，1980），頁 76～92。

〔註44〕高文、齊文榜〈現存最早的一首題畫詩〉（《文學遺產》第 2 期，1992年），頁 93～94。

〔註45〕〈詠禪思道人詩〉序文：「孫長樂作道士之像，并而讚之。可謂因俯對以寄誠心，求參焉於衡軛。圖岩林之絕勢，想伊人之在茲。余精其制作，美其嘉文，不能默已，聊著詩一首，以繼於左。」逯欽立輯校《先秦漢魏晉南北朝詩》（北京：中華書局，1984 年 12 月），中冊，〈晉詩〉卷 20，頁 1083。

〔註46〕許多題畫詩隨屏扇畫的盛行而產生，如〔南齊〕丘巨源〈詠七寶扇〉、〔梁〕鮑子卿〈詠畫扇〉、〔北周〕庾信〈詠畫屏風詩〉等，作者在

唐宋，先有杜甫以詩意發揮畫意，以詩境開拓畫境，奠定了題畫詩的寫作方式；後有蘇軾以閱讀文學作品的方式將繪畫納入文學裡，題寫超越畫面的形象，直指個人的體悟精蘊，拓展題畫詩的範疇。〔註47〕此後題畫詩的發展愈趨成熟。

　　畫家的創作成品，必須有觀賞人對其畫作做出迴響，產生共鳴，如此畫作才會凸顯其價值，而畫家的苦心也不會白費。題畫詩人不一定是畫家，但必定是鑑賞家。題畫詩中所顯示的鑑賞觀，固然代表詩人的個人觀點，然其背後也反映出一個時代的觀點。瓊芳題畫詩共五十七首，以下先探討其對畫之鑑賞觀，再依詩中的主題內容個別分析，以得知瓊芳題畫詩之意趣與價值。

一、施瓊芳之鑑賞觀──「形似」的審美觀

　　由於瓊芳之著作多已亡佚，故有關繪畫的言論已不可見，現試從其題畫詩中對畫的品鑒，探討其鑑賞觀點。

　　縱覽瓊芳的題畫詩，多有「寫真」、「寫生」之語，而在讚美畫家技法時，也以所畫似真為高，可知其鑑賞觀是講求曼妙生動、真實自然。不論是人物畫、山水畫或花鳥畫，都注重「以形寫神」、「形神具備」。亦即人物畫要如實描繪人物的形體樣貌，藉外在形象來傳達畫中人的內在神韻，如〈吳怡棠郡侯獨像歌〉：「工退舐筆窮攀追，須臾真人出淨境。蕭然鬢絲禪榻開，脫帽或逢看詩頃。」〈某翁小照題詞〉云：「鶴貌松容筆筆妍，卷中爭見小游仙。」〈題陳忠愍公遺像〉：「丹青鐵筆森鬚眉，忠魂九地呼欲出。」等，皆是敘述人物像的逼真神似。而在山水畫上，瓊芳講求「景出天工費寫生」、「山繪丰神水繪聲」、「方輿勝覽盡傳神」（〈顏暘谷處觀王溫其所畫安水圖〉），令人披覽之際，有身在其中，宛然若睹之感。至於花卉畫亦然，其〈吳履廷以踏雪尋

　　　詠屏扇的同時，會兼及歌詠屏扇上的繪畫圖案，故青木正兒云：「題畫詩是畫讚與詠物詩二者的會合。」見衣若芬《蘇軾題畫文學研究》（臺北：文津出版社，1999年5月），頁18～19。
〔註47〕衣若芬《蘇軾題畫文學研究》，頁2、367。

梅圖囑題爲賦長篇〉云：「花雪安排色色肖，形影周旋我我同。」指出了圖中梅花的眞實與自然；又〈某翰林新婚以牡丹圖索題〉云：「肖形除是神仙筆，生色尤宜富貴家。」讚美圖中牡丹的形似傳神。這種以眞實感而達到自然生動的境界，是瓊芳極爲讚賞的畫技。

　　在清代畫壇上，以「四王吳惲」爲代表的正統畫派，佔據畫壇達兩百年之久，其藝術觀念，也影響了有清一代許多文人士子的繪畫觀，施瓊芳無疑是其中之一。「四王吳惲」，是清初著名的六位畫家，即王時敏、王鑑、王翬、王原祁、吳歷與惲格。王時敏爲清初正統派山水畫的領袖人物，與王鑑皆師承董其昌，其創作主要模仿元代文人畫家的風格，尤其致力於董其昌所提倡的「南宗山水」，講究渲暈與工整清麗的藝術效果，使筆墨具有靈動逸秀的意趣，令山水畫的氣勢宏大。王翬與王原祁是前二王的晚輩與學生，兩人繼承了前二王的衣缽，將山水畫推上高峰，奠定了正統畫派的地位。清初六大家中，四王與吳歷皆以山水畫聞名於世，尤其吳歷的山水畫眞實自然，可以「見山見水，觸物生趣」，形成自我風格。至於惲格則以花鳥畫名重一時，其所繪沒骨花卉，以色彩構形狀物，不以墨線爲骨。惲格重視對物寫生，力求形似，且設色典雅，章法細膩，在富麗典雅的的氣派中自然透現清新的氣息，深受時人讚賞，不僅獲得了「寫生正派」的稱譽，還一躍成爲清朝花鳥畫壇的盟主。當時朝野上下競相模仿，逐漸形成「常州派」，對清代中後期的畫壇影響至深。〔註48〕

　　瓊芳的題畫詩，對山水畫或花鳥畫的品鑑，都與清代正統畫派的藝術觀點相去不遠，可見確實受其影響。但一個人的文學藝術觀念，除受大時代的潮流影響外，自身的性格與經歷也占有重要的因素。瓊芳出身書香世家，家境富裕，個性恬淡好學，不喜爭名，在三十一歲

〔註48〕參見張朝暉、徐琛《中國繪畫史》（臺北：文津出版社，1996 年 10月），頁 271～295；薛永年、杜娟《清代繪畫史》（北京：人民美術出版社，2000 年 6 月），頁 5～17；潘公凱《插圖本中國繪畫史》（上海：上海古籍出版社，2001 年 12 月），頁 387～405。

登進士後，便乞養回臺，尋出掌海東書院，以提挈後進為己任，培育臺灣學子無數。其為人恭敬孝友，樂施與，慎然諾，未嘗稍干分外之事。〔註49〕如此謙退的個性，穩重的處世態度，自然不會崇尚磊落奔放的畫風，也不會要求藝術創作的個性解放。所以瓊芳喜歡自然寫生的畫法，欣賞典雅有生氣的作品，一方面是受清代畫壇主流的影響，另一方面，其恬退不爭的性格與平順無波的人生經歷，也自然形塑了本身的鑑賞觀。

二、施瓊芳題畫詩之主題意蘊

（一）題人物寫真

瓊芳以人物畫像為主的題詩，全是當時人物的肖像或遺像。〔清〕陳邦彥《歷代題畫詩類編》凡例中云：「若就當時之人寫當時之像，傳神阿堵，則又列『寫真類』。」〔註50〕這「寫真類」就是人物肖像畫，注重的是「寫真傳神」，即要求人物的形象逼真寫實，並藉此突出人物的內在神韻。

瓊芳題人物畫之詩頗多，其中有個人觀畫而題，也有他人來畫索題。例如〈吳怡棠郡侯獨像歌〉：

> 長康畫幼輿，兼畫邱壑居。蕭生畫子美，浣花巧摹擄。古人傳神偶寫景，俗工塗飾成畦町。……怡棠先生曠遠姿，心裁畫稿工師請。謂是芙蓉雕飾袪，謂是桂林雜木屏。工退舐筆窮攀追，須臾真人出淨境。蕭然鬢絲禪榻閒，脫帽或逢看詩頃。惟公儻望彌彪隆，鼎門況得岡盧風。……知公儉素承宗矩，隱之為類湊也同。遂使鬚眉窮混沌，削落人巧存天工。公名豈藉斯圖顯，披圖已覺典型遠。法彝無銘璞不雕，欽遲猶經好古眼。而況德飾雖略德容莊，披雲

〔註49〕盧嘉興〈開臺唯一父子進士施瓊芳與施士洁〉〔《台灣古典文學作家論集》〔上〕，臺南：臺南市立藝術中心，2000 年 11 月〕，頁 60。

〔註50〕〔清〕陳邦彥編《歷代題畫詩》〔北京：北京古籍出版社，1996 年 9 月〕，上卷，頁 5。

睹景應恨晚。既瞻公像無泛筆，復讀公碑無愧詞。即今獻
歌爲公誦，附益還應疣贅嗤。須覓司空不著一字格，始能
稱此野王無聲詩。

瓊芳觀畫之際，對於逼眞傳神之作，常會讚美畫家的作畫技巧，其中
有以古人爲喻來比擬畫家的才能，也有如實指出畫圖的自然生動，來
烘托畫家的才華洋溢。如此詩開頭：「長康畫幼輿，兼畫邱壑居。蕭
生畫子美，浣花巧摹擄。」長康是東晉顧愷之的字號，以擅畫人物著
名，其「以形寫神」的繪畫理論，素爲後人重視；幼輿是東晉謝鯤的
字號，其性任達不拘，但能確守臣節，爲當代名家。《世說新語》記
載：「顧長康畫謝幼輿在巖石裡，人問其所以，顧曰：『謝云一邱一壑，
自謂過之，此子宜置邱壑中。』」〔註51〕長康畫幼輿之像，將其不慕
榮利的志節表達無遺，歷來爲人所讚賞；而蕭尺木畫杜子美之像，將
子美於浣花草堂作詩的形影躍然紙上，令人神往不已。瓊芳以前代名
家爲喻，一方面讚賞畫師的技能高絕，一方面也稱譽吳怡棠的風儀不
凡，可謂相得益彰。

而欣賞完畫中人物的逼眞傳神，瓊芳開始敘述吳怡棠的生平，字
裡行間流露明顯的敬仰之意。詩云：「惟公儀望弸彪隆，鼎門況得岡
盧風。……知公儉素承宗矩，隱之爲類湊也同。」吳怡棠出身名門，
才德實於內，文采揚於外，且能儉素自持，不因富貴而豪奢，也不爲
名利而折腰，甘於隱居鄉里，讀書自樂。瓊芳景仰他的德行，敬佩他
的作爲，藉肖像的寫眞傳神，歌詠其磊落風範。另有〈再題吳怡棠畫
像〉、〈題怡棠行樂圖〉、〈代題吳怡棠畫冊〉等詩多首，旨義大致相同。

再看〈題陳忠愍公遺像〉：

海門日落鼓聲死，將星夜實吳淞水，沙場馬革身歸來，伏
波猶未圖雲臺。銅柱英聲不可沒，萬家先與繡生佛。丹青
鐵筆森鬚眉，忠魂九地呼欲出。……劇憐挾纊冰霜晨，未

〔註51〕〔南朝宋〕劉義慶編、〔南朝梁〕劉孝標注《世說新語》〈巧藝〉（北
京：中華書局，1999年2月），頁449。

慰枕戈風雨夕。殷雷動地江波鳴，火龍半空走霹靂。赤心
一隊前當鋒，刺蜇勢欲襪虜魄。轟然萬點鐵星中，兵盡猶
聞呼殺賊。賊軍如盧循，旁連道覆更煽氛。公軍如細柳，
棘門不繼難持久。遂使老羆當道威，到此翻讓德安守。蘇
武節仆西風狂，居民競哭峴山岡。庸知獷飲烏歌際，虜酋
正酌平安觴。一時歌哭各心事，關情總繫公存亡。……爲
略成敗觀英雄，功臣忠臣俱不朽。即今事後崇綸褒，大節
炳然公冠首。或傳公享雷部封，驅丁役甲游雲中。眞將軍
本天上降，騎箕歸去理亦通。……祇餘卷上如生貌，長隨
貞石壽焜燿無終窮。

此詩前有序文，敘述題詩經過。此乃道光二十四年（1844）詩人在京
待考時，陳化成之子——陳廷芬爲其先父遺像索題，當時諸紳皆樂於
題之，瓊芳亦藉楮墨以誌攀慕之忱。陳化成字業章，同安丙洲人，道
光十年（1830）任臺灣水師提督總兵官。二十年（1840）調任江南提
督，鴉片戰爭時駐防吳淞海口，不幸戰歿。〔註52〕根據《清代通史》
的記載，陳化成是被兩江總督牛鑑所誤，以致慘烈殉職。〔註53〕此詩
以倒敘法來記述陳化成殉職的經過。首先「海門日落鼓聲死，將星夜
實吳淞水。」開頭即云其不幸陣亡之事，隨後詳細描述防守吳淞的情
況，「劇憐挾纊冰霜晨，未慰枕戈風雨夕。殷雷動地江波鳴，火龍半
空走霹靂。」是兩軍槍砲激烈作戰的情形，而「赤心一隊前當鋒，刺
蜇勢欲襪虜魄。轟然萬點鐵星中，兵盡猶聞呼殺賊。」則是陳化成英
勇作戰的紀錄。據載，陳化成是腹背受敵，身中彈傷，噴血而死。「公
軍如細柳，棘門不繼難持久。遂使老羆當道威，到此翻讓德安守。」
瓊芳以「細柳軍」比擬陳化成所率領的軍隊紀律嚴謹，以「棘門軍」
比喻牛鑑所率領的軍隊紀律鬆弛，以致無法和陳化成一同抵擋英軍。
軍隊不能齊心協力，即使陳化成有王羆的英勇神武，但孤軍奮戰也不

〔註52〕《福建通志臺灣府・職官》（臺灣文獻史料叢刊第二輯第二十四冊，
　　　　臺北：大通書局），中冊，頁653。
〔註53〕蕭一山《清代通史》（臺北：商務印書館，1962年9月修訂版），頁966。

能挽回劣勢。陳氏一死，吳淞立即失陷，清軍兵敗如山倒，最後導致了鴉片戰爭的慘敗。俗人總以成敗來論英雄，但英雄往往不是一時一事的成敗便可論定，縱使陳氏失守吳淞，但其奮勇殺敵、至死不屈的精神，仍堪為武將的典範，朝廷賜諡「忠愍」，並入祀北京昭烈祠，正是褒其忠君愛國之節。詩中：「為略成敗觀英雄，功臣忠臣俱不朽。即今事後崇綸褒，大節炳然公冠首。」亦是此意。最後，詩人云：「真將軍本天上降，騎箕歸去理亦通。」讚揚陳化成本天上星宿，騎箕歸去乃理所當然之事。相傳騎箕尾之間有一星宿，乃周朝賢臣傅說死後昇天而化。瓊芳藉此比喻以陳將軍之高節，死後必也昇天為神，來勸慰子孫無須太過悲傷。此詩夾敘夾議，以史筆題畫像，感人至深，並非泛泛的應酬之作。

　　瓊芳對於人格風範有特出之處者，讚揚之意常是溢於言表，上引〈題陳忠愍公遺像〉是如此，下面〈王母李太孺人小照雜言〉亦是。

> 母勸學，熊丸之苦兒不覺。母養頤，鯉膳之甘兒能為。以甘償苦回甘速，荊莘連賦泮林詩。……請貌行樂圖，留作傳家寶。家聲奕奕三槐香，家學江左傳青箱。此圖從紀實，門望不鋪張。但見綵衣娛愛日，壽仙頂上一朵慈雲光。圖既成，詩可紀，彤管有人呼欲起。……人知難弟由難兄，我道賢母出賢子。聰明臺，到順里，雲摶水擊從今始，積善之家報如此。

從內容來看，這是很典型的歌頌賢母之作，瓊芳事母至孝，故對慈母孝子之事，特別能夠感同身受。詩首言：「母勸學，熊丸之苦兒不覺。母養頤，鯉膳之甘兒能為。」「熊丸之苦」，乃唐朝柳仲郢與其母的故事。柳母曾和熊膽丸，使仲郢在夜晚咀嚼，以苦志提神，後人皆以為是賢母教子的典範。〔註54〕而鯉膳之甘，則是孝子王祥求鯉給母親食用的孝行。母慈子孝，是詩人樂見之事，結言：「人知難弟由難兄，

〔註54〕歐陽修、宋祁《新唐書》卷一百六十三〈柳公綽列傳〉（臺北：鼎文書局，1985年2月），頁5023。

我道賢母出賢子。……積善之家報如此。」既歌詠李太孺人賢母的典
範，也稱讚孝子的不負母教。

　　瓊芳題人物寫真之詩，常是大篇幅地敘述畫中人物的生平事蹟，
表揚其德行風範，上述〈吳怡棠郡侯獨像歌〉、〈題陳忠愍公遺像〉、〈王
母李太孺人小照雜言〉等皆是，此舉不僅拓展了題畫詩的範疇，也讓
畫中人物永傳不朽。然而瓊芳的題詩，偶爾也會有一些空洞的讚美之
詞，但多出現在他人持圖索題的詩中。如〈朱怡庭參軍小照索題〉：

> 燕臺有客感刀環，四海蓬蹤鬢已斑。
> 自寫座箴銘止水，因隨宦轍飽看山。
> 塵中歲月空彈指，畫裡風光乍識顏。
> 第一生平酬主誼，藥言親切政聲關。

此詩只寫朱怡庭參軍在臺為幕府的經歷，卻未確切描述朱怡庭究竟對
臺有何功績，尾聯「第一生平酬主誼，藥言親切政聲關。」稱揚之語
十分空泛，看得出是應酬之作。又如〈某翁小照題詞〉：

> 鶴貌松容筆筆妍，卷中爭見小游仙。
> 家居廉讓之間地，身在羲皇以上天。
> 耆舊襄陽留別傳，人門穆贊記當年。
> 應知庭樹鳩長集，遺訓相承孝友編。

首聯：「鶴貌松容筆筆妍，卷中爭見小游仙。」在讚賞畫像筆力工整
的寫真傳神。頸聯：「耆舊襄陽留別傳，人門穆贊記當年。」藉著傳
記的流傳及後人的盛讚，烘托其不凡的德業。此亦是應酬讚語，讀來
似覺虛浮而未必真實。

（二）題山水畫

　　山水畫的題詩，與「山水詩」並不相同，因前者是品評畫作之美，
而後者是描寫山水的實景。瓊芳所題山水畫的詩，不僅包含了山水風景
之作，也有古人傳繪的遺跡勝地，如桃源。以下引錄數首，以概其餘：

〈顏暘谷處觀王溫其所畫山水圖〉
> 縮地功真借墨兵，大觀尺幅入題評。

畫因人重堪傳世，景出天工費寫生。
林竹蘭亭修禊事，雪蕉輞墅坐禪情。
羨君妙悟宗風續，山繪丰神水繪聲。

足跡何曾遍九垠，方輿勝覽盡傳神。
總緣雲夢胸襟闊，能得匡廬面目眞。
愛詠游詩成小隱，添修畫史作功臣。
我今亦有登臨癖，願與荊關託比鄰。

　　從瓊芳的詩中，可以知道這幅山水圖必是生動自然，眞實寫生。瓊芳在第一首起聯用「墨兵」來形容王溫其作畫時揮毫運墨有如用兵一般，將山水美景地搬到畫面上，令觀者可以盡情欣賞品鑒。這裡雖未細緻描述此幅山水圖的佈局結構，但「縮地功」三字，即予人具體聯想，已勝於千言萬語。其他如「景出天工費寫生」、「山繪丰神水繪聲」等句，亦是讚賞這幅山水圖出神入化的畫技，能將偌大的山水之美如實地映照出來，使詩人見畫如見山水，彷彿身在其中。頷聯「林竹蘭亭修禊事，雪蕉輞墅坐禪情。」是瓊芳藉以稱譽王溫其之辭。「蘭亭修禊」，乃東晉書法名家王羲之的故事，王羲之在上巳日與當代名流於蘭亭修禊，眾人流觴賦詩，風流雅致，傳爲美談。〔註55〕「雪蕉輞墅」，則是唐代王維的隱居之處。王維是著名詩人兼畫家，擅畫山水，被畫家奉爲「南畫之祖」，蘇東坡譽其「詩中有畫，畫中有詩」。瓊芳盛讚王溫其「羨君妙悟宗風續」，能夠延續祖先的流風餘韻，殊爲難得。王溫其雖未必是王羲之或王維的後代，但以同宗先輩爲喻，亦可見詩人的匠心。

　　第二首起聯「足跡何曾遍九垠，方輿勝覽盡傳神。」說明了畫上山水之神似，使覽者若身歷其境。清聖祖在《御定歷代題畫詩類編‧序》中云：「不逾几席，而得流觀山川險易之形；近在目前，而可考鏡往代留遺之跡。」〔註56〕瓊芳此意，與清聖祖所言正同。尾聯云：「我今亦

〔註55〕晉‧王羲之《臨河序》。
〔註56〕〔清〕陳邦彥編《歷代題畫詩》（北京：北京古籍出版社，1996年9月），上卷，頁5。

有登臨癖，願與荊關託比鄰。」「荊關」是指五代畫家荊浩、關仝，兩
人以擅畫山水齊名。瓊芳的登臨癖，或因觀賞王溫其的山水畫而生，既
然觀畫如見山水，則若與畫家爲鄰，天下勝景就盡收眼底了。

　　瓊芳的個性本就恬淡，不喜浮華之事，故其題山水畫之詩常體現
悠情雅致，讀來自有清妙淡遠之味。如〈題顏暘谷司訓春山訪友圖〉：

> 一路尋春款竹關，馬蹄踏遍落紅間。
>
> 與君約辨鶯花課，夜弄瑤琴晝看山。
>
> 一鞭花氣一囊琴，笑倩閒雲指徑尋。
>
> 行過春山應十里，故人家更在山深。

第一首詩前寫訪友時滿地落花之景；後寫與友人共賞春景，朝看山水
夕撫琴。整首詩給人一種恬淡悠閒的韻味，雖未實寫山光水色之美，
但詩中不與世爭的閑適情調卻自然流露於紙上。第二首詩表面寫顏暘
谷騎著馬帶著琴，於林間小徑上尋找故人之家，然而「花氣」、「閒雲」、
「春山」等字詞的運用，及尾句以「故人家更在山深」作結，使得整
首詩充滿了閒逸的情致。

　　再看〈題某友秋山書屋圖〉：

> 緗縹高堆萬卷城，胸中意味耳邊聲。
>
> 茶餘露頂松風下，閒譜紅鈴月額名。

此詩寫身處秋山書屋中，坐擁萬卷，口吟心誦，閒來品茗奏曲，如此
山居讀書之樂，給人一種恬退自足、優游愉悅的感受。

（三）題花卉畫

　　施瓊芳題花卉畫之詩，共有五題三十首，其中四題二十九首皆詠
梅花，可見他對梅花眞是情有獨鍾。另詠牡丹者一題一首。

　　〈吳履廷以踏雪尋梅圖囑題爲賦長篇〉

> 昔賢移梅武康圃，梅花作客人作主。君今訪梅雪澗濱，梅
> 花作主君作賓。佳士求梅如求友，梅遂與人同寫眞。使我
> 披圖愛不釋，愛梅更愛看梅人。看梅人住鳴珂里，冠歲聲
> 華簧序起。玉樹豔傳美少年，綵絲爭繡佳公子。家富藏書

敵桓譚，才大考古追籀史。卻憐東海羅珊瑚，未識南州產
杞梓。……萍蹤鷺島客呈技，爲圖樂意開胸襟。圖成什襲
耀歸橐，問價多恐來雞林。舶趁風高米舫還，驀然海外驚
奇觀。……雪裡梅花梅裡人，圖成歲寒三友足。旁人看圖
快有餘，當時身受更何如。此事已成佳話述，此圖當作奇
珍儲。君不見羅浮豔說趙師雄，月落參橫一夢空。爭及卷
中人不老，更驚筆底花何穠。花雪安排色色肖，形影周旋
我我同。大被畫師矜妙術，如此化身勝放翁。我更爲君廣
梅癖，箇中奇趣當遍適。石湖梅譜九十種，功甫梅事廿六
格。速召君家道子來，雙管齊下無留惜。一條雅稱一種花，
各肖君身畫一冊。

瓊芳爲「踏雪尋梅圖」賦歌行體長詩一首，後又撰絕句二十首，可見
詩人對此圖之激賞。當然，他與吳履廷的情誼之深，也是不言而喻。
「君今訪梅雪澗濱，梅花作主君作賓。佳士求梅如求友，梅遂與人同
寫眞。」詩人在此先交代吳履廷畫梅的原因，也點出畫裡梅花與看梅
人同樣寫眞傳神。而從「旁人看圖快有餘，當時身受更何如。此事已
成佳話述，此圖當作奇珍儲。」來看，吳履廷踏雪尋梅之事，在當時
應是一樁美談。對此，詩人用隋代趙師雄羅浮一夢之典，來反襯此畫
的珍貴。相傳趙師雄在羅浮山遇一女郎，與之語則芳香襲人、語言清
麗，兩人遂相飲竟醉；及覺，僅餘趙師雄一人在大梅樹下，而女郎已
杳然無蹤。不過，縱然趙師雄豔遇一事只是幻覺，但吳履廷踏雪尋梅
之事則有圖爲證，這畫裡的人與花，是永遠都不會老去凋零的。不僅
人與花不會凋零，這幅畫更是「花雪安排色色肖，形影周旋我我同。」
十分逼眞傳神。最後，詩人知道吳履廷愛梅，更湊趣地說再爲他加深
梅癖，勸他召畫家來，按宋人范成大、張鎡所著的《梅譜》、《梅事》
等書，將各式各種的梅再畫一冊，讓他遍嚐箇中奇趣。

　　瓊芳此詩，對梅的奇姿妙態並未著墨，卻另闢蹊徑，詳述吳履廷
的身世、儀容、學問、履歷、懷才不遇、及訪梅得畫的經過，可說是爲
題畫詩別樹一格。結語「各肖君身畫一冊」，以凌霜雪而愈勁的寒梅比

擬吳履廷，琢句高妙。此詩稱得上大手筆，與唐宋詩相較，也不遑多讓。

再看瓊芳爲〈踏雪尋梅圖〉所題絕句：

> 梅瓣描紅作杏株，寒消九九記前圖。
> 而今添寫游仙客，雪履霞冠向聖湖。

> 玉戲遙傳出碧穹，花神縞袂盡從風。
> 數株許作丹砂色，爲有遊人是葛洪。

> 雪丹妝舊學秦樓，未損梅妃素態幽。
> 富貴場中風雅調，如君原不礙清流。

第一首「梅瓣描紅作杏株，寒消九九記前圖。」是瓊芳藉「九九消寒圖」來比喻畫中梅花的精緻細膩。據《帝京景物略》載：「日冬至，畫素梅一枝，爲瓣八十有一，日染一瓣，瓣盡而九九出，則春深矣，曰九九消寒圖。」〔註57〕一日僅爲素梅著一瓣花色，畫了八十一天始成九九消寒圖，可想而知這畫中的梅花必是工筆設色，栩栩如生。後兩句詩人以「游仙客」喻吳履廷，則吳氏踏雪尋梅的景象就自然浮現眼前了。

第二首描述的是梅花在大雪紛飛中迎風綻放的景致，讓雪與梅有了動態的意象。而詩末：「數株許作丹砂色，爲有遊人是葛洪。」前句描繪了數株梅花的硃紅瓣色，爲素雅的梅花增添些許穠麗色彩；後句以鍊丹成仙的葛洪，比擬吳履廷的不慕名利，自有修爲。

第三首「雪丹妝舊學秦樓，未損梅妃素態幽。」說明梅花雖偶有硃紅豔色，但仍不損其素雅的本質，瓊芳在此更以唐玄宗的寵妃江采蘋來烘托梅花的幽雅。江采蘋愛梅成癡，氣質亦貞靜嫻雅，其剛中帶柔、美中有善的品行就像梅的化身一般。故唐玄宗爲她廣羅名種梅花，並封爲「梅妃」。玄宗是以花擬人，瓊芳則以人擬花，用典極妙。最後：「富貴場中風雅調，如君原不礙清流。」不僅是詩人的主觀感受，也是梅花高潔風雅、不隨流俗的姿態所予人的形象。

又如〈石維賢折梅圖題詞〉：

〔註57〕〔明〕劉侗《帝京景物略》卷二（《續修四庫全書》第 729 冊，上海：上海古籍出版社），頁 267。

黃微業賈癖於詩，梅癖如君亦近之。

邀得臞仙香在手，春風報與六街知。

黃微，明朝人，字季美，為閩賈沈翁贅婿，繼其業，好作詩。瓊芳前以黃微喜好作詩之事，來比喻石維賢的梅癖之深；後則用「臞仙」喻梅之瘦削勁健，比擬亦絕妙。

施瓊芳題花卉畫之詩，除了梅花外，尚有牡丹。

〈某翰林新婚以牡丹圖索題〉

月宮將降無雙豔，雪絹先圖第一花。

連璧友兼金屋貯，四時春向玉堂賒。

肖形除是神仙筆，生色尤宜富貴家。

寫照箇中憐衛鄂，鬱金雕玉儘堪誇。

牡丹花春天盛開，花色豔麗，姿態雍容華貴，世稱「國色天香」，是百花之王，也是富貴的象徵。此詩人花雙寫，一方面稱揚翰林夫婦，一方面也讚美牡丹的豔色。末聯上句「寫照箇中憐衛鄂」，出李義山〈牡丹〉詩：「錦幃初卷衛夫人，繡被猶堆越鄂君。」藉牡丹的富貴之姿，來慶賀翰林的新婚之喜，用典恰切。

小　結

　　綜觀施瓊芳的題畫詩，可以明白瓊芳對畫的鑑賞觀是以「形似」為美。這種注重自然寫生、逼真傳神的審美態度，除受清朝正統畫派的繪畫觀念影響，還與其本身恬退的性格與順遂的人生有關。也因此其題畫詩除了歌詠畫作高妙、讚美畫家技能之外，還時有悠閒的情致流露在字裡行間。

　　題畫詩是畫與詩的結合，鄭騫先生曾言題畫詩可使「詩畫相發，情景交融」。〔註58〕藉由情與景的交融，可以展現畫家創作的情意，以豐富平面靜態的畫作，提升畫的藝術美，也深化畫的意境。如瓊芳

〔註58〕鄭騫〈題畫詩與畫題詩〉（《中外文學》第 8 卷第 6 期，1979 年 11 月），頁 5～13。

在〈題顏暘谷司訓春山訪友圖〉中，藉馬蹄踏在滿地落花之景，烘托春日訪友的閒情逸致；又如〈蔡尚直折梅圖〉，藉折梅人的翩翩丰姿，予人聯想其高潔的品格；也藉梅花的象徵，比擬折梅人的君子風範。由此看來，繪畫與詩歌的相融，不僅擴展了畫的境界，也能夠使人更瞭解畫家的畫外之意。

　　題畫詩除了可以加深畫境、補充畫面所不能傳達的意涵之外，還有記事之用。瓊芳的題畫詩，有記錄畫家作畫的相關事蹟，也有敘述畫中人物的生平經歷，使後人在閱讀題畫詩時，可以更清楚畫作的內涵與經過。如〈吳履廷以踏雪尋梅圖囑題為賦長篇〉中，瓊芳記載了此畫是吳履廷在鷺島候舟時所得，畫成後見者奇之，而踏雪尋梅之事也在當時傳為美談。此畫不知是否尚在人間，但藉由題畫詩的敘述，我們仍可知道當時文壇的佳話。再看〈吳怡棠郡侯獨像歌〉，此篇歌行體長詩描繪了吳怡棠灑脫的神貌與磊落的性格，並敘述其生平行事，令人讀詩之際可以想見其人風範。由於嘉慶十二年（1807）至日治初期，方志未修，有關臺南的人文史事一片空白，而瓊芳題畫詩的記事，適足以彌補此一方面的缺憾。藉由題畫詩的流傳，後人可以清楚明白清朝道光咸豐年間，臺灣文壇與畫壇的部分事蹟。又如〈題陳忠愍公遺像〉，詩前序文先記述題詩的緣由，而後詳細敘述陳化成殉國的壯烈事蹟，亦可與史料互為印證。

　　題畫詩的研究，不僅可以看出當時文人的鑑賞觀，亦可看出整個大時代的藝術觀點。瓊芳注重畫作的寫真傳神、自然生動，此鑑賞觀固然是瓊芳的個人觀點，但背後或可反映當時臺灣文人賞畫的價值標準，相當值得後人重視。

第三節　詠史詩

　　凡詠述歷史上人事的詩篇，均屬詠史詩。它與「懷古詩」的本質相同，皆是以歷史題材為主，但兩者因觸發點的不同而有差異。詠史

詩是藉古人古事來抒情述志；懷古詩則「必切時地」（沈德潛《說詩晬語》卷下），著重於登臨史蹟之際，撫今追昔，看人事興衰而發思古幽情。雖然懷古詩必從地理引起史事，但究其內容仍不脫歷史故實，故將之併入詠史一類，不另區別。

瓊芳詠史詩共一百零一首，其主題意蘊大抵可分為兩類：其一託古寄慨；其二評詠古人：

一、託古寄慨

瓊芳詠史，藉古人古事而生惺惺相惜之感、世事滄桑之嘆。從其所詠的史事中，我們可以明白詩人的性情懷抱。在百餘首詠史詩中，最能代表瓊芳歷史觀的，當推〈讀史〉一詩：

> 勳名泡影幻須臾，今古悠悠孰智愚。
> 謝傅情高偏小草，留侯志大不魁梧。
> 六朝門第歸裙屐，七國英雄出儈屠。
> 青史聊堪供下酒，十千徑醉莫辭沽。

首聯是詩人讀史後，興起幻滅人生之感。試看歷代英雄人物，所謂高下智愚，誰能論定。東晉謝安有經國才略，在肥水之戰時，以寡敵眾，擊敗前秦苻堅的軍隊，可惜因功高震主，引起孝武帝的猜忌，終究無法收復故土，只能維持偏安局面；漢初張良有過人之節，能忍辱負重，助漢王劉邦一統天下，然而卻「狀貌乃是婦人女子，不稱其志氣」。〔註59〕再看六朝王謝貴族，因時不我與，最終全成了裙屐少年，難堪重任；而漢初的開國將相，多為布衣出身，如周勃是吹鼓手，韓信是窮措大，樊噲為屠狗輩，灌嬰乃販繒者，其餘陳平、王陵等亦是市井小民，這些人雖地位微賤，但最後卻成了英雄人物，名留青史。時勢與機緣的安排，往往令人難以預料，瓊芳運用時空的交感融合，營造出世事無常的景象。末聯「青史聊堪供下酒，十千徑醉莫辭沽。」以

〔註59〕〔宋〕蘇軾〈留侯論〉（高明審訂《古文觀止》，臺北：黎明文化，1996 年 9 月），頁 747。

純熟流暢的筆勢，寄託個人的豁達情懷。此語與楊慎〈臨江仙〉：「古今多少事，盡付笑談中。」意同，皆是在感慨中自有超然灑脫之思。

　　瓊芳詠史，既不借古諷今，議論當局時事；也無託人喻己，抒發心中鬱懷。僅以冷靜客觀的態度，看待歷朝的興衰成敗，並表達個人的惋嘆。然而這種惋嘆之情，也沒有太深刻的悲哀意味，而是一種反省觀照後所自然流露的同理心情。由於瓊芳多以理智的筆調來評述史事，讓讀者自行領會其中的意涵，而無強烈的情感摻雜在其中，故其詠史詩往往富有哲理，言近意遠。例如〈東廣武城太公堆〉：

> 榮陽成皋擾攘秋，智勇交困難爲謀。
> 積聚潛燒劉苦項，室家爲質項扶劉。
> 霸王一怒赫哮孝，危哉太公欲肝脯。
> 杯羹分啜是何言，毋乃夫差忘而父。
> 漢王能忍是達權，明知棄屍親難全。
> 將欲取之必姑與，漢師黃老得眞詮。
> 匹夫之勇計亦薄，生質脅和良平度。
> 增在猶失鴻門機，增去誰阻鴻溝約。
> 東西界定暫解圍，軍中猶得侍庭幃。
> 項襄目睹懷王返，高宗生奉道君歸。
> 得爲上皇福豈淺，六軍萬歲呼當肇。
> 惟有陵母與酈兄，根觸臣心淚暗泫。

　　楚漢相爭之事，歷來詩人多有論述，瓊芳在此從太公入手，藉史抒懷，耐人尋味。詩首：「榮陽成皋擾攘秋，智勇交困難爲謀。」點出楚漢相爭的地點，而「積聚潛燒劉苦項，室家爲質項扶劉。」則道出劉邦與項羽爭霸的事蹟。據《史記》載：漢之三年，項羽曾將劉邦困守於榮陽，並多次襲擊漢軍、奪取軍糧。劉邦欲請和，卻遭項羽的亞父范增拒絕，於是劉邦用陳平之計，離間范增和項羽的關係，再詐降逃到成皋，收兵駐守。漢之四年，項羽進兵圍困成皋，劉邦渡黃河逃到張耳、韓信軍中。是時彭越殺楚將軍薛公，項羽憤而東擊彭越；劉邦則使劉賈率兵協助彭越，燒楚軍積聚之糧。後項羽與劉邦皆駐軍

於廣武，雙方相持數月。此時，彭越數反梁地，絕楚糧食，項羽以太公為質置於高俎上，欲逼劉邦退軍，孰料劉邦以兩人曾北面受命懷王，故曰：「吾翁即若翁，必欲烹而翁，則幸分我一杯羹。」〔註60〕詩人以精簡數句略概其事，中云：「漢王能忍是達權，明知棄屍親難全。將欲取之必姑與，漢師黃老得真詮。」看似認同劉邦成就霸業的雄心，並認為項羽只有匹夫之勇，以「增在猶失鴻門機，增去誰阻鴻溝約。」兩句，說明其注定失敗的悲劇。然而，瓊芳最後筆鋒一轉，「得為上皇福豈淺，六軍萬歲呼當輦。惟有陵母與酈兄，棖觸臣心淚暗泫。」語中飽含同情。試想當太公被項羽置於高俎上，聽到「杯羹分啜」之語時，心中作何感受？為了天下大業，犧牲在所難免，所幸太公平安歸來，在劉邦統一天下後成為上皇，晚福不淺。但陵母與酈生為盡忠於漢王皆不幸喪生，讓詩人既惋惜又無奈。瓊芳藉太公歌詠楚漢相爭之事，詩中雖無太多的傷懷，但卻如實地映照出帝王無情的一面，委婉表露喟嘆之意。

　　瓊芳另有〈新豐〉歌行體長詩一首，敘述太公久居長安宮中，思鄉心切，鬱鬱不樂。高祖乃依故鄉豐邑的街里房舍，另築驪邑，並遷來豐民，改稱「新豐」。詩中：「枌榆一徙雞犬迷，縮地神功無斧鑿。觸起遊子故鄉心，南到沛宮開醑釀。亭長換出帝王身，遼海歸來舊城郭。父老止張兒童歌，笑語君臣相脫略。」等語，皆是藉太公寫高祖衣錦還鄉的歡騰景象。詩末又云：「如何背關懷楚人，沐猴空發韓生噱。丈夫誰無晝錦心，成敗祇爭先後著。」以同理心看待項羽極欲富貴還鄉的渴望，十分公平。《漢書》有載：項羽入關火燒阿房宮後，思歸江東，其言：「富貴不歸故鄉，如衣錦夜行。」但此語卻被韓生譏為沐侯而冠，故項羽憤而斬之。〔註61〕瓊芳在此用客觀公正的角度

〔註60〕〔漢〕司馬遷《史記・項羽本紀七》（臺北：鼎文書局，1986年3月），頁338。

〔註61〕〔東漢〕班固《漢書・列傳一》（臺北：鼎文書局，19865年10月6版），頁1808。

描述史事，僅在最後略加議論，語言凝煉流暢，餘味不絕。

　　再看〈讀琵琶行書後〉：

　　　秋滿潯陽路，離筵夜聽歌。

　　　歡場消歲月，宦海閱風波。

　　　感遇千秋共，知音一曲多。

　　　青衫人已去，江水奈情何。

唐朝安史亂後，國勢衰弱，因此貞元、元和時期的士大夫如劉禹錫、柳宗元、韓愈、白居易及元稹等，多積極參與政治革新，可惜最後皆被貶到遠郡僻州，不得重用。〈琵琶行〉乃樂天貶居於江州時所作，全詩藉琵琶女昔榮今悴的不幸遭遇，寄託自身的遷謫之恨。〈琵琶行〉中：「同是天涯淪落人，相逢何必曾相識。」既是樂天同情琵琶女的身世兼而自憐之語，也是〈琵琶行〉的中心主旨。瓊芳讀〈琵琶行〉，有感樂天的宦海浮沉，正如琵琶女的歡場歲月，令人悵然無奈。「感遇千秋共，知音一曲多。」是詩人對樂天的寬慰之詞，而「青衫人已去，江水奈情何。」則是詩人心中的慨嘆了。

　　瓊芳詠史詩，以七絕數量最多，也最精鍊。在短短二十八字中，既有歷史的興衰無常，也蘊含其冷靜的哲理史觀。以下節錄數首觀之：

〈青門瓜〉

　　累朝封建局全收，容得東陵一故侯。

　　賴有青門瓜數畝，燒餘片土爲秦留。

　　滿目河山感廢興，青門瓜老卷蒼藤。

　　桃花不染亡秦恨，開落春風自武陵。

　　漢初，故秦東陵侯邵平在天下紛擾之際，不與世爭，種瓜于青門，故稱「青門瓜」。第一首詩即描述秦末時，楚王項羽入函谷關，殺秦降王子嬰，燒秦宮室，至此秦朝正式宣告滅亡。秦亡後，隨之而來的就是楚漢相爭。所幸天下之大，尚有長安城東的數畝瓜田可爲邵平的容身之地。王安石有〈邵平〉詩：「東陵豈是無能者，獨傍青門手種瓜。」對邵平安於青門種瓜，而不爭逐名利之事極爲讚許。瓊芳在此

不對其行為有任何評論，僅云：「賴有青門瓜數畝，燒餘片土為秦留。」在客觀的敘述中，帶有一點同情之意。

第二首前寫邵平在秦亡後，感於時代興廢，甘於隱居城東，種瓜度日。詩末則別開生面，就遺世獨立的桃花源著意，與東陵侯作一強烈對比。桃花源裡的人民，本是為了遠離秦政的迫害才會搬遷至此，對於秦亡當然不感憾恨；再者，桃源與世隔絕已久，外在縱有再多的是非，也不能干擾其安和寧靜的生活。東陵侯與桃花源，本是屬於對立的雙方，但最後卻同樣歸於平淡，令人無限感慨。

〈讀秋風辭〉

　　帝京回首鬱嵯峨，簫鼓橫汾意氣多。
　　自戀佳人忘猛士，秋風爭及大風歌。

《樂府詩集‧雜歌謠辭》云：「帝行幸河東，祠后土，顧視帝京，忻然中流，與群臣飲讌。帝歡甚，乃自作〈秋風辭〉。」〔註62〕辭中流露人生短促，青春易逝的無奈感慨。此詩前二句描述漢武帝作辭時，對老之將至的無可奈何；後二句即以〈秋風辭〉中：「懷佳人兮不能忘」，與漢高祖〈大風歌〉中：「安得猛士兮守四方」相提並論，一語雙關，十分絕妙。高祖結束楚漢相爭的局面，奠定漢代江山的基業；武帝則平定匈奴外患，締造一代盛世。兩位君王皆是漢朝史上著名國君，但高祖在大風起兮時，憂心無猛士可守四方，有居安思危之慮；而武帝卻是在感於世事無常時，心懷佳人不能忘。這兩種截然不同的心情，巧妙地顯示了開國之君與盛世之主的相異之處，頗令人玩味。

〈拜岳王墳偶經蘇小墓〉

　　忠墳千古屹湖湄，蘇小何人墓近之。
　　金粉尚存風雅調，薰猶知勝魏奄祠。

岳飛忠君愛國，為一雪靖康之恥，奮勇殺敵，但最後卻死於秦檜之手，其忠肝義膽的形象，向來為詩人所歌頌。瓊芳有〈謁岳少保墓〉

〔註62〕〔宋〕郭茂倩編撰《樂府詩集》（臺北：里仁書局，1999年1月），頁1180。

七古一首，用以憑弔這位千古英雄；而此詩則藉岳王墳寫蘇小小的風雅不凡。蘇小小是南齊的錢塘名妓，可惜紅顏薄命，不僅遇人不淑，還年紀輕輕便香消玉殞。詩末：「金粉尚存風雅調，薰猶知勝魏奄祠。」便是肯定小小出淤泥而不染的錦繡才情。

二、評詠古人

瓊芳品評歌詠古人之詩，全為七絕，且人物皆為歷代著名的后妃婦女。其品評人物，並不刻意標新立異、翻案出奇，但卻自有理性思維，別識心裁。以下迻錄數首，以概其餘。

〈褒姒〉

拚將家國媚紅顏，欲博柔顰意亦慳。

息國寡言褒寡笑，迷人多在即離間。

褒姒乃周幽王之寵后。幽王為博得褒姒一笑，常無故舉烽火戲弄諸侯，並廢申后及太子宜臼，改立褒姒為后、其子伯服為太子，最後因而亡國失周。歷來詩人對於失政君王的寵妃，多有「女禍亡國」的諷刺；但瓊芳在此不發美人傾國的「女禍論」，而是用客觀的角度，論述褒姒得寵的原因。其言：「迷人多在即離間」，說明了若即若離的態度，正是愛情引人入勝之處。

〈衛莊姜〉

生受終風撼頓頻，名花無主不成春。

為兼德貌難兼福，天限全恩待碩人。

衛莊姜，乃衛莊公之妻，齊東宮得臣之妹。莊公五年，莊姜嫁至衛國，衛人為之賦〈碩人〉，讚美她富麗又自有姿儀。不過莊姜美而無子，莊公又娶陳女戴媯，戴媯生子完，莊姜視為己子，莊公亦立完為太子。二十三年，莊公卒，太子完立，是為桓公。可惜桓公被異母弟弟州吁殺害，莊姜只得送戴媯歸陳。〔註63〕瓊芳此詩嘆息莊姜有美有德，卻不見寵於莊公，也無任何子嗣，以致「名花無主不成春」。

〔註63〕《史記·衛康叔世家第七》（臺北：鼎文書局，1986 年 3 月），頁 1592。

天恩有限，本是常事，但詩人在旁觀之餘，不免深感惋惜。

〈呂后〉

三尺寒鋩定九州，妖蛇雖斬牝雞留。

呂家自有傳衣缽，易過嬴秦又易劉。

呂后名雉，為漢高祖劉邦之妻。《史記》：「呂后為人剛毅，佐高祖定天下，所誅大臣多呂氏力。」然而呂后在高祖駕崩後，大殺劉姓諸王，廣封呂氏子弟為侯，培植親信黨羽。其為人陰狠毒辣，在掌權後殺害高祖生前寵妃戚夫人，手段十分殘忍，挖眼去耳斷手腳，再灌瘖藥使居廁中，號為「人彘」。呂后子孝惠帝見之，驚嚇之餘，大病一場，後終日飲酒為樂，從此大權操之呂后。

呂后向來是位備受爭議的人物，雖行事兇殘，但也有值得同情之處。她在嫁予劉邦為妻後，事奉翁姑、照料兒女，使劉邦在外無後顧之憂，而當楚漢相爭時，她和太公皆被囚於楚軍之中作人質，備受折磨凌辱；及至楚漢罷兵言和，約鴻溝為界，始歸丈夫身邊。但劉邦卻另有所愛，甚至在即位後要廢劉盈改立戚夫人之子如意為太子。凡此種種，造成了她剛毅陰狠、富於權謀的性格。不過呂后在當政後，也有為人稱頌的政績，其中尤以廢除「三族罪」及「妖言令」最為後人所稱道。故太史公曰：「惠帝垂拱，高后女主稱制，政不出房戶，天下晏然。刑罰罕用，罪人是希。民務稼穡，衣食滋殖。」〔註64〕

瓊芳此詩即概括論及呂后以其堅毅果決的手段助劉邦安定九州，最後甚至獨立炳政，篡奪劉家天下。詩末：「呂家自有傳衣缽，易過嬴秦又易劉。」高祖生前雖有提防呂后之心，無奈牝雞司晨，最終仍是無法挽回劣勢。歷史的演變，想是無人能夠料及！

〈李夫人〉

一隔羅幃似隔生，空花祇向鏡中呈。

美人黃土須史事，且幸君王國未傾。

――――――――――

〔註64〕《史記・呂太后本紀第九》（臺北：鼎文書局，民國75年3月），頁412。

　　李夫人是漢武帝的寵妃。《漢書·外戚傳》有載：優伶李延年在武帝前起舞歌曰：「北方有佳人，絕世而獨立，一顧傾人城，再顧傾人國。寧不知傾城與傾國，佳人難再得！」後薦其妹，武帝十分寵愛，封李夫人。李夫人身體盈弱，在病危時，武帝前來探視，夫人蒙被泣辭，不肯相見，最後武帝拂袖離去。身邊人見狀不解其故，夫人曰：「所以不欲見帝者，乃欲以深託兄弟也。我以容貌之好，得從微賤愛幸於上。夫以色事人者，色衰而愛馳，愛馳則恩絕。上所以攣攣顧念我者，乃以平生容貌也。今見我毀壞，顏色非故，必畏惡吐棄我，意尚肯復追思閔錄其兄弟哉！」〔註65〕李夫人少而早卒，令武帝思念不已，至死不能相忘。此詩前寫李夫人隔幃不見帝王，才使得武帝對她魂牽夢縈；後則以李延年之歌，對漢武帝貪戀美色之行投以反諷，發人省思。由於漢武帝並非失政亡國之君，故後人對其寵妃多無指責之語，然而李夫人若真能教君王傾城傾國，恐怕就要成為妖姬禍水了。

〈息嬀〉
　　甘心雲雨夢荊王，萬舞宮前卻暗傷。
　　幾載忘言思往事，息恩自短楚恩長。

　　列女傳稱嬀殉息，卻疑盲史污清名。
　　願呼地下詢真偽，左氏還瞳向更生。

　　息嬀即息君夫人，因面如桃花，故世稱「桃花夫人」。《左傳》有載：楚文王滅息，以息嬀歸。息嬀在楚宮備受寵愛，為楚文王生下二子，卻始終不發一言，楚王問其故，息嬀對曰：「吾一婦人，而事二夫，縱弗能死，其又奚言？」〔註66〕

　　〈息嬀〉一詩是瓊芳詠史詩中極少數的翻案之作，自從漢朝劉向將息嬀列入《烈女傳》中的〈貞順傳〉後，許多文人皆以為其無言的抗議值得褒揚，但瓊芳反認為「息恩自短楚恩長」，既然息嬀已入楚

〔註65〕〔東漢〕班固《漢書·外戚傳第六十七上》（臺北：鼎文書局，民國75年10月6版），頁3952。
〔註66〕《左傳》（《十三經注疏本》，臺北：藝文印書館），頁156。

宮，得到楚王恩寵且生下二子，如此還不肯言語，未免寡情。再者，《列女傳》載：息嬀是爲全息侯之命才入楚宮，一日楚王出遊，息嬀即出宮對守門的息侯表達不事二夫的意念，遂自盡殉息，而息侯也在同日自殺，故劉向列息嬀於〈貞順〉中。〔註 67〕可疑的是，《左傳》並無息嬀殉節之事，爲何《列女傳》卻如此記載？瓊芳猜想必是劉向有感趙飛燕姊妹穢亂宮廷，所以大倡節義貞烈，期使漢成帝明白其中的諷諫之意。故第二首詩末即云：「願呼地下詢眞僞，左氏還瞳向更生。」表達心中強烈的懷疑。

此詩乍讀之下，可謂議論出奇，然而進一步推想，可以看出瓊芳並無「婦人必殉節以求明志」的陳腐觀念，反有對人情世故的深刻洞察力，此在當時保守的社會裡實屬難得。

〈班婕妤〉
　齊紈底事怨涼炎，辭輦由來守分謙。
　生怕翠華長信過，宮中燕子慣窺簾。

班婕妤乃漢成帝寵妃，溫婉美麗，才德兼備。據《漢書》載：成帝遊於後庭，欲與婕妤同輦車，婕妤辭曰：「觀古圖畫，賢聖之君皆有名臣在側，三代末主乃有嬖女，今欲同輦，得無近似之乎？」成帝善其言而止。太后聞之，喜曰：「古有樊姬，今有班婕妤。」〔註 68〕後因成帝寵幸趙飛燕姊妹，班婕妤爲避禍，自請前往長信宮侍奉王太后，從此深宮寂寞，無人問津；故作〈紈扇詩〉以自喻，傷悼恩寵不再。班婕妤賢淑有德，最後卻幽居長信宮，飽受冷落，許多詩人歌詠班婕妤之時，難免寄託懷才不遇之思；然而瓊芳並無藉美人以自傷，只是純粹描述班婕妤的幽怨情懷。詩末：「生怕翠華長信過，宮中燕子慣窺簾。」委婉地刻畫其眷戀上寵卻又畏懼趙氏姊妹的微妙心態，十分細膩。

〔註67〕張敬註譯《列女傳今註今譯》（臺北：臺灣商務印書館，1994 年 6 月），頁 144。
〔註68〕〔東漢〕班固《漢書・外戚傳第六十七下》（臺北：鼎文書局，1986年 10 月 6 版），頁 3983～3984。

〈蘇蕙〉

　腸曲文迴下筆難，望夫山在錦機端。

　陽臺不識相思苦，當作才情賣弄觀。

　　蘇蕙為前秦竇滔之妻。依據《晉書》的記載，「滔苻堅時秦州刺史，被徒流沙，蘇氏思之，織錦為迴文旋圖詩以贈滔，婉轉循環以讀之，詞甚悽惋。」〔註69〕但另有筆記叢談紀錄《璇機圖》的緣由：前秦苻堅時，竇滔鎮襄陽，攜寵姬趙陽臺赴任，蘇蕙織錦成迴文，凡八百四十字，得詩三百餘首，名曰：「璇璣圖」，寄與丈夫竇滔。竇滔覽之，感其妙絕，遂迎蘇蕙前往襄陽，而歸陽臺於關中，夫妻情好如初。〔註70〕瓊芳此詩即由筆記所載之事而發，首句從〈璇機圖〉的困難與複雜，烘托出蘇蕙獨守空閨的寂寥。蘇蕙的〈璇機圖〉不僅為她挽回了丈夫的心，也贏得了一代才女之名。然而，此事看在趙陽臺心裡，必不作此想，句末「當作才情賣弄觀」，將陽臺的嫉妒之意表露無遺。

〈江梅妃〉

　含笑池東看馬嵬，斛珠舊事不須哀。

　唐宮千載埋花窟，泥化諸楊玉化梅。

　　江梅妃即江采蘋，因愛梅成癡，故唐玄宗封為「梅妃」。梅妃能詩能文，得玄宗寵愛達十年之久。及至楊貴妃入宮，玄宗改而專寵之，梅妃被迫遷居上陽東宮，飽受冷落。一日玄宗思及舊愛，遂命左右密封一斛珍珠賜給梅妃，詎料梅妃賦詩云：「柳葉蛾眉久不掃，殘妝和淚濕紅綃。長門自是無梳洗，何必珍珠慰寂寥。」將一斛珠退了回去。而後安史之亂爆發，兩京陷落，楊貴妃賜死馬嵬坡，下場淒涼。首二句：「含笑池東看馬嵬，斛珠舊事不須哀。」即從一斛珠之怨與楊貴妃之死兩相對照，予人世事無常的感慨；而詩末「泥化諸楊玉化梅」，可謂是對梅妃的寬慰之語了。

〔註69〕《晉書》卷九十六（臺北：鼎文書局，1980年8月3版），頁2523。

〔註70〕〔元〕陶宗儀《說郛》卷七十八上（《文淵閣四庫全書》第880冊，子部雜家類），頁880～340。

〈花蕊夫人〉

　　降箋一夜李家修，錦里移花入汴州。

　　百首新詞能續賦，宋宮還似蜀宮不。

　　到處紅顏色護身，不同玉虎碎奇珍。

　　無端故主心香祝，又把張仙誤宋嬪。

　　史上花蕊夫人有二：一是前蜀主王建的妃子徐氏；一是後蜀蜀主孟昶的妃子費氏。此詩所詠美人乃後蜀君王孟昶的寵妃費氏，因其姿色豔麗，穎慧動人，故稱「花蕊夫人」。花蕊夫人酷愛牡丹與芙蓉，孟昶為討夫人歡心，在宮中城內廣植牡丹芙蓉，兩人常相戲其中。花蕊夫人曾仿唐代詩人王建作宮詞百首，描繪宮中的悠閒生活，其詩溫柔綺媚，歷歷如繪。不久宋太祖趙匡胤率兵進攻蜀地，蜀軍敗退，李昊草擬降表，孟昶出降，宋太祖封「秦國公」，但不出十日孟昶隨即暴斃身亡。花蕊夫人欲自縊殉節，卻為人所救，旋被召入宮中，甚得宋太祖寵愛。花蕊夫人繪製丈夫孟昶的畫像，晨昏膜拜，詭稱是宦子張仙，祀之則易生貴子，一時之間宮中嬪妃爭相祭祀。晉王趙光義見宋太祖過於迷戀美色，唯恐女禍亡國，在一次游獵中藉機射殺了花蕊夫人。〔註71〕

　　花蕊夫人先後受寵於兩位君王，雖享盡榮華富貴，但際遇也頗值得同情。第一首詩即描述蜀亡後，孟昶出降，而花蕊夫人也被送入宋宮中，詩裡「錦里移花入汴州」，明顯可見宋太祖對佳人的呵護之情；但是夫死國亡的憾恨，豈是一片愛憐便能彌補？詩末「宋宮還似蜀宮不」，便充滿了諷刺。第二首詩便感嘆美人以色護身的處境，此事不獨花蕊夫人而已，但夫人不忘舊夫之舉，亦值得讚揚。

小　結

　　歷來詠史詩，常有藉古諷今，託意深遠者，此類多出懷才不遇及憂國憂民的詩人之手，蓋前者乃純粹抒發個人胸中不平；後者則因時

〔註71〕參閱〔清〕厲鶚《宋詩記事》卷八十四（臺北：中華書局，1971年4月），頁1880；〔宋〕蔡絛《鐵圍山叢談》卷六（北京：中華書局，1983年9月），頁109。

局動盪或國家積弱不振，借題發揮，期望上位者有所警惕。但綜觀瓊芳詩作，較多冷靜的思辯哲理，而少有暗寓寄託之辭。究其原因有二：

一是瓊芳處於道咸時期，此時清朝雖已由盛轉衰，內憂外患不斷，但國勢尚未衰弱到不可救藥的地步，有志之士仍積極圖強。再者臺灣地處東南一隅，本非政治中心，瓊芳自幼生長臺南文風薈萃之地，雖械鬥事件時有所聞，但基本上並不影響當地的發展，而較為重大的民變如同治元年戴潮春之亂，也未嚴重波及臺南。何況瓊芳卒於同治七年（1868），此時中日戰爭還未爆發，馬關條約也沒有簽訂，他並無遭逢乙未割臺的去國亡家之痛，因此詩裡既無黍離之悲，也少有影射時政之辭。

二是瓊芳家境優裕，但個性恬淡，平生好學不倦，尤深研宋明理學。在三十一歲（道光二十五年，1845）登進士後，未就任何官職，隨即乞養回臺，致力於教育臺灣學子。其對政治既無野心抱負，在功名路上也頗為順遂，故詩中從無自傷不遇的感慨，反有觀照史事後自然湧現的人生省思，此可謂其詠史詩的一大特色。

第五章　施瓊芳詩歌之內容探析（下）

　　上章已就瓊芳詩中之風土、題畫、詠史等三類探究其內容與特色，然其中部分作品亦有關合之處，如能共同參讀，或可更深入的瞭解。本章再將詠懷、酬贈、試帖及其他等四大類，略加爬羅，以觀詩中意涵。

第一節　詠懷詩

　　詠懷詩，即抒發性情、書寫懷抱之詩，是「詩言志」傳統精神的表現。此類詩歌範圍非常廣大，寫作也較為自由。作者感於自身的經歷見聞，發抒成詩，具有濃厚的個人情感。以詠懷為題者，始於阮籍。阮籍〈詠懷詩〉八十二首，乃直抒「嗟生、憂時、憤世、嫉俗」的胸臆，是詩人在苦悶中的吶喊。正因為詠懷詩往往流露詩人的情緒變化，因此讀者觀之，自然能夠瞭解其內在心靈世界。

　　瓊芳抒情寄懷的言志之作共五十六首，有赴試途中，寄居在外的思鄉情感；亦有隨性漫筆，記遊抒懷的自在愉悅。以下即從這兩方面加以探討，俾能較深切體認其個人情志。

一、羇旅之思

　　瓊芳早年為求取功名，在道光十七年（1837）舉拔貢，隨即渡海至福州參加秋季鄉試，順利考上舉人。隔年，到京參加會試，落榜。

瓊芳回臺，在家攻讀。道光十九年（1839）冬，再次赴京參加道光二十年的庚子恩科會試，未中，遂留京讀書，準備道光二十一年（1841）的辛丑科春試，亦未獲登第。道光二十三年（1843），第三次赴京，參加甲辰（二十四年，1844）科春試，結果同門生蔡廷蘭名登金榜，瓊芳則再留京以待翌年的乙巳（二十五年，1845）恩科會試。由於瓊芳的勤奮讀書，最後終於登乙巳恩科進士，經吏部分發補江蘇知縣，未赴任，再經銓選為候選六部主事，隨即乞養回臺。

　　瓊芳在考試過程中，雖有友朋為伴，可稍慰寂寥，但寄居在外，難免思鄉心切，故詩中多懷鄉之情。如〈曉行見殘月〉

　　　　冬冬譙鼓轉四更，荒村腷膊寒雞鳴。
　　　　御人刏蒭秣其馬，手燈催我上車行。
　　　　童亦扶夢車上續，鼾息相雜鈴輪聲。
　　　　呼之不應推使覺，見月告我東方明。
　　　　圓珪陡訝半規璧，忽記下弦在明夕。
　　　　餘輝不似團圓時，猶自多情照行客。
　　　　霜華滿地晨星稀，對此茫茫寒光白。
　　　　山城臨渡喚輕舟，水影金波盪射激。〔註1〕
　　　　昔日淮徐展行旗，新月迎人夜店歸。
　　　　今朝燕齊催曉御，殘月送人長亭去。
　　　　殘月新月同半鉤，迎送之間難為侔。
　　　　新月祇惹閨人怨，殘月能引羇人愁。
　　　　客子光陰關心數，辭家見月圓幾度。
　　　　而今重睹缺時容，車馬尚阻長安路。
　　　　一鞭風露十里程，領略關山曉行趣。
　　　　家常睡足日三竿，那解曉風殘月句。

此詩乃瓊芳赴試途中所作，其曉行見殘月猶在天邊，因而引發鄉愁之思。詩首描述凌晨四更（約清晨一至三點）時，起而趕路的情形。繼

────────────────────

〔註1〕原文為「激射」，黃典權謂：「依韻，『激射』疑為『射激』之誤。」今從之。

而由昏昏欲睡的書童「見月告我東方明」開始，藉新月殘月的變化，
點出心境的轉折。詩中：「殘月新月同半鉤，迎送之間難爲侔。新月祇
惹閨人怨，殘月能引羈人愁。」月亮的陰晴圓缺，是永遠不變的，但
閨婦、羈人的多情，卻使得無情的月亮彷彿也有送迎之意般。爲何詩
人見殘月會起思鄉之情呢？因爲「客子光陰關心數，辭家見月圓幾度。
而今重睹缺時容，車馬尚阻長安路。」旅居在外，乃由明月的轉變來
得知時間的流逝，因此不論月圓月缺，皆引羈愁。詩人有返家之心，
無奈功名之路尚遠，實不得歸。最後，瓊芳一改惆悵離情，轉以達觀
之心面對，既然曉行已是必然，那麼就藉此來領略山光水色吧！唯有
出門在外，才能真正體悟「曉風殘月」的真正意涵。此外，瓊芳另有
〈曉行〉七律一首，亦是見殘月而詠述心懷，迻錄如下，以供參閱。

> 捱過花朝客緒縈，微茫殘月送晨征。
> 劇憐春夢行千里，無那羈愁怕五更。
> 羌笛關山新樂府，唐詩風景古華清。
> 吟鞭驢背輕寒起，錯訝餘輝是雪明。

　　曉行晨征，自有眾人皆睡我獨醒的寂寞之感，容易勾起異鄉遊子
的離情，而微茫的殘月，更在靜謐的氣氛中增添一抹清冷。頷聯：「劇
憐春夢行千里，無那羈愁怕五更。」可知詩人夢回故鄉，無奈黎明即
起，令鄉夢破滅，引發無限羈愁。詩末以「錯訝餘輝是雪明」作結，
看似極爲尋常，但進一層推想，卻有擺脫愁思，迎向光明之意。因曙
光乍現，正象徵著希望的來臨，由此可見瓊芳樂觀進取的心情。
　　再看〈旅邸中秋〉：

> 月娥應笑筆才殫，佳景離情詠兩難。
> 此夜秋清銀色界，故鄉人倚玉闌干。
> 笙歌異地操音別，風露中宵怯袖單。
> 羈客衷懷遊客興，歡愁各自到更殘。

中秋佳節，本是家家戶戶團圓的日子，但瓊芳客居在外，只能對月述
懷。明月的朦朧美麗，在羈客的眼裡，不知平添多少哀愁；但在遊客
眼中，卻是另一番佳景，美不勝收。瓊芳旅邸中秋賞月，遙想「故鄉

人倚玉蘭干」，這「故鄉人」想必是遠在家鄉等待丈夫歸來的妻子。詩人藉妻子望月之景，曲折地表露自己思念妻子家人的情感，以及獨在異鄉爲異客的清冷寂寞。詩末則從羈客與遊客的角度，描述各自歡愁的景象，與次句「佳景離情詠兩難」相呼應，帶有一點理趣，也沖淡了濃厚的鄉愁。

　　上引三詩皆是瓊芳藉月圓月缺來抒發思鄉情懷，但不同於一般懷鄉詩的是，其排遣鄉愁，並無過份悲涼或悽愴的感受，而是在理性與感性中取得平衡，於旅思中透出豁達的心情。下一首〈夜航〉亦是詠述鄉情之作，雖無實寫個人情感，然歸鄉之情已蘊含其中。

　　〈夜航〉
　　　滿空明月照江船，濯出澄波色更鮮。
　　　雙槳莫教容易動，水中天上共團圓。

這首絕句清新質樸，明白如話，其內容看似單純，但「水中天上共團圓」，表明了詩人內心正期待與家人團聚。此詩借月起興，情感委婉深厚而無幽怨，讀來清逸可喜。

　　再看〈西歸晉京稟辭母親〉：
　　　綵服征袍換不同，高堂別酒賜春紅。
　　　兒身風雪關山苦，都在慈心想像中。

瓊芳事母溫謹，晨興必問視，此去西歸晉京，特與母親辭別。這首詩雖非羈旅途中所作，但卻是離情依依，短短七言絕句，既道出一片孝母之心，也體會到慈母念兒之意；孺慕之情，盡在其中。

二、抒情言志

　　瓊芳離家赴試，雖常懷思鄉之情，但也有自述心志之作。茲迻錄四首觀之：

　　〈客途冒雪〉
　　　莫論貧窮與富豪，羈心靡極似天高。
　　　狐裘重襲猶嫌冷，知否寒檐有縕袍。

　　行裝雖好不如歸，羈路求安計總非。

　　共有五更風雪苦，貂裘何必勝牛衣。

此詩應作於進京參加會試的途中。因臺灣與福建難得下雪，故不可能
是渡海去福州赴鄉試時所作，且會試照例是在春天舉行，瓊芳家住臺
南，必須儘早入京，才不會延誤試期；因此從時間來推算，此詩應作
於赴會試之時。

　　瓊芳雖然三次進京應試，但性情樸實的他，對世俗名利總持淡然
態度，並不為富貴而汲汲營營。在第一首詩裡，他便認為世人追求名
利，貪念永無止盡，即使狐裘加身也不覺滿足，那裡知道寒冬裡還有
人穿破舊的棉襖呢？第二首則承接前詩旨意，「行裝雖好不如歸，羈
路求安計總非。」道出了他自甘淡泊、只願歸鄉的渴望。雖然瓊芳有
不慕榮利之心，但儒家文化的薰陶，以及父母家人的期待，在在都促
使他用功讀書，以期來日光宗耀祖。不過瓊芳在三十一歲中進士後，
並無接受任何官職，反選擇乞養回臺教書。由此看來，其詩正如其人，
總在恬淡中又自有達觀之思。

　　〈詠懷〉

　　申屠元默存，黨人清議死。生罹憂患機，安得恣臧否。
　　仰首羨歸鴻，飛鳴得所止。有懷不能忘，中夜徬徨起。

　　榮枯各有時，誰能保厥終。春華茂桃李，搖落向秋風。
　　愍此無情物，贏縮感我躬。一朝挂簪紱，有似羈樊籠。
　　景彼箕山操，古人有高風。去矣逍遙遊，前途毋使窮。

　　金門舉人林豪在校訂《石蘭山館遺稿》時，於〈詠懷〉詩上夾附
條子，上云：「先生一生品學，以『恬退』為尚，於此二詩微露之。」
第一首詩，乃藉古人的興衰成敗，觸發歸去之情。第二首詩則從事物
的榮枯有時，感慨人生無常。一旦官職在身，猶如困獸般處處受到限
制，不如效法許由隱居不仕之舉，回鄉逍遙自在地過日子。由於清朝
有官員不得在自己家鄉任官的政策，因此凡是仕宦者，皆須離鄉背
井。瓊芳一生不求仕宦顯貴，只願返鄉奉獻己學，此志在〈詠懷〉詩

中一表無遺。

　　從瓊芳的詠懷詩，可以清楚看見其恬淡的個性，然而自幼飽讀經書、浸淫於儒家文化教育下的文人，皆免不了儒家積極用世、經國濟民的思想。在下面〈願賜上方劍〉，瓊芳亦表露了胸中的雄心壯志。

　〈願賜上方劍〉
　　　直節攖鱗敢避難，上方請劍表心丹。
　　　氣衝星斗攄孤憤，令震雷霆戒百官。
　　　獬豸立朝三尺肅，蛟龍出匣九天寒。
　　　片言已落安昌膽，轔檻宜邀主德寬。

此詩是瓊芳所有作品中，少有的激昂之作，充滿了建功立業的熱忱。首聯即點出願賜上方劍之心，頷頸二聯則表明整肅吏治、嚴戒百官的抱負。最後，詩人又回到儒家的德治思想，強調爲政以德的重要。瓊芳一生從無出仕，故此詩中所流露的用世之志，應是屬於早期的理想。瓊芳另有〈勤能補拙〉五古一首，亦是早年爲求取功名的勵志之作。詩首：「才拙期能補，名言古所云。誦書周戒逸，考傳楚箴勤。樗木思成器，鉛刀望奏勳。」說明了他有勤學苦讀的決心。駑馬十駕，功在不舍，他相信只要自己繼續努力，終有成功之日。最後，詩以「好憑騰達志，鞭策上青雲。」作結，更是表明了心中對金榜題名的渴望。類似此種鼓舞心志的作品，應作於瓊芳中舉（道光十七年，時年二十三歲）的前後日子。然而，後來數年奔波於科場之間，在得意與失意間起伏，其對人生也有更深一層的體悟，故此積極之心已不復見。

　　不過，雖然瓊芳無仕宦之心，但對自身學問的要求卻不曾稍減，此志在〈窗前〉一詩中明顯可見：

　　　窗前何處覓談難，作輟工夫悟頓迷。
　　　書劣忸怩摹古帖，文疏勉強代難題。
　　　荒經功爲稗編誤，酬世詩循近體低。
　　　盡日小樓頻下上，幾時更進一層梯。

此詩應是瓊芳有感讀書作輟，故自行勉勵之作。相傳晉袞州刺史宋處

宗曾買一長鳴雞，關在窗前籠裡，愛養有餘，雞遂作人語，與處宗談論即有言致，使處宗言功大進。瓊芳先以此典破題，繼而自述近日因貪看稗官野史，寫了許多酬贈詩作，以致荒廢功課。詩末：「盡日小樓頻下上，幾時更進一層梯。」自我期許之志，盡在其中。

瓊芳早年時常離家赴試，途中雖多有羈旅之思，但也有漫筆記遊之作。如〈建溪灘〉：

> 滄海雖浩淼，有時波不揚。瞿唐砥柱外，江河有安航。
> 異哉建州灘，源弱流何強。水連石不斷，激恣狂瀾狂。
> 水枯會有日，石爛終無方。時值冬礁淺，怪相不得藏。
> 臥者穹贔屭，立者蹲虎狼。銳者鱷牙礪，曲者蚊龍僵。
> 疑昔延津劍，幻化千刀鋩。盤錯將舟試，不虞鋒缺傷。
> 豈無召龍術，惡灘變康莊。終因造物巧，留此標嚴疆。
> 有山必有水，武彝得頡頏。爭奇不爭大，舍短取所長。
> 不然衣帶闊，狎懦同尋常。自昔規狹隘，全以險張皇。
> 竹王分地小，以險霸夜郎。李賀詩格卑，以險著晚唐。

建溪，源出福建省浦城縣北仙霞嶺。詩前描述建溪的流水湍急、波瀾激恣。「時值冬礁淺，怪相不得藏。」點出了時間與建溪灘的險怪。「臥者穹贔屭，立者蹲虎狼。銳者鱷牙礪，曲者蚊龍僵。」則以各種動物的姿態譬喻礁石的奇險。從「疑昔延津劍，幻化千刀鋩。盤錯將舟試，不虞鋒缺傷。」可知，這些暗石常使舟船觸礁生事，但詩人對此並不畏懼，反稱讚唯有這樣的險灘，才能在眾多尋常的山水中突顯出來。詩末：「自昔規狹隘，全以險張皇。竹王分地小，以險霸夜郎。李賀詩格卑，以險著晚唐。」更以夜郎侯竹王分地之奇峭，與晚唐詩人李賀詩歌之詭譎，來烘托建溪灘的險怪奇絕。

另一首七古〈延建道上山水〉，亦是瓊芳在閩中見奇景所作。全詩如下：

> 東南山水天下著，閩中更是奇絕處。
> 化工神境費經營，僻壤深藏防淺露。
> 西來日日緣溪行，嵐色波光舉目遇。

上有峻阪下危磯，累卻谿山減遊趣。
翠微煙靄亙橫空，山勢北來溪折東。
從古巨靈擘不到，蠶叢荊棘何人通。
名利而來無虛日，遊覽而來百不一。
層磴透迤尚畏途，況溯水簾叩石室。
我來手挈紀程篇，嶺號灘名校未悉。
但聞輿唱與棹歌，愁隘咿吁頻悚慄。
乃知閱歷在消磨，奇境原從險處過。
我今嗜奇初學癖，怯險心多奈奇何。

此詩全為描述閩地的山水。首句：「東南山水天下著，閩中更是奇絕處。」
點出了天下山水以東南為最，而閩中山水更是冠絕東南。而後則寫緣溪
步行過山的所見所感，從「上有峻阪下危磯，累卻谿山減遊趣。」「層
磴透迤尚畏途，況溯水簾叩石室。」「但聞輿唱與棹歌，愁隘咿吁頻悚
慄。」等句，可見此處山水之奇與跋涉之苦。當詩人順利越過崎嶇山徑
後，方知人生的閱歷，即在此險惡之中消磨度過。最後，詩人云：「我
今嗜奇初學癖，怯險心多奈奇何。」表露自己嗜奇但又怯險的矛盾心態。

　　上述〈建溪灘〉與〈延建道上山水〉二詩，應為瓊芳在道光十八
年（1837），渡海至福州參加秋試時所作。因瓊芳早年在家鄉臺南讀
書，並無外出遊歷，第一次出遠門，便是到福州考試，途中所見奇山
麗水，自然令他嚮往不已。此外，值得一提的是，瓊芳渡海至內地，
必須橫越著名的險惡海域──黑水溝（即今日的臺灣海峽）。黑水溝
的可怕，不知令多少來臺的文人官吏膽戰心驚，然而瓊芳的詩作卻從
未提及黑水溝，反刻畫閩地山水的奇險。試探其中原因，有兩種可能：
一是有關黑水溝的詩作已經亡佚，故在《石蘭山館遺稿》中無法得見。
二是瓊芳身為臺灣人，對家鄉的一切早已習以為常，因此在橫越黑水
溝時已有心理準備，不致股慄驚愕；而閩地山水則是初次所見，對他
而言自然十分新奇，所以賦詩紀錄見聞也是理所當然。

　　除了記遊之外，瓊芳亦有閒暇時的漫筆之作。其自幼喜歡讀書，
及長精工詩文，〈偶成〉二詩，乃自述其對詩文的態度，其中亦可看

見詩人的眞性情。

> 吟詠何曾考據如，取材偶借腹中儲。
>
> 非關獺祭前賢避，詩興來時懶檢書。
>
> 漫輕詞曲技么麼，圭黍精微最易訛。
>
> 詩寫性情文載道，堪傳猶覺古來多。

第一首乃瓊芳自述作詩心得，詩人並不主張作詩要一味地羅列故實，堆砌成文，以顯示自己的學問修養，反喜歡隨性而作，取材用典全由腹中圖書，無須逐次翻閱查證。第二首則是閱讀前人詩文時，雖個個皆強調「詩言志」及「文以載道」的觀點，但一代一代不斷累積下來，其份量亦相當可觀，難怪詩人要說：「堪傳猶覺古來多」。此二詩讀來輕鬆有趣，應是瓊芳隨性而作，不過從中也可看見其不拘泥守舊的性格。

小　結

　　綜覽以上詩作，可以明白施瓊芳的情感與理想。大抵而言，瓊芳性格樸實恬淡，不喜浮華也不慕榮利。早年爲了求取功名，他發憤苦讀，期望有所成就，此種積極進取之心在〈願賜上方劍〉及〈勤能補拙〉中皆可看出；及至離家遠行，懷鄉之思常縈繞於心，頓發不如歸去之感。然而，縱使瓊芳有淡泊名利之意，卻仍是持續不斷地參加會試，這點除了自己與家人的期許外，還有儒家思想根深柢固的影響。傳統中國文人自幼便受儒家文化的洗禮，對未來抱持遠大理想，希望能夠功成名就，光耀門楣，並爲君王效力。正因如此，瓊芳始終不能拋卻金榜題名的企望。

　　不過，瓊芳在中進士後，並無步上「學而優則仕」一途，反選擇乞養回臺，貢獻己力來教育臺灣學子，如此作爲，既體現了儒家用世的精神，也不違背他一心要回歸故鄉、自在生活的渴望，可謂一舉兩得。瓊芳回臺後，尋任海東書院山長，不僅提升臺灣文風，更證明臺灣絕非異域蠻邦，而是孕育許多人才的海東鄒魯。綜觀清代臺灣文人，有此種精神者不在少數，如鄭用錫、陳維英等皆是，由此可見本

土文人對臺灣教育的貢獻。同光年間臺灣士子考中舉人進士者漸多，
且詩文著作的水準亦可與內地相提並論，實與前人的努力息息相關。

第二節　酬贈詩

　　瓊芳乃臺南著名詩人，雖淡泊名利，不喜浮華之事，但當地士子
及宦臺文人，常慕名而至，爭與之交，故詩中如唱和、品題、頌祝、
慶賀、悼輓、慰勉、送行等酬酢之篇，亦有九十一首，份量可觀。此
類詩歌，固然不乏純爲交際的應酬之作，但也有眞情流露、勸勉期許
的詩篇。以下就其酬贈對象，分官紳士子、親族同門二類探討之。

一、官紳及士子

　　官紳士子，嚴格說來亦是瓊芳的朋友或晚輩，但未必爲深交摯
友，乃瓊芳在海東書院任教時，與之交遊的官紳。瓊芳與這些人往來
酬酢的詩篇，有的純爲頌祝慶賀，如〈贈人雙壽詩〉、〈贈諤三林翁六
十七壽詩〉、〈葉翁六十一壽詩〉等，內容並無太多意義；有的則是有
特殊目的，或提倡節孝、或鼓勵讀書、或表揚好人好事，由此亦可看
出瓊芳積極教化的用心。如〈題全臺闡幽錄〉：

> 蘇武節完仍返漢，相如璧在豈歸秦。
> 古來竹帛垂其烈，今日裙釵見此人。
> 性稟芝蘭香不死，書成桑梓事皆眞。
> 海濱鄒魯風堪采，軒使曾勞女史詢。
>
> 寡鵠貞鸞萃一編，旌祠會錫九重天。
> 依然婦語回鸞及，能使夫名附驥傳。
> 彤管有人風繼起，碧霄終古月難圓。
> 誰言婉孌煢煢質，已握興頑立懦權。

《全臺闡幽錄》，又名《島上闡幽錄》，乃周維新〔註2〕采錄臺地節孝編

〔註2〕周維新，字邠圖、光郆，道光二十九年（1849）己酉科拔貢生，爲
　　　臺灣道徐宗幹、臺灣儒學訓導劉家謀的學生。

輯而成。瓊芳詩前有序文云：「周廣文維新，承徐樹人觀察論，采輯臺屬節孝爲《全臺闡幽錄》。丙辰（1856）秋，以書來囑序，爲賦七律二章。」可見此詩乃承周維新囑託所作。《全臺闡幽錄》至今未見任何刊本或著錄，〔註3〕但此二詩之出現，證明了《全臺闡幽錄》確實存在。

　　第一首詩先藉蘇武全節返漢，及藺相如完璧歸趙二事，來比擬臺地婦女亦有守貞之節。頸聯「性稟芝蘭香不死，書成桑梓事皆眞。」則言《全臺闡幽錄》將其貞烈事蹟流傳於後，使得她們的精神得以永存。臺灣本爲海東鄒魯，不乏寓賢隱逸之士，而今上位者能遣人紀錄節義之女，彰顯幽貞，裨化民風，實爲難得。第二首則稱讚這些溫順嫻靜的婦女，雖然柔弱，但內心堅貞不二，其節操令人敬佩。如今《全臺闡幽錄》表彰了她們的事蹟，其夫也得以永垂不朽，可謂苦盡甘來。瓊芳一方面歌頌節孝婦女的堅貞，一方面表揚《全臺闡幽錄》的價值，使得此詩不再是單純的應酬之作，實具有深厚意義。

　　再看〈爲吳汝艮兄弟賦讀書燈〉組詩三首，茲錄其一如下：

　　雪螢猶不廢居諸，況得蘭膏續晝餘。

　　東壁休教迷誤豕，南油何礙展饞魚。

　　豁開暗室無欺後，伴對寒更有味初。

　　共是文光能照我，分陰寸晷惜相如。

吳汝艮兄弟，生平不詳，然據詩中內容來看，應爲地方士子。瓊芳欣見吳氏兄弟用功勤學，自然樂於賦詩以勉勵之。此詩先以夜半燈火通明，如同白晝的延續，點出夜晚讀書的趣味，繼而提及取魚脂煉爲油的饞魚燈來照明，相信也不會有誤豕之失，戲謔中帶有一絲親切。最後更勉勵二人應當愛惜光陰，積極進取。瓊芳另依此題戲書二絕，其一云：

　　自維疏懶畏炎蒸，深羨君家學教興。

　　師弟友昆三伏夜，書燈鬧比上元燈。

這首絕句讀來質樸親切，可以看出吳氏兄弟應爲瓊芳賞識的平輩或晚

〔註3〕　參閱楊永智《明清臺南刻書研究》（東海大學中國文學研究所碩士論文，2001年），頁121～122。

生。詩人先自述畏熱懶對書，因此深羨吳家學教興旺。由自己的疏懶，映襯出吳氏兄弟的勤學，即使在三伏天之夜，依舊不曾懈怠。而詩末「書燈鬧比上元燈」，更將夜晚讀書之景，靈活地顯現出來，十分巧妙。

　　道光年間，臺灣曾發生一件奇事，此事載於《大屯山房譚薈》。據載：杭縣柳玉娘，年少有殊色，因賣身葬母而流入煙花。不久染癘疾，鴇母棄於某土地祠中，賴里人布施苟延殘喘。當時嚴炘任蘭陽（今宜蘭）通判，其幕客唐靜仙（按：瓊芳謂唐靜軒）乃豪傑之士，一日閒遊至土地祠，見而憫之，延醫治療，不數月病即痊癒，膚色容貌尤勝以往。鴇母聽聞後，前來索人，唐靜仙訴於通判，嚴炘認為此乃天下奇緣，令歸唐。〔註4〕唐柳成親之夕，闔邑侯作〈奇緣吟〉七絕十首，並向瓊芳索詩，因作〈唐柳奇緣詩〉十八首，以下引錄數首觀之：

> 病裡容顏恨裡才，三蟲為使鴆為媒。
> 天留奇疾窮盧扁，為待藍橋搗藥來。
>
> 琴堂一牒判鴛鴦，雅望闔公妙主張。
> 擅絕古今雙義舉，潭州曾嫁柘枝娘。
>
> 催妝佳句紫鸞通，端雅曾無豔體同。
> 儂自感恩郎感行，不知南國豆雙紅。
>
> 蛻得凡塵美勝初，沐薰扶上七香車。
> 煙花南部重回首，身是龍華小劫餘。
>
> 流水東西月缺圓，一場悲喜湊奇緣。
> 蘭香此日登金闕，不諱湘江小謫年。

瓊芳詩前序文：「柳氏，本良家女。幼失恃，家罄甚，鬻身營葬費。後，流入煙花中。得癘疾，假母棄之道旁。有唐靜軒者，闔邑侯家幹也，見而憫之，為診療。得痊，膚蛻更美。邑侯曰：『此奇緣也！』判以歸之。卻扇之夕，邑侯為作『奇緣吟』。余不敏，謬承邑侯為來徵詩，於是略綜顛由，納之音句焉。」已將始末交代清楚，且與《大

〔註4〕　參閱蛻葊老人《大屯山房譚薈》（《臺北文獻》1 至 4 期合刊本），頁183。

屯山房譚薈》所載同。

　　第一首詩先述柳氏因病憔悴，因此被鴇母棄之道旁。不過，「三蟲為使鴆為媒」，小人與鴆毒沒有讓她失去生命，反讓她得以脫離青樓，尋得真正的伴侶。由此看來，這神醫也難醫治的奇疾，或許正是上天的安排。

　　第二首乃稱揚閭邑侯的主張，將病癒而貌愈美的柳氏，判給悉心照料她的唐靜軒。正因有閭公的成人之美，才有唐柳這段天作之合。

　　第三首則寫唐柳奇緣，世所罕聞，因此閭邑侯前來索詩添妝，詩人亦樂於從之。詩末：「儂自感恩郎感行，不知南國豆雙紅。」委婉表露唐柳二人間的綿綿情意。

　　第四首乃從柳氏著筆。起句「蛻得凡塵美勝初」，描述柳氏病癒後，彷彿脫胎換骨，美貌更甚以往。再者，一場大病讓她從此脫離煙花場所，回首過往種種，一切就如同彌勒在龍華樹下悟道時，所曾經歷過的種種考驗般，令人難以想像。

　　第五首從世間事物的難以兩全，映襯出這段奇緣的難得。最後，詩人以為「蘭香此日登金闕，不諱湘江小謫年。」唐柳二人的相遇相惜，應是天上神仙謫降塵世所助，如今功德圓滿，神仙亦可重登金闕了。

　　從上引諸詩來看，瓊芳對唐柳奇緣，實感可喜可賀，因此洋洋灑灑十八首詩，全詠述此事。柳氏本是良家女，賣身葬母之舉可見其孝心；而唐靜軒因心懷善念，見柳女被棄，出手相救，最後抱得美人歸，可說是善有善報。瓊芳大力讚揚此事，除這段姻緣的難得外，也因唐柳二人確實有值得褒獎之故。

二、親族及同門

　　瓊芳與親族、同門酬贈之詩，率多語言真切，自然流露出內心的情感。尤其是送兄弟遠行之詩，更是情深意重。瓊芳在家排行第五，上有四位兄長，下有一弟，其在〈送四兄昭玉六弟昭澄附海舟西歸晉省應試鄉闈〉中，既訴離情依依，又多勉勵關懷，手足間的友愛不言

而喻。此詩篇幅極長，茲節錄如下：

> 片帆滄海闊，遊子盼征軺。綵服辭親出，清樽祖道邀。
> 友生憑手握，同氣最魂銷。琴瑟離堂譜，壎篪別曲調。
> 共舟君有侶，索處我無聊。憶昨偕明晦，憐茲各寂寥。
> 棗梨供案物，風雨對牀宵。臭味馨蘭洽，衷懷義竹昭。
> 云何人綽綽，頓隔地迢迢。只爲占榴實，因之折柳條。
> 德綸頒僻澨，恩榜啓皇朝。多士材爭奮，吾家志亦超。
> 壯哉心破浪，逸矣氣凌霄。……此行緣大比，先著拜宗祧。
> 梓里葆恭敬，桐垣矚麗譙。觀光當早歲，攬勝遍閩嶠。
> 逐驛青山看，隨村白酒澆。……峰睹鼇頭聳，筵思鯉尾燒。
> 既經甌郡閱，須向禹門跳。雁序新題塔，鴒原頌奪標。
> 莫雖簪帽少，桂自拂衣飄。來信需張鴿，佳音過泮鴞。
> 重逢期後會，惜解慰今朝。……待作還鄉宴，纔驅上計軺。
> 和怡仍燕喜，聲價愧蜂腰。競爽分優劣，相歡在寓僑。
> 晨昏暌愛日，寒暑感移杓。世澤榮科目，慈闈福冀徼。

臺灣士子要應鄉試，皆得渡海至省城福州。起首「片帆滄海闊，遊子盼征軺。」從遼闊大海著筆，寫遊子遠行之景。當辭別母親，接受昆仲友朋送行後，昭玉與昭澄也就得啓程了。羈旅在外，與妻子分離，與家中兄弟暫別，固然令人無奈，但瓊芳以「共舟君有侶，索處我無聊。」寬慰他們互相爲伴，無須感到寂寞。此刻的折柳贈別，全是爲了將來能夠一舉成名，光宗耀祖，因此不必難分難捨。「多士材爭奮，吾家志亦超。壯哉心破浪，逸矣氣凌霄。」說明了吾家子弟亦有凌雲志向，願乘風破浪以求得一番成就。由於舉人考試，必須渡海到福州參加，這艱辛遙遠的路程，常令一般士子卻步不前，因此若無眞才實學，是不敢貿然前往的。雖然赴試路途險難，但出門在外，遊山玩水，亦能增廣見聞，開拓胸襟。瓊芳在道光十七年（1837）舉拔貢，隨即渡海至福州參加秋季鄉試，閩地的奇山麗水，曾令他大開眼界，因此詩云：「觀光當早歲，攬勝遍閩嶠。逐驛青山看，隨村白酒澆。」要昭玉與昭澄也一同領略閩地風光。隨後，又以「峰睹鼇頭聳，筵思鯉

尾燒。既經甌郡閱，須向禹門跳。」期許他們能登上鰲頭，魚躍龍門，屆時，「雁序新題塔，鴒原頌奪標。」兄弟同登新榜，將傳爲佳話。最後，瓊芳以「愧蜂腰」一語，自謙居中者最差，故兄長昭玉與六弟昭澄必能凱旋歸來，以慰慈母殷殷期望之心。此詩雖長，但關愛慰勉之心，盡在其中，並無虛情假意的應酬之語，可見瓊芳與兄弟間的眞摯情誼。

　　瓊芳另有〈黃虛谷先生姻丈輓詞〉七律四首，哀悼姻丈黃本淵之逝，以下摘錄一首觀之：

> 天上文星下界收，士林冠冕失名流。
> 久應福善歸璚簡，無那工書召玉樓。
> 零落典型餘北海，淒涼樂府唱西州。
> 披雲睹景知何許，滿眼金風總悵秋。

此詩前有序文：「先生臺陽開科徵士，秉鐸黌宮有聲。後以軍功選用知縣，未赴而卒。」另據《臺南市志稿》載：黃本淵，字虛谷，臺南人。嘉慶十八年（1813）優貢，道光元年（1821）舉爲孝廉方正，欽點教職，派至福建長汀當縣學教諭。因啓迪有方，諄諄不懈，旋陞署福州府學訓導，監理鰲峰書院，後以軍功獎敍優先選用知縣，本淵婉辭不就，回臺南故里，不預閒務，以長者爲世重。善書，人多求墨跡，輒揮毫以應。〔註5〕

　　此詩哀悼姻丈黃本淵早逝，因其書法馳名，故詩人藉「玉樓修文」之典，推想恐是天上玉樓欲召本淵修書，而使人間痛失英才。黃本淵是瓊芳的長輩，又是臺南名儒，因此這首哀悼姻丈的輓詩，表現了詩人心中沈痛、哀悽及無可奈何的遺憾。

　　瓊芳一生的知交，當屬同門生蔡廷蘭與林鶚騰。其中澎湖才子蔡廷蘭，字香祖，號郁園，人稱秋園先生。蔡廷蘭長瓊芳十三歲，曾在道光十二年（1832）的澎湖風災時，面呈〈請急賑歌〉於周凱，受到

〔註5〕 參閱《臺南市志稿・人物志》（臺南：臺南市文獻委員會，1958 年12 月），頁 297。

周凱的賞識，成爲門下學生。而當蔡廷蘭在道光十四年（1834）主講引心書院時，與瓊芳既是師生，亦是同門，二人亦師亦友，情誼十分深厚。在道光十七年（1837）時，兩人被舉拔貢，相偕至福州應試，皆順利中舉，故二人又成了同年生。及至道光二十四年（1844），廷蘭先中進士，隔年，瓊芳亦中乙巳恩科進士。師生二人同登金榜，一時傳爲美談。

　　瓊芳與廷蘭唱和之詩，除流露自己淡泊名利之思外，還有對這位良師益友的景仰之心。以下引錄二首觀之。

〈次蔡郁園同年述懷韻〉〔註6〕
　　羈路光陰荏苒來，槐花黃盡又黃梅。
　　酒酣燕客浩歌市，家近楚王垂釣臺。
　　碑碣看餘添史論，江山到處長詩才。
　　故園小別花無恙，閒對清淮泛卯杯。

〈再次前韻和蔡郁園同年〉
　　都門雪往柳時來，離曲應教譜落梅。
　　夢裡風潮過碧海，望中雲樹別金臺。
　　唱酬淮北皆名輩，紀載蠻南亦史才。
　　澎島由君培桂種，聞香齊上碧螺杯。

作者自註云：「見其述懷一首，心傾慕之，郁園同年，次其韻成兩首，予不揣固陋，亦附二公韻後，思效顰焉。戊戌（1838）南旋時作。」將時間與動機交代清楚。第一首起聯點出春試已畢，轉眼又是黃梅季節了。眼見有志之士正飲酒高歌，開懷暢飲，但內心卻有歸去之思。雖然瓊芳此次赴試落第，但並無頹廢之語，反云：「碑碣看餘添史論，江山到處長詩才。」實無須感慨，不如對著故園花細酌，聊以自樂。

　　第二首詩是瓊芳詠述對蔡郁園同年的一片景仰之心。此詩上半乃言春天已至，又到了別離的時刻。頸聯：「唱酬淮北皆名輩，紀載蠻南亦史才。」則指蔡廷蘭的一段奇遇。廷蘭在道光十五年（1835）秋

〔註6〕 此詩原作闕題，《全臺詩》編者施懿琳擬此題，從之。

至福州應鄉試，考後與其弟蔡廷揚由金門乘船回澎湖，突遇颶風襲擊，在海中漂流十一日，最後漂到越南沿海外汕，爲越南漁夫救起。廷蘭在越南其間，備受國王禮遇，與當地人士亦有詩歌唱和。雖由陸路回閩時，歷經重重險難，但異域風俗卻也令他大開眼界，後來廷蘭還將親身經歷與越南風俗，撰述爲《海南雜著》一書。此段遭遇，在當時蔚爲奇談，而《海南雜著》也被視爲奇書，故瓊芳以「史才」譽之。廷蘭乃飽學之士，更是澎湖第一位舉人，其一生講學不倦，培育出的學生亦多人中舉，可謂當代名師。最後，詩人云：「澎島由君培桂種，聞香齊上碧螺杯。」實是誠心讚揚這位良師益友的德範。

　　瓊芳另一位摯友林鶚騰，字薦秋，號晴皋，福建同安人。道光二十年（1840）考中進士，授翰林庶吉士，因俗謂翰林爲太史，故瓊芳皆以此敬稱之。瓊芳與林鶚騰來往唱和詩達七十餘首，數量相當可觀，兩人交情之深，由此可見一斑。茲迻錄數首，以概其餘。

〈旅寓同林晴皋太史戲詠雜作〉
　　初投貴采慶彈冠，旋博青蚨入手歡。
　　畢竟宦途殊戲局，官箴利孔兩全難。

詩人在詩後自註：「陞官圖」，可見係詠陞官圖之作。陞官圖，是古時博戲用具，以擲骰子的點數多少，預卜官位的高低。文人士子聚集時，除飲酒賦詩外，難免玩些無傷大雅的遊戲，陞官圖，便是其中之一。從次句來看，陞官圖不只預卜官位的高低，還有金錢的賭注，應是擲骰子點數越多，官位與錢財也越高。詩人見此，有感而發，故云：「畢竟宦途殊戲局」，功名與利祿未必能兩全其美，正如同宦途也不是戲局便可預測。

〈吳江舟中偕林晴皋太史馮盧谷孝廉即景唱句和韻〉
　　去去吳江道，扁舟不計程。人家傍岸古，山色蘸波明。
　　檣近驚鷗沒，帆低掠燕輕。漫吟楓冷句，無限故鄉情。

　　去去吳江道，琴書共客船。遮山窗厭小，趁市櫓爭先。
　　旆颭思村酒，囊傾換估錢。土風旋借問，采擇入詩篇。

　　第一首乃吳江泛舟，見蘇州民風純樸，山水秀麗，而自有閒適之
樂。蘇州的山光水色，或令詩人想起臺南家鄉的古樸小鎮與寧靜海
岸，所以興起無限故鄉情。第二首描述吳江民家生活的景況，以及買
酒之事。從「土風旋借問，采擇入詩篇。」來看，詩人亦有采風之心
了。上述二詩紀錄吳江泛舟所感，語言質樸，情感真切，頗有民歌之
味。

　　瓊芳同門中，年紀最長者，應推呂世宜。呂世宜，號西村，其書
法絕妙，名聞當世；尤嗜好金石，收藏碑版，凡遇有真跡，常傾資蒐求。
由於西村僅小周凱五歲，故周凱是以友人相待，而未嘗目爲門下士。瓊
芳有〈西漢古鏡歌〉長詩一首，便是爲西村所得一漢代銅鏡而作：

> 蟾規倒影落影娥，靈銅孕魄騰光葦。洪爐出冶兩千載，陽
> 鑷銹綠填其窪。滎陽居士精鑒別，爲披苔篆拭土花。徑圓
> 七寸符漢尺，其鈕盤龍文斗科。中露平津侯數字，餘畫禿
> 落無枝柯。惟侯布素貌恭儉，斯鏡之值應非奢。一朝聲價
> 忽兼兩，千金敝帚理則那。豈知古器傳日少，瓦銘碑隸皆
> 足誇。居今得睹漢時製，便同漢世追羲媧。先生嗜古良有
> 意，關情故物殷摩挲。購以重貲傳以記，遭逢勝在相君
> 家。……秦懸唐鑄尊庫物，尋常家用誰搜羅。沽藏靡定關
> 眼福，清漳人去歸嘉禾。平津之傳龍門刺，古鏡之記先生
> 嘉。博古非同論史例，斯篆猶足圖宣和。世人耳食好訾議，
> 以人廢器評何苛。忽經明眼斬新出，空花色相理不磨。今
> 人已去古人遠，古物還照今人多。不管興亡管妍醜，劫灰
> 雖積如鏡何。遙遙東閣追舊事，鏡不能言我代歌。

《金門志》卷十六舊事志叢談有記：「西倉呂孝廉世宜得一銅鏡，爲
西漢平津侯之物。孝廉有記，載《愛吾廬文集》中。」而此詩前亦有
序文，交代作詩始末：「鏡爲漢丞相平津侯故物，舊藏漳郡一故家，
廈門呂西村先生以三十金得之，作〈古鏡記〉，並來索詩。」同門好
友前來索詩，瓊芳當然樂於從之。此詩先言這面古鏡的來歷非凡，乃
是兩千年前洪爐出冶的產物，刻紋中尚有綠銹的痕跡。在經過鑒別

後，「徑圓七寸符漢尺，其鈕盤龍文斗科。中露平津侯數字，餘畫禿
落無枝柯。」可知此鏡原屬漢朝平津侯所有。不過，平津侯雖貴爲丞
相，但爲人十分恭儉，因此瓊芳推測此鏡應非奢華之物。然而，過了
兩千年後，「一朝聲價忽兼兩，千金敵帚理則那。豈知古器傳日少，
瓦銘磚隸皆足誇。」其身價已不可同日而語。今有西村先生愛好古物，
以重金購得，並作〈古鏡記〉傳於後世，這面銅鏡能得如此知己愛護，
其風光想必勝過昔日相家了。漢代古鏡的價值雖高，但若無人賞識，
它也只是一面老舊的銅鏡罷了，哪有今日的地位。由此看來，難能可
貴的應是這位明眼人——西村先生。最後，詩人對此鏡亦有感而發，
詩云：「今人已去古人遠，古物還照今人多。不管興亡管妍醜，劫灰
雖積如鏡何。」這面古鏡，不知映照歷史上多少興亡成敗，遙想當年
舊事，實令人不勝感慨！

　　瓊芳在此古詩之後，尚有二首絕句，其一云：

　　　古色焜煌擅照形，迥殊金鑑奏彤庭。

　　　如何一代鈞衡手，只作青銅數字銘。

漢朝位極人臣的平津侯，在當時擔任多少國家重任，但如今除了這面
銅鏡上鑴刻了他的名字外，又有多少人知道平津侯是誰呢？當年看似
不起眼的事物，到最後卻成了印證歷史的證據，世事的變化，真是難
以預料。

小　結

　　從上引諸詩可知，瓊芳酬贈詩並非全是交際應酬之作，其與官紳
親友往來詩篇，有的表彰節孝、宣揚美事；有的坦露真情，質樸可親。
這些作品，不僅可藉以瞭解瓊芳的生平交遊，亦可助後人瞭解當時的
重要事聞。如《全臺闡幽錄》一書，此乃徐宗幹任臺灣道時鼓舞所成，
十分難得。由於臺灣地處偏隅，舉辦節孝之衙門因經費及層轉被退等
問題，常畏難不辦，以致數十年未曾旌表節孝之行。徐宗幹有感於此，
諄諄勸導各屬舉辦節孝，達六年之久，雖終未及表旌，但卻成爲日後

的臺灣道吳大廷成立「節孝總局」的先路。雖然現今《全臺闡幽錄》並未得見，但由瓊芳之詩便能印證是書在當時的意義與價值。

再者，酬贈詩裡還記錄了兩件重要軼聞：一是唐柳姻緣，一是呂世宜得古鏡。唐柳奇緣的過程，就如同許多小說的情節般，曲折離奇，所幸最後圓滿落幕，博得眾人滿堂喝采。此事不只在當時蔚為奇緣，即使在今日社會，也可成為新聞了。而呂世宜購得漢代古鏡，料想當為藝壇美事，《金門志》中記載此事僅短短兩行，但瓊芳卻賦〈古鏡歌〉長詩一首，與呂氏的〈西漢古鑑記〉互相呼應，使後人得以一窺呂世宜收藏之富。

由此看來，瓊芳酬贈詩非僅僅只是附庸風雅之作，而是有實際的內容與情感，透過這些作品，當能進一步看出他的社會生活與內心世界。

第三節　試帖詩

試帖詩，乃科舉應試之詩，源於唐代，本名為「試律」，因唐代以詩賦取士，除作賦外，尚有五言六韻的律詩，故謂之「試律」。清乾隆間考試，尚沿試律之稱，但普通則稱之為「試帖詩」。「試帖」二字的由來，乃唐明經科考試，裁紙為帖，掩其上下兩端經文，中間僅露一行，以試士子能否通答？這種默書性質的考試，名曰「試帖」。而科舉考試的作法，必緊帖題目，不可節外生枝，有類於帖括的帖經，故沿用其名而曰「試帖詩。」〔註7〕

唐朝以詩賦取士，直至宋神宗採王安石之說後，於熙寧四年（1071）改試經義而廢詩賦，但哲宗元祐元年（1086），又恢復詩賦與經義並行。哲宗詔聖元年（1094）親政後，欲復新政，又罷詩賦，專用經義取士，此後詩賦取士與否，時廢時行，變化不定，直至高宗紹興三十一年（1161），復立經義、詩賦兩科取士，永為定制。〔註8〕

〔註7〕 林文龍《台灣的書院與科舉》（臺北：常民文化，1999年9月），頁210。
〔註8〕 李新達《中國科舉制度史》（臺北：文津出版社，1995年9月），頁151。

元明兩代，科舉皆不試詩賦，清初尚然，僅偶一爲之。〔註9〕至清乾隆二十二年（1757）於鄉會試增五言八韻詩一首，此後童試用五言六韻，生員歲科考試、鄉試、會試及殿試，皆考五言八韻之試帖詩一首，沿至清末。〔註10〕

　　施瓊芳有試帖詩四卷，共一百零一題，一百一十一首。由於試帖詩乃爲應試而作，其體制內容皆有嚴格限定，無法眞正表露作者內心情志，故向來被視爲糟粕。而《石蘭山館遺稿》之所以保存這些試帖詩，其中或爲瓊芳個人習作，或爲主掌海東書院時，用爲教學示範之作。清代以制藝試帖取士，雖然後世對此評價不高，但在當時它卻是晉身仕途的唯一出路，任何學子皆不敢等閒視之。以下略述試帖之題目及詩體，再析論瓊芳之試帖詩。

一、試帖之題目與詩體

　　試帖詩的題目，不可以己意立題，出題必有出處，或用經、史、子、集語，或用前人詩句，如「五月鳴蜩」之用《詩經》，「同聲相應」之用《易經》，「春城無處不非花」之用韓翃〈寒食〉詩句。餘凡詠古、詠物、言情、言景、天文、地理等有出處者，皆可爲題，故題之種類，亦甚廣泛。應試時，題上用「賦得」二字，題下右旁半行小字寫「得某字五言八韻」字樣，所謂得字者，即是限韻，亦曰官韻，只限一字，其字多在本題內選取，亦有選取題外者，但得字必用平聲。以道光二十五年乙巳恩科會試題目「凡百敬爾位」爲例，應試者須寫「『賦得凡百敬爾位』得賢字五言八韻」。題目與詩皆要低二格平寫，留上二格爲頌聖抬頭之用。

〔註9〕 清初不用試帖詩，但順治十五年（1658），複試江南鄉試考生，康熙十八年（1679）和乾隆元年（1736）、二年（1737），召試博學鴻詞，雖曾用詩，只是偶一行之，沒有成爲定制。參閱王道成《科舉史話》（臺北：國文天地雜誌社，1990年3月），頁173～174。

〔註10〕 商衍鎏《清代科舉考試述略》（臺北：文海出版社，1983年10月），頁251。

　　而試帖之詩體，異於古近體詩，有五言六韻、五言八韻兩種，但體制相同。其用韻皆爲平聲，且詩內不許重字。就五言八韻而言，單句不用韻，雙句必用韻，普通律詩有起句用韻者，但試帖詩若起句押韻就成了九韻而非八韻。試帖不僅在格律上有嚴格限制，就連字句內容也有規範，如用語要莊重典雅，不可離題，凡纖佻豔詞、里巷方言，皆不容入詩。至於避諱之處，更須小心謹愼，抬頭不合者，絕對落選。

　　試帖之作法略同八股，首次兩聯必先點題，亦曰出題，首聯或直賦題事，或借端引起，若借端則次聯宜急轉到題，題目之字須在此兩聯中，若題目太長無法全入詩中，便擇緊要字眼點明詩題，使題意了然。三聯不宜再見題字，必須承先啓後，使四、五、六、七聯能順勢闡發題意，最後結聯則用頌揚語作結。全詩之法，由淺入深，由虛及實，不可錯亂倒置。試帖詩最注重用韻，官韻必在首聯押出，不可失押，餘韻也也要妥善選擇，不可有湊韻情形，凡是出韻者，一律淘汰。至於對仗用典，亦是試帖詩的一大關鍵，首聯、結聯可以不對，但中間數聯則不只要對仗工整，用典也必須精巧妥當，如此才能脫穎而出。

二、施瓊芳試帖詩

　　瓊芳試帖詩中，有乾嘉鄉會試朝考召試館課之題，即今日所謂之考古題；也有出自經史子集與前人詩句之題，應爲自擬。但其所有題目下皆無「得某字」，換言之，就是沒有將官韻點出，此是異於其他試帖詩選之處。茲略述數例：

〈詩正而葩〉

端莊流麗雜，三百五篇中。正旣元音協，葩還異藻豐。

陔蘭歌教孝，田芑役言忠。棠棣仁恩浹，苹蒿禮義隆。

山榮君子杞，阿蔭吉人桐。坰野無邪頌，淇園有斐風。

從繩傳木直，燦筆想花紅。最是康衢詠，堯天樂意融。

此題是嘉慶四年（1799）朝考試題，限定「得中字」，[註11] 亦

〔註11〕參閱〔清〕梁章鉅《試律叢話・詩題彙錄》（上海：上海書店，2001

即官韻為上平一東。題目出於韓愈〈進學解〉，乃韓愈稱揚《詩經》的雅正華麗，值得後人學習。

　　首聯點題，說明詩三百之內容風格端莊流麗兼有，並以「中」為韻腳，妥當穩貼；次聯則切「正」字、「葩」字，再次讚揚《詩經》的風旨。而三、四、五、六聯則分別就《詩經》對仗用典，以闡發題意。如三聯「陔蘭」對「田芑」，前者稱子孫傳孝，後者藉〈小雅・采芑〉詩教人盡忠。四聯先用〈召南・甘棠〉、〈小雅・黍苗〉中讚揚召伯之語，表露人民深受其恩德；後用〈小雅・鹿鳴〉來顯示禮義之興。此二聯巧妙地將忠孝仁愛禮義囊括在內，語既莊重，詞亦宏麗。而五聯先以〈小雅・南山有臺〉祝福有德有位之君子，即指當今聖上，德音繁貌，萬壽無疆；後以〈大雅・卷阿〉之語，表示臣從王遊，能得王福蔭，實為萬幸。六聯藉魯頌風雅，衛風斐然，烘托出國朝文風鼎盛；七聯一語雙關，藉木從繩則正，說明作詩當以《詩經》為體要，方能妙筆生花。最後結聯以歌頌盛世之歌「康衢詠」，頌揚皇上功績如堯一般偉大，使百姓富足安樂。

　　全詩字句莊嚴，對仗工整，用典繁多，韻腳亦極自然，尤其詩中典故皆出自《詩經》，且以大小雅為主，蓋雅之內容以王政為主，並多為士大夫所作，以之為典，既祥且瑞，含意又更深一層，自不同於國風諷人之作。

　　〈以文會友〉

　　　若水交原淡，他山輔在仁。文章天下士，襟契簡中人。
　　　見即鴻篇覽，儀猶雉贄申。同方同術地，鼓瑟鼓簧晨。
　　　益比師資易，功仍謙笑純。窮年難跬學，示我鹿鳴賓。
　　　虎觀譚經久，鵝湖辯理頻。古來儒雅侶，勝會不虛陳。

　　此詩題目出自《論語》，曾子曰：「君子以文會友，以友輔仁。」限押上平真韻。首、次兩聯題解了然，點題清楚。三聯用「鴻篇」切合「文」字；用士大夫朝見之禮「雉贄」，顯示「君子」語意。四、

年 12 月），頁 503。

五聯寫友朋相互切磋，共同砥礪，實獲益良深。六聯以「雞跖」對「鹿鳴」，前者喻善學之人，後者指「鹿鳴宴」，乃鄉試放榜後宴請新科舉人之席，再度切合題旨。七聯以漢代宮中講論經學之所「白虎觀」，對上宋代朱熹與陸九淵辯理的「鵝湖之會」，表示君子以文會友，能彼此尊重，不因立場不同而互相攻訐。尾聯回收主題，不用頌揚語，而是讚揚「以文會友」之益，綰合題意。此題為普通題，故內容並無太多頌揚語，然而全詩句句不脫「君子」、「益友」之意，遣詞用字亦極穩健，頗得試帖之要。

　　〈龍虎榜〉
　　　青眼咸推贊，朱衣暗點詹。鳳凰池富麗，龍虎榜莊嚴。
　　　金墨懸高閣，風雲出矮簷。變知文有蔚，見識首非潛。
　　　桂籍星君護，甄書禮部黏。銀袍人立鵠，珠履窟攀蟾。
　　　觀入經同講，門登客共瞻。霓裳偕詠日，皇極普恩霑。

　　「龍虎榜」，乃唐貞元八年（792）歐陽詹與韓愈、李絳等二十三人於陸贄榜聯第，因中第者皆一時俊傑，時人稱之「龍虎榜」。〔註12〕後因會試中選為登龍虎榜，故盧嘉興先生在撰寫施瓊芳生平時，誤以為此詩乃瓊芳中進士後，欣喜之餘所作，實則此乃試帖詩篇，並非抒發個人情志之作。〔註13〕

　　本詩押下平十四鹽，首、次兩聯破題精確，不僅全題字眼於此點出，首句亦兩兩對稱，並用「贊」、「詹」二字切合陸贄及歐陽詹，在帶出「龍虎榜」的由來之餘，也以「詹」為首韻，尤見力量。中間數聯雖無句句用典，但對仗皆工，每聯變化不同名詞，靈活用事，從各個角度歌詠金榜題名、科舉及第的風光。最後以頌揚語作結，歌頌皇恩浩蕩，普及百姓人民，使士子得以藉科考出人頭地。〈龍虎榜〉本為歌功頌德之題，故全詩多有稱揚語，然而對仗精巧，可見匠心。

〔註12〕參閱〔宋〕歐陽修、宋祁《新唐書》二百三十卷〈文藝傳下·歐陽詹〉（臺北：鼎文書局，1985年2月）
〔註13〕盧嘉興先生之說，可參閱〈開臺唯一父子進士施瓊芳與施士洁〉（《臺灣研究彙集》（一），1966年12月），頁32。

〈春風得意馬蹄疾〉

　　快把先鞭著，長安得意辰。花迎鼉背客，風颸馬頭春。
　　驥足雲端展，鶯聲谷口新。勢眞飛電掣，氣正吐虹伸。
　　楊柳青旗市，驊騮紫陌塵。剛逢題雁日，應有避驄人。
　　彎騎銅街遠，鑣聯玉筍親。他時天蹕屆，更喜策翔麟。

　　題目出於唐朝孟郊《登科後》一詩，作於進士及第之時，詩云：
「昔日齷齪不堪嗟，今朝放蕩思無涯。春風得意馬蹄疾，一日看盡長
安花。」其歡欣喜悅之情，躍然紙上。限押上平十一眞韻。

　　首、次兩聯淡淡著墨，而題面、題意盡在其中，切合進士及第後
春風得意之狀；之後逐次鋪陳，借景寫情，將榮登桂籍的意氣風發表露
無遺。尾聯雖亦以頌揚語作結，但卻一語雙關，用「翔麟馬」綰合唐朝
探花郎騎馬遊長安名園，摘取早春鮮花之事，暗示國朝以科舉取士，皇
上能得人才而用之，確實可喜。此詩典故不多，韻腳亦皆爲常字，通篇
俱寫題意，而不拘泥題面，且用虛字夾雜其中，流順暢達，堪稱佳作。

〈首夏猶清和〉

　　首夏饒佳趣，詩傳謝客哦。韶光留淡蕩，天氣尚清和。
　　疏牖還垂箔，輕衫怯試羅。春疑重閏設，畫已小年過。
　　寒燠猜難定，陰晴問若何。釀花餘冷膡，吟草逸情多。
　　前信風催棟，新涼雨長荷。南薰宸意愜，吉士頌卷阿。

　　題目出自謝靈運〈游赤石進帆海詩〉：「首夏猶清和，芳草亦未歇。」
與乾隆五十九天津召試題同，但召試題的官韻「得潛字」，與此首押
「下平五歌」不同。

　　首、次兩聯破題，「首夏」、「清和」等字皆切合題目，並指出此
乃謝靈運詩句。三聯寫初夏猶有涼意，尙不感覺燠熱。四、五聯承上
而下，仍圍繞在首夏天氣涼和，寒燠陰晴皆未定。六、七聯則由景寫
情，勾勒初夏的閒適逸致。最後歌頌帝王沐此南風，政教和諧，天下
太平。此題雖爲清麗題，但瓊芳用字清雅沖淡，無華麗語，其描述情
景能在有意無意之間，而韻致亦在不即不離之中，讀來清逸可喜。

〈凡百敬爾位〉

> 凡百皆君子，何曾誚濫員。位須風儆切，敬乃日嚴宣。
> 楓陛趨蹌地，槐階咫尺天。鳳飛多士吉，虎拜寸衷虔。
> 每繹兼山義，如賡集木篇。升逾才二八，言括禮三千。
> 作所工無曠，惟能事周詧。斷章徵選句，帝念重興賢。

此題為道光二十五年（1845）乙巳恩科會試試題，得賢字。瓊芳於此年中進士，料想此詩當為其應試內容。題目出自三國魏・應瑒〈侍五官中郎將建章臺集詩〉：「凡百敬爾位，以副饑渴懷。」應瑒為建安七子之一，此語化用《詩經・小雅・雨無正》：「凡百君子，各敬爾身」句，意謂諸位君子，應善守職位，以合人主求賢若渴的胸懷，不負知遇之恩。

首聯清楚點題，次聯則進一步說明在位君子應審慎切實，盡忠職守。三聯從人主求才之心著筆，為下聯鋪陳。四、五聯則謂朝廷的文武百官皆備，且能各安其位，恭謹有禮，善盡其責。六、七聯再次讚揚君子才德兼備，事必躬親，必不負人主所託。結聯雖亦是頌揚語，但在歌頌皇帝聖德之餘，還緊扣題旨，表示能斷章徵選此句為題，乃是皇上有興賢之意。因應瑒〈侍五官中郎將建章臺集詩〉一詩，雖有士人君子的自我期許，然而前半段卻是託物言志，陳述人生無路伸展的鬱懷。因此瓊芳說此題斷章取句，是因帝王有求賢之心；帝王既然求賢若渴，那在位君子又豈能有負重託？全詩從題面到題意，無一句跳出「凡百敬爾位，以副饑渴懷」之意，尤其末句以「賢」字收尾，既切合題旨，又無失押官韻，十分巧妙。

〈身多疾病思田里〉

> 燕寢凝香處，如何疾病頻。朝廷恩賜骨，田里計抽身。
> 入夢歸鴻切，相形瘦鶴真。參苓籠底料，松菊徑中春。
> 恭敬休忘梓，艱難為采薪。撤琴方落寞，解組敢因循。
> 莊舄能吟越，醫和或在秦。左司頤養術，丹鼎得方新。

此題韻腳為上平十一真，題目出自唐人韋應物〈寄李儋元錫〉：「去

年花裡逢君別，今日花開又一年。世事茫茫難自料，春愁黯黯獨成眠。身多疾病思田裡，邑有流亡愧俸錢。聞道欲來相問訊，西樓望月幾回圓？」乃韋應物感時傷事之詩。

　　首、次聯破題，點出臣子因病思歸之情。三聯承上而下，用清瘦之身形，襯托出多病之人對故鄉的魂牽夢縈。四、五聯以「參苓」、「松菊」表示朝廷的恩賜不淺，故身為人臣定當竭心盡力，以報朝廷厚恩，無奈身多疾病，實有愧朝廷俸祿。六、七聯順勢而下，以「莊舃越吟」、「醫和思秦」之典，表明懷鄉之情與感傷之愁。最後結聯則以珍重身體，頤養保身作結。雖此題乃懷鄉思歸之作，但身為人臣，為朝廷盡忠本是天經地義，怎能隨意掛冠求去？因此瓊芳最後云：「左司頤養術，丹鼎得方新。」實是站在帝王的立場，為大局設想，此亦是試帖詩的規範。

小　結

　　試帖詩要作得好實大不易，欲達「意境日闢而日新，錘鍊愈精而愈密，虛神實理詮發入微」〔註14〕的境界，必先有豐富的學力涵養，再反覆鍛鍊文字，方能有成。清代科考以制藝試帖為主，文人士子亦埋頭鑽研，以求金榜題名。瓊芳乃進士出身，自幼即浸淫此道，深得箇中門徑，其試帖詩可謂窮其精力而成，綜覽其詩，從任何方向看，均罕有瑕疵：

　　第一，就押韻而言，韻穩是最重要的，但要如何求穩？簡單地說，即押實字，不押虛字。因虛字對仗難工，實字較能靈活運用，也較有力量。〔註15〕以瓊芳試帖為例，其韻腳幾乎全為實字、常字。以實字、常字為韻腳，可收穩當之效，若以僻字為韻腳，易流於險隘，而險隘乃試帖之大忌。試帖如能以人名為韻，尤能見其功力，如〈龍虎榜〉中，瓊芳首韻即以「詹」切合歐陽詹，題情與韻腳皆合，堪稱絕妙。

〔註14〕林聯桂《館閣詩話》語，引自梁章鉅《試律叢話》卷一（上海：上海書店，2001 年 12 月），頁 514。

〔註15〕此點參閱李禎《分類詩腋‧押韻》，轉引自梁章鉅《試律叢話》卷一（上海：上海書店，2001 年 12 月），頁 594。

　　第二，就詮題而言，因試帖內容皆須完全切合題意，或從題面著筆，或深入闡發題意，不可失題。題目若為闊大題，如〈詩正而葩〉、〈凡百敬爾位〉等，則內容不可寒簡，必須發其微言大義；若為清麗、感慨題，如〈首夏猶清和〉、〈身多疾病思田里〉等，則內容亦需典雅，不可流於纖佻或過度憂思。總而言之，不論試帖詩題如何，其內容皆須穩重得體，且在闡發題意時，只能褒不能貶，只能頌不能諷，否則亦是犯忌。這點，在瓊芳之試帖詩中隨處可見。

　　第三，就字句而言，必須多用實字而少用虛字，如此則氣勢自然雄健，不致軟弱無力。此外，莊重祥瑞是第一要件，如魂、鬼、死亡、崩殂等字皆不許入詩。即使是清麗題、感慨題，字句亦須巧不傷雅、含蓄蘊藉。觀瓊芳試帖詩，遣詞少有虛字，用語亦極典雅，字字句句，皆精雕細琢，務求工雅巧妙，融洽自然；整體看來，筆意靈活，渾然天成。

　　第四，就對仗用典而言，因試帖的內容、字句、韻腳皆有限制，無法盡情發揮，試帖如欲生色，就須仰賴對仗用典。除首聯、結聯外，其餘皆要對仗，如何將字句對得巧妙，除個人才分外，亦須有足夠的學力，否則容易詞窮，有合掌之病。瓊芳試帖善用正對，以〈凡百敬爾位〉為例，「楓陛趨蹌地，槐階咫尺天。」「升逾才二八，言括禮三千。」字面與字義全對，且對得極工整，類似此種例子，不勝枚舉。雖然試帖並無規定對仗需用正對，但正對容易給人穩重之感，此應是瓊芳多用正對之因。至於用典，當然是以經書之典最佳，如〈詩正而葩〉，全詩典故皆出自《詩經》；而〈凡百敬爾位〉亦有《詩》、《易》之典。不過若無符合題意的經典可用，則要選吉祥、雅重之事典、語典，切不可以小說戲曲入詩。

　　第五，就起結而言，起聯固然重要，但結聯比起聯更為重要。起聯必須點題，並將題目字眼鑲入詩中，務必要將題意清楚點明。而結聯在全收題旨之餘，最好以頌揚語作結，因頌揚得體，容易拔擢入選，排名等第亦較高，故須審慎為之。試看瓊芳之試帖詩，如〈龍虎榜〉結聯：「霓裳偕詠日，皇極普恩霑。」〈凡百敬爾位〉結聯：「斷章徵

選句，帝念重興賢。」〈首夏猶清和〉：「南薰宸意愜，吉士頌卷阿。」
等，皆是如此。

　　從瓊芳試帖詩之精工巧妙，不難看出其用功之深。後人批評清代
科舉以制藝試帖取士，譏其為「螺獅殼裡作道場」，既限制了文人的才
智，也毫無經世濟民之用。試帖詩雖隨著清代科舉制度的廢除而死亡，
但它曾經控制中國士子如此之久，已成了一種不容忽視的歷史存在。
然而自從清代廢科舉以來，試帖詩也遭人鄙視，輕易棄之，一時間大
量著作皆消亡殆盡。今日欲研究清代科舉在臺灣的情形，資料蒐集十
分不易，而施瓊芳《石蘭山館遺稿》所保存的一百一十一首試帖詩，
不僅可藉以研究清代臺灣科舉考試的內容，也是文獻上的一大資料。

第四節　其　他

　　施瓊芳之詩歌，除上述六類外，尚有社會寫實詩、詠物詩，及閨
情詩，這些詩篇因數量不多，故合併於本類探討。以下各舉數首析論
之。

一、社會寫實詩

　　凡是反映社會現象及描述天災人禍之詩，皆為社會寫實詩。瓊芳
身為臺灣本土文人，對臺灣社會的關懷，發諸至情。其詩作中，有描
述水災、地震所帶給人民的恐懼與傷害，亦有批判社會上不公不義的
情況，每首都是詩人關心民生、體察時弊的表現。

（一）地　震

〈五月辛亥地震書事〉

　　何處大神力，舉手搖天柱？下視百須彌，若撼蟻封土。
　　昨夜占星躔，鉤伸維不聚。平子銅龍丸，東向吾臺吐。
　　吾臺地脈浮，海波三歲周。平時雖略動，無如此番尤。
　　莫是蜪神出，著鞭跑青牛？抑真地痛癢，搔按不能休？
　　鉅鹿壁壘搖，昆陽屋瓦震。暈眩憑簸掀，欲逃無孔進。

室火與柱雷，前賢能坐鎮。慚無達命懷，驚魂殘喘僅。
詰朝傳邸報，哀哉彼諸羅。石勒排牆下，宿孽人何多。
豈遑登屋戒，五月觸神訶。白骨長城畔，杞婦哭滂沱。
哀悼兩未忘，震來又股慄。寢食不能安，一震連三日。
易象地為輿，崎嶇阪未出。緯書地為舟，激湍波屢疾。
古傳不周折，又傳王屋移。鼇戴巨靈擘，造化顯神奇。
開闢驚人事，幸不逢其時。若從今日較，彷彿如見之。
事後同再生，危懸一髮處。非作杞憂愚，實懷僑壓慮。
變故豈偶然，敬天無戲豫。述筆誌吾驚，陳言不厭絮。

　　道光十九年（1839）五月十七至十八日，臺灣發生大地震，其中以嘉義災情最為嚴重，倒塌民屋 7515 間，壓斃男婦大小 117 人，受傷較重 63 名。〔註16〕詳觀清代臺灣的重大災難紀錄，可知此次大地震乃瓊芳平生首次經歷，因親身體驗過地震的可怕，所以形諸筆墨文字時，自然傳神生動。此詩開始先問究竟何處神力動搖天柱，以致人間百山震撼不已，頓時如同蟻穴般脆弱。其次又云昨夜的星象異狀，可能便是此次地震的預兆。臺灣因地脈浮淺，平時便常有地震，但此次搖晃之烈，卻尤勝以往。古人缺乏科學智識，對於地震的發生莫明所以，乃猜是地牛翻身所致；而詩人問：「莫是媼神出，著鞭跑青牛？」以為是因地牛被地神鞭打而奔跑，以此解釋地震的由來，其想像已高出常人一層；進一步懷疑是否大地痛癢，搔按不休，以致地動山搖？就更可謂奇思妙想了。姑不論地震是如何產生，它所帶給人民的災害實為重大。「鉅鹿壁壘搖，昆陽屋瓦震。暈眩憑簸掀，欲逃無孔進。」劇烈的晃動，使人頭暈目眩，欲逃無門。而當詩人驚魂稍定後，隔日清早邸報傳來，才知道嘉義死傷慘重，「白骨長城畔，杞婦哭滂沱。」如此慘況，令人不忍卒聞。在主震過後，餘震猶連連不斷，「哀悼兩未忘，震來又股慄。寢食不能安，一震連三日。」對剛經過大地震之人而言，即使是一點小震動都會觸發心中驚懼，因此餘震不停，真教

〔註16〕參閱戴雅芬《臺灣天然災害古典詩歌研究》（政治大學碩士論文，民國 90 年），頁 10。

人寢食難安。詩人在歷經這次天災變故後，對大自然的力量充滿敬畏，發出了「敬天無戲豫」的感觸。正因為人在天地間是如此渺小，所以更應該以謙恭的態度來面對萬物，否則必會得到大自然的反撲。

（二）水　患

除了地震外，同年的六月十五日，臺南郡城還發生了水災，瓊芳亦有詩記其事：

〈六月望日水災書事〉

> 娲皇畫蘆灰，堯時已無力。更閱四千年，灰壘全銷蝕。
> 汪量稱海涵，有時器小溢。石犀莫為靈，朝宗尾閭室。
> 旬來山雨霖，郡城杲杲日。誰思萬壑泉，潛蓄勢方迫。
> 昨夜礙車雲，半空魚龍色。颶母挾雨師，排海作山立。
> 瀑響建瓴飛，濤驅湔江疾。下水上騰交，爭持狹路急。
> 神符倏忽名，迅決果無匹。家在南濠湄，晨興訝流汩。
> 須臾習坎盈，市塗為溝洫。柔物頓如錐，門垣鑽孔入。
> 聊效孟津愚，彌縫捧土塞。幸他末力衰，支持延數刻。
> 水退門漸開，歡聲動盈室。豈知宸下鄉，餘痕尚沒膝。
> 官埔赤崁人，瀕水玩懦習。馮夷忽震威，一朝避不及。
> 田廬尚如此，帆檣應更岌。鹿門估舟信，阻潮傳未悉。
> 客乘陸地舟，倉皇來自北。始知嘉地災，餘波累吾邑。
> 前月地震時，陽衰為陰浸𤄗。今茲遘洪流，彼都陰沴浥。
> 城郭晉陽危，村落空桑泣。娶婦與下材，會逢豈在即。
> 一片膏壤區，化作波臣國。財物事猶微，生靈堪太息。
> 府江蛇莫求，杜林黿誰得。或藉木龍逃，或飽餓蛟吸。
> 死者復何言，生者艱乃粒。賴此填堤誠，賢侯殫厥職。
> 其魚拯昏墊，哀鴻勞撫輯。仰體九重心，如傷塵肝食。
> 回思未水時，訛言笑不實。羊舞龜血謠，今朝始悟出。
> 我懷古哲人，未雨綢繆密。穿渠以澹災，賈讓言堪述。
> 高地預徙民，公沙具先識。奈何忽舊防，一潰難收拾。
> 長篷為余言，嘉慶年二十。海嘯雖可憂，不似今番極。
> 念茲隅滋民，居與水同域。於廓百川王，思威深不測。

朱衣乏僧福，黃籙希道筆。難傳禁水方，誰解畫江術。

美哉朝宗會，安瀾慶兆億。命蟻以切和，全荷天妃德。

據《臺南縣志》載：「雨量冬夏相差甚鉅，五至九月為多雨期，雨量約佔全年總雨量十分之八強。在此期中，每因大雨驟至，山洪爆發，田園氾濫，造成水災之患。其餘時間為枯雨期，雨量極少，恒數月不見滴雨，旱災頻仍。」〔註17〕早期臺南常有水旱之災，瓊芳生長於臺南，對此切身感受。而五月才發生大地震，六月的水災又接踵而至，這兩次天災帶給人民很大的苦難，更令詩人痛心。

此詩首先以神話起興，相傳女媧補天，是「鍊五色石以補蒼天，斷鼇足以立四極，殺黑龍以濟冀州，積蘆灰以止淫水。」〔註18〕詩人善用典故，姑信神話為真，則四千年前的蘆灰一定早已失去神力，才會讓大水氾濫，不可遏止。自「旬來山雨霖」至「門垣鑽孔入」，詩人用了一百字說明成災的原因，描述雨勢的凶猛，令人驚心動魄。瓊芳在家，見水勢快速上升，一時間便淹沒了道路。趕緊捧土塞門縫，以杜住大水沖進屋內，所幸不久水勢退去，眾人皆歡欣鼓舞。不過，「豈知窪下鄉，餘痕尚沒膝。」那些居於地勢較低的人家，還是水深沒膝呢！百姓的田地房舍皆受大水波及，已回天乏術。然而，「客乘陸地舟，倉皇來自北。始知嘉地災，餘波累吾邑。」原來臺南地區的洪水，是源自嘉義的潦災。嘉義前月才有地震，現在又遭水患，原本肥沃的土地，頓時變成水鄉澤國，財物損失不說，還有死者傷者，令人悲嘆！如今死者已矣，但生者亦無以度日，幸賴官府憚盡其職，救濟災民，使能免於饑寒。瓊芳感慨臺灣未能效法古哲人未雨綢繆，「穿渠以澹災」、「高地預徙民」，以致大水潰堤，引發如此嚴重的災難。這次水災，從嘉義一直蔓延到臺南，區域廣大，災情十分慘重。瓊芳見臺灣四面環海，生民「居與水同域」，只要暴雨忽至，加上海水倒

〔註17〕《臺南縣志》卷一（臺南：臺南縣政府編印，1980年6月），頁56。

〔註18〕〔漢〕淮南王劉安著、〔東漢〕高誘注、劉文典撰《淮南子鴻烈集解》（臺北：文史哲出版社，1985年9月），頁512。

灌，臺地仍然難免水患之苦；道士僧侶，都無能為力。因此，詩人云：
「命蠣以切和，全荷天妃德。」希望媽祖能命海中大龜阻斷洪水，以
保百姓平安。此語雖然近似迷信，但在人力無法保障生命財產時，也
只好祈求媽祖庇佑了。

（三）吸食鴉片

　　清代臺灣的社會，鴉片問題十分嚴重。黃叔璥《臺海使槎錄》云：
「鴉片煙，用麻葛同鴉片土切絲於銅鐺內煮成鴉片拌煙，另用竹箭以
棕絲，群聚吸之，索值數倍於常煙。專治此者，名開鴉片館。吸一、
二次後，便刻不能離。」〔註19〕吸食鴉片，雖令人暫時神魂顛倒，通
體舒暢，而煙癮發作時卻全身虛脫無力，必須迅速再吸食才能解除痛
苦。長期吸食鴉片，不僅會傷害健康，最終也會步上耗盡家產的絕境。
瓊芳有〈惡洋煙〉一詩，即道出鴉片的可怕。

　　〈惡洋煙〉借藏十二辰相
　　　何年夷舶上邦通，封**豕**長**蛇**薦食同。
　　　肥己利憑**雞兔**算，誘人情似**馬牛**風。
　　　癖耽片臠**羊**羶慕，眼瞪終宵**虎**視雄。
　　　糟粕舔殘淮**犬**鼎，衣冠瘠盡楚**猴**躬。
　　　可憐**鼠**矢餘渣似，偏道**龍**涎雅味融。
　　　十二時中無箇事，醉生夢死一牀中。

　　首四句先言鴉片的傳入，乃在與西方交通之時。那些貪婪販商為
了自己利益，不惜誘人上癮，罔顧鴉片帶給百姓的傷害，此等行徑實
令人痛恨。吸食鴉片成癮者，窮者窮、死者死，下場十分可悲。由於
鴉片煙售價昂貴，因此非富豪人家根本無法負擔，一般窮人或羅漢
腳，只能靠吸鴉片渣度癮；而駐軍官兵為壓榨百姓，或有開煙渣館來
招徠這些雞犬之眾，於是一群人在密室爭食碎渣的醜態，就此上演。
詩中：「糟粕舔殘淮犬鼎，衣冠瘠盡楚猴躬。」即是描摹此種景象。

〔註19〕〔清〕黃叔璥《臺海使槎錄》（臺灣銀行經濟研究室，1957 年 11 月），
　　　頁 43。

瓊芳用「淮南雞犬」的典故，諷刺無賴之徒爭舔鴉片殘渣，只爲貪圖片刻神仙滋味，而不惜賠上健康、傾家蕩產，那副畏縮猥瑣的模樣，不僅可憐，亦復可憎。這些如鼠矢般的鴉片餘渣，被這群人當作是龍涎雅味般珍惜，殊不知正是這些東西，使他們「醉生夢死一牀中」，再也沒有前途可言。瓊芳在此明確地指出鴉片害人的可怕，由此亦可見其厭惡之深。此詩在寫作技巧上，特別以十二生肖嵌入詩中，不僅生動地刻畫販煙者與吸煙者的情狀，也表現出詩人的匠心獨運。

二、詠物詩

凡歌詠世間萬物，以物興懷或借物自況者，皆爲詠物詩。〔清〕俞琰〈歷代詠物詩選序〉：「詩也者，發於志而實感於物者也。詩感於物，而其體物者不可不工，狀物者不可不切。」〔註20〕由此可知，詠物詩最重要的，是要窮物之情，盡物之態，此外，還要賦予主觀情感，使詠物詩不只是客觀的物象而已。瓊芳詠物詩三十餘首，內容不獨自然景物，亦詠當時新器物，如自鳴鐘、戰艦等，長短互異，體格不拘，而皆有意趣。茲迻錄數首，以概其餘。

〈亭柳〉

　　底事江亭祖道塵，強攀弱縷訴傷春。

　　章臺自抱風流恨，那把離情管別人。

青青楊柳，本爲春天時垂於河旁的植物，然而古人送行，多折柳贈別，藉以傾訴衷懷，因此楊柳又成了有情物，既含相思別恨之意，又有殷殷祝福之心。瓊芳此詩詠亭柳，也述離情。首二句描繪送行時折柳傷別的情景。人們藉著攀折柳條來傳達心中離恨，但亭柳隨春風擺動，自在優游，哪管別人心中苦楚呢？物本無情，是離人寄情於物，才會讓柳成了相思離愁的象徵。

〈障燈紙屏〉

　　爲卻飛蛾更卻風，甘心煙火爍薰中。

〔註20〕〔清〕俞琰編《歷代詠物詩選》（臺北：廣文書局，1968年1月），頁3。

交輝楮有先生白，正氣裳無女子紅。

斜作扇形開摺疊，薄於紈質透玲瓏。

共知繼晷青熒力，保障書城孰紀功。

　　障燈紙屏，是燭臺外所環繞的一層固定紙罩，目的在避免燭火被風。此詩首聯即言障燈紙屏為阻蛾阻風，因而甘心火鑠煙燻，以紙屏擬人，生動可喜。頷、頸二聯直描紙屏，其形、其色、其質，宛然在目。「先生白」人紙雙寫，句外有意。障燈紙屏能輔佐燭火保持光曜，有助天下讀書人焚膏繼晷之功，人盡皆知，但卻無人表揚，因詠物詩中少有此作，瓊芳才會作詩彰顯障燈紙屏之功用。末聯於此深致不平之意，表現了詩人的惇厚與天真，亦暗示此詩的寫作動機與價值。

　　〈征車〉

千輛輪聲萬馬蹄，一鞭遙指夕陽西。

難為天意征車路，風怕塵沙雨怕泥。

　　征車，乃遠行人所乘坐的馬車。首二句是描述征車載人遠行之景，而後則物我雙寫，藉征車風塵僕僕之狀，述遊子羈旅之苦，頗具巧思。征車本身哪會怕塵沙泥土，是人寄情於車，才會有此感受。

　　〈詠自鳴鐘〉

幾架洋鐘市舶通，西來琛賮慕皇風。

授時法出璣衡外，演樂音諧律呂中。

試處驚誇如意寶，鑄成疑采自然銅。

皷車記里傳華製，未許遐藩獨擅工。

　　自鳴鐘為舶來品，本是西方使節獻給帝王的貢品，清朝中葉東西貿易頻繁，富貴人家亦可得之。起聯云自鳴鐘的由來，頸、頷二聯則稱讚自鳴鐘的精密巧妙，結聯「皷車記里傳華製」，詩人以為西方雖有如此精密的儀器，但能記里程的皷車，卻是由中國傳去。由此看來，中國工匠的妙藝實不下於西方。自古以來，中國人對科技並不重視，雖在兩漢時有張衡的渾天儀和候風地動儀，可推算七曜的運行、測知地震的方向，但由於缺乏鼓勵，中國的科技之學始終不甚發達。直至

明清之際，東西交流，國外的火器、天文曆法、數學物理等傳入中國，才逐漸引起有識之士的注意，尤其是武器設備，如槍枝、火藥與戰艦，更是備受關注。瓊芳有〈戰艦〉一詩，藉以論述其在軍事戰備上的重要性。

〈戰艦〉

　　火雷百道麏天風，戰場陡鬪波濤中。
　　樓船十萬橫海出，將星夜照蛟龍宮。
　　古來封侯誇馬上，到此忽乘長風浪。
　　昔人車戰今所無，今人舟戰古莫尚。
　　周宣淮北漢祥牁，近在域中功易耏。
　　晉唐以後亟外防，海鶻海鰍制逾壯。
　　就中海患明最深，鷹沙船裡得名將。
　　乘戰者艦用者人，水虎馳驅若有神。
　　用艦者人宜者地，竹龍部署皆得勢。
　　莫因礮臺守岸謀，便弛戈船衝波制。
　　中原物力饒外夷，船政振刷需平時。
　　三翼五牙有勝算，涉險乃得金湯資。
　　茫茫天塹逋逃穴，蒙衝一奮窮搜挟。
　　鵝鸛狎駕黿鼉梁，貙貅飽飲鯨鯢血。
　　欖槍迅掃鴻波恬，萬里梯航珍贐達。
　　始知防海賢長城，即是救時眞寶筏。

　　此詩一開始先藉海面作戰情景，點出今時今日，舟戰已取代往日的馬上征戰，如今所有外患中，以海患最為嚴重，上位者不可不防。「乘戰者艦用者人，水虎馳驅若有神。用艦者人宜者地，竹龍部署皆得勢。」能夠善用戰艦、調兵遣將，並因地制宜，則敵人來襲亦無須畏懼。詩人以為，整理船政、訓練將兵之事，需在平日加緊進行，萬不能等到作戰之際才臨時抱佛腳。由於中國的物資豐饒，常引起外夷覬覦，因此必須及早準備應戰，以防外敵入侵。陸上長城，是保衛國土的第一防線，如今戰艦就像海上長城般，乃是救國寶筏，實不可輕

易忽視。

　　清代鴉片戰爭失敗後，西方各國虎視眈眈，無不處心積慮要侵略中國，藉以取得最大利益。瓊芳此詩借物托事，期望主事者能明白海防的重要，早日自強。

三、閨情詩

　　凡描寫男女感情、閨幃之思的詩篇，皆可稱爲閨情詩。瓊芳有寄與妻子的詩作，其深情自然流露；亦有模擬民歌，描述女子閨怨情懷之作。以下迻錄數首觀之：

　　〈別內〉

　　　重逢寒暑易，此別海山遙。不及天邊月，團圓只後宵。

　　　風先戒客，寒服夜閨成。留取溫存意，相隨萬里行。

　　瓊芳與妻子伉儷情篤，但早年爲求取功名，不得不與妻子分離。〈別內〉二詩，言短意長，含蓄地表露對妻子的情感。雖兩人相隔萬里，團圓之日尚待後宵，但他在遙遠異鄉，只要身著妻子縫製的寒服，那片溫存情意便永駐心中。此外，尚有〈寄贈內子〉一詩，是瓊芳旅居在外，告知妻子即將歸家之事，其喜悅之情溢於言表。

　　　鄉夢剛隨返斾來，非關紅豆與青梅。

　　　春風不報泥金帖，明月將圓玉鏡臺。

　　　慰得征衣縫線意，勝他詩錦織文才。

　　　知卿花卜歸期願，雙拜萱堂上喜杯。

　　首聯由夢回故鄉起興，點出自己思鄉心切。頷聯：「春風不報泥金帖，明月將圓玉鏡臺。」則說明自己名落孫山。「泥金帖」是古代報新進士登科之喜的箋帖。由此可知，此詩當作於前二次赴京考試完畢，準備啓程回家之時。雖然捷報未至，但他歸心似箭，欲與妻子團圓，以慰相思之意。結聯：「知卿花卜歸期願，雙拜萱堂上喜杯。」既體悟妻子的思念，亦不忘母親的盼望，情感十分眞摯。

　　〈擬古四時閨詞〉

　　郎幸楊花薄，儂心梅子酸。緘情瞞姐妹，強逐采蓮歡。（夏）

　　影瑤堦轉，碪聲滿四鄰。一輪今夜月，幾處訴情人。（秋）

　　此二詩語言自然，頗具民歌情調。第一首寫女子失戀心情。「郎幸楊花薄，儂心梅子酸。」用柳絮的單薄飄零比擬男子的薄倖，而以青澀梅子來形容女子的心酸。由於女子從未透露自己的戀情，如今被棄，只好強顏歡笑來掩飾自己的傷心了。第二首則由景入情，描寫女子遙念情人的幽思。天上的明月不知映照多少有情人，但她卻形單影隻，只能徘徊石階，對月相思了。此詩並不正面寫女子思念情人的幽怨，卻從側面著筆，用「梧影瑤堦轉，碪聲滿四鄰。」烘托出深夜的寂靜與清冷，也暗示了女子心中的孤寂，最後順勢而下，將情景合而為一，交織出濃濃的相思之意。

小　結

　　「其他」一類，雖將數量較少的社會寫實詩、詠物詩及閨情詩合而論之，但其中不乏重要詩作，尤其是社會寫實詩，篇篇皆可看出瓊芳對臺灣社會的關懷。如〈五月辛亥地震書事〉及〈六月望日水災書事〉，不僅描繪出哀鴻遍野、民不聊生的社會景象，也明確指出時間（道光十九年，1839）與地點（嘉義），彌補了史書方志記載短少之不足。由於這兩次天災，詩人皆是親身經歷，因此詩中所流露的驚懼、惶恐、哀戚與憐憫，既是詩人的真實感受，也是所有劫後餘生之人的心情。而〈惡洋煙〉則反映了當時社會不平的現象與惡習，發人省思。

　　至於瓊芳詠物詩，或純粹詠物，或寄情於物，使無情的亭柳別有離恨、征車染上羈愁；或借物以警世惕時，如以〈戰艦〉為海上長城，使人知海防的重要。總而言之，其詠物詩在切題之際，能不黏不離，別開生面，可見其巧妙構思與敏銳的觀察力。

　　最後，瓊芳的閨情詩，雖數量極少，但〈寄贈內子〉與〈別內〉等篇，尤可見其對妻子的深情。瓊芳一生不二色，夫妻二人相敬相愛，為世所稱，由此亦可見一斑。而〈擬古四時閨詞〉，似是詩人一時興

起之作，其語言明轉自然，情感委婉深厚，雖亦具民歌情調，但文字不夠淺白，猶有典雅之氣，較之真正民歌，仍是遜色。瓊芳並不擅長民歌創作，然而由擬作中，明顯可見詩人意圖創新的痕跡。

第六章　施瓊芳詩歌之藝術成就

　　施瓊芳本臺南著名詩人，澎湖進士蔡廷蘭〈題施見田同年詩冊〉云：「才華爛漫本天真，一卷琳瑯入眼新。論古瀾翻三峽水，抽毫豔掃六朝人。江山歷盡襟懷壯，風雨來時筆墨親。此去金門看奏對，聖朝今日重詞臣。」蔡廷蘭盛讚瓊芳之詩，除了彼此深厚交情外，也出自對其詩作的真誠讚賞。瓊芳精工詩文，而詩名尤勝於文名，《石蘭山館遺稿》中的每一首詩都可以看見其功力之深。本章試從寫作技巧與風格特色兩方面審察，藉此管窺瓊芳詩歌的藝術成就。

第一節　寫作技巧

　　詩歌的寫作技巧，不僅塑造了詩歌的風格與特色，同時也反映了作者的學養與性情。茲就語言特色、典故運用、議論入詩、虛實相生、組詩聯詠等數項，觀察瓊芳詩歌的寫作技巧。

一、語言特色

（一）語句典雅

　　瓊芳之詩，用字精確穩妥，能依歌詠事物的不同，巧運字句來表達內心情感，然而其文字風格一貫，就是典雅凝鍊，讀來自有情韻。此項特色，即使在描述臺灣風俗民情之風土詩也不例外。因一般風土

詩，多較淺易俚白，但瓊芳喜以細膩的筆法、雅潔工整的語言，或勾勒景物的形貌狀態，或點出事物的由來，並融入個人情感，使情景交融，讓詩味餘韻不絕；這些表現手法，使得詩歌格調優雅，毫無俚俗之感。如〈地瓜〉，地瓜對臺灣貧苦人家而言，是一種非常重要的產物，可補稻米之不足。以地瓜為題，要作得雅致並不容易，但瓊芳起語「葡萄綠乳西土貢，離支丹實南州來。此瓜傳聞出呂宋，地不愛寶呈奇材。」先以葡萄、荔枝為首，帶出地瓜乃出自呂宋島，傳至臺灣成為奇材。其中「葡萄」對「離支」（即荔枝）、「綠乳」對「丹實」、「西土」對「南州」，字句精雅，語式工整。葡萄與荔枝皆是外來物，以之為興句，連帶也使地瓜不同凡響，頗具巧思。

又《臺陽臘除雜詠》五絕十首，分詠臺南年俗，每首亦精鍊巧致，耐人尋味。以〈門神〉為例：

　　昔日凌煙閣，今朝士庶門。李唐無寸土，秦尉像長存。

首、次二句，先以今昔相對，又以「凌煙閣」對「士庶門」，既點出門神的由來，字句也極富意趣，有古雅之感。「凌煙閣」是唐太宗為表彰功臣而建築的高閣，上繪有功臣圖像，秦叔寶與尉遲恭兩將軍自然也在其中，但隨著時代變遷，秦尉之像，也由開國功臣變成了保衛人民的門神。再看〈倚門蔗〉：

　　寓象藏佳境，當門倚數株。來春生意滿，此蔗竟先枯。

詩中字句十分尋常，除首句較為別致外，其餘皆為普通語，但細細品味，其韻不窮，自有典雅風采，足見瓊芳驅遣文字的功力。

瓊芳詩歌，語言自然流暢，並無巧構僻字奇句，也不作麗詞華藻，其詩正如其人，無浮華靡豔之風，而有古雅恬淡之意。詩人縱有千萬情思，亦是淡淡流露，有含蓄蘊藉之致。如〈寒食日郊行〉，全寫寒食日掃墓踏青之事，但詩中：「荒涼貍穴他鄉骨，羞澀鶯簧少婦啼」、「深情兒女原無限，又向荒祠拜五妃」等句，字面上並無繁豔之詞，僅是平敘淡語，描寫掃墓實景，然而其中卻隱含內心的感傷。儘管詩人未曾著墨自己的主觀感情，但詩中自然透出作者惆悵、悲憫的心

意，以景傳情，句外有意，讀來深婉有致。此外，在〈安平晚渡〉中，頸頷二聯：「寒沙航泊新潮岸，落日人歸古戍城。來往蒲帆隨鷺影，呼招跑葉雜漁聲。」亦是用尋常語來想像過去的安平港景致，但整體語式十分典雅，自然刻畫出安平的美麗與純樸。

　　瓊芳遣詞，少見麗語，但多有雅句。這種典雅工整的語式，在風土詩裡隨處可見，而在其他詩類中，亦是如此。如〈墨菊〉：

> 是花是墨兩疑空，老圃移胎筆底工。
> 別有冷香描不得，風邊露下月明中。

此詩全無難字，也沒有運用典故，但造語自然，有清雅之感，意境淡遠。又如〈楊柳〉：

> 青眼依依繫客情，河橋二月雪初晴。
> 看來未似江南好，只宿寒鴉不宿鶯。

此詩除遣詞典雅外，還可見鍊字之功，如首句之「繫」字，將古人折柳贈別的那份情意精確地表達出來，表面寫柳，但實喻折柳之情，使得詩意婉轉蘊藉，情韻無窮。

　　又如〈東阿懷古〉：

> 鞭絲影裡夕陽晴，路轉峰迴又一程。
> 西楚山河非故國，東阿詞賦有餘情。
> 蒼苔歲老封殘碣，芳草春深上古城。
> 莫厭勞薪穿詰曲，煙螺數點馬前橫。

「東阿」乃指曹植，因其曾封東阿王，故稱。此詩除維持雅潔流暢的文字風格外，並在描繪景物之餘，融入了個人的情感，使得景物不再是客觀的景物。尤其「夕陽」、「蒼苔」、「芳草」等字詞，雖易給人傷懷之情，但整體而言，仍是古雅有致，不致有滄桑無奈之感。

（二）鍊字精純

　　古人寫詩，一向講究鍊字，清代袁枚曾作〈遣興〉詩，來比喻他作詩時再三推敲的情況，詩云：「愛好由來落筆難，一詩千改始心安，阿婆還是初笄女，頭未梳成不許看。」由此可見詩人對鍊字的重視。

施瓊芳亦善於鍛鍊字句，其在草創詩歌後，仍不斷修飾潤色，反覆求工，此點從〈地瓜〉一詩的修改便可得知。〔註1〕以下原作在上，定作在下：

> 葡萄綠乳西土貢，離支丹實南州來。
> 此瓜傳聞出呂宋，地不愛寶呈奇材。
> **有明末年**通舶使，桶底緘藤什襲至。
> 溉植初驚外域珍，蔓延反作中邦利。
> **白花朱實**盈郊園，田夫只解薯稱番。
> 豈知糗糧資甲貨，嗉嗉可比蹲鴟蹲。
> **海隅蒼生艱稼穡**，唯土愛物補澆瘠。
> 不得更考范氏書，**豐年穰穰滿阡陌**

> 葡萄綠乳西土貢，離支丹實南州來。
> 此瓜傳聞出呂宋，地不愛寶呈奇材。
> **萬曆年中**通舶使，桶底緘藤什襲至。
> 溉植初驚外域珍，蔓延反作中邦利。
> **碧葉朱卵**盈郊園，田夫只解薯稱番。
> 豈知糗糧資甲貨，**汶山可廢**蹲鴟蹲。
> **聖朝務本重耕籍**，地生尤物補澆瘠。
> 不須更考王禎書，對此豐年慶三白。

瓊芳〈地瓜〉詩的原作收於連橫的《臺灣詩乘》，當時臺灣道徐宗幹以〈地瓜行〉校士，瓊芳是時掌教海東書院，與徐宗幹共同實行教學改革，故此詩應為示範之作。連橫收錄〈地瓜〉，讚美其為少見佳搆，但從瓊芳《石蘭山館遺稿》所收〈地瓜〉一詩來看，明顯已有修訂。修訂後的作品，字句並不精深，但更為凝鍊，如「有明末年」改為「萬曆年中」，將確切的時間點明；「白花朱實」改為「碧葉朱卵」，顏色上從由紅白相對，易為紅綠相對，且將「白花」改為「碧葉」，

〔註1〕 〈地瓜〉原作收在連橫《臺灣詩乘》，連橫早年已知施瓊芳之詩名，但對未曾見其詩作而甚感遺憾，不過，連橫確實讀過瓊芳之〈地瓜〉詩，還讚其為少見之佳搆，只是連橫誤以為此詩乃臺灣學子施士升所作，不知是瓊芳之詩。(臺北：臺灣銀行研究經濟室，1960 年 1 月)，頁 140。

也更貼近地瓜的形貌。尤其末句將「豐年穰穰滿阡陌」改爲「對此豐年慶三白」，雖較爲尋常，但卻更流暢自然，朗朗上口，此等看似脫口而出之語，實是詩人精心構思，反覆吟詠的結晶。

　　鍊字的要點，即鍛鍊詩眼。凡在詩眼處鍊得好字，能使全句靈活生動，令人印象深刻。然而，何謂詩眼呢？一般而言，五言詩以第三字爲眼，七言詩以第五字爲眼。因五言詩的節奏爲上二下三，通常上二字是主語，第三字才是動詞所在；七言詩的節奏爲上四下三，通常上四字亦是主語，第五字才是動詞所在。動詞是敘事、抒情、狀物的關鍵字，如能善加運用，自然能使詩歌生色不少，這也是爲何詩人重視詩眼的原因。不過，詩句的語法結構有許多形式，故詩眼當指詩句中之最關鍵字，以能點醒全句爲妙，並不一定是五言詩的第三字、七言詩的第五字，也不限制非要動詞才可。〔註2〕

　　瓊芳以豐厚的學力作詩，於詩眼鍛鍊處亦極爲注意，如〈吳江舟中偕林晴皋太史馮虛谷孝廉即景唱和句〉中頸頷兩聯：「人家傍岸古，山色蘸波明。櫓近驚鷗沒，帆低掠燕輕。」詩眼在每句第三字，其中尤以「蘸」、「掠」二字爲佳。瓊芳描述吳江兩岸的美景，第一個「傍」字點出兩岸人家依水而居的景象；第二個「蘸」字則點醒了吳江山光水色的美景，靈活地描繪出水面倒映山形的樣貌；第三個「驚」字，反面描繪了鷗鳥優游於吳江邊的自適與安樂，直至櫓聲逼近才驚嚇而走；第四個「掠」字，則使燕子輕巧低飛的身形活了起來，十分靈動。此四字皆非難字，但瓊芳運用得極妙，令全詩生色不少。

　　再如〈柳枝詞〉：

　　　垂垂灞岸碧鬖鬖，煙雨迷離黛色酣，
　　　一自河梁人去後，斜陽芳草望江南。

此詩詩眼在「酣」及「望」，瓊芳用「酣」字形容早春時候煙雨迷濛的景況，更添深沈長久之感，烘托出濃厚的離情。而最後用「望」字，將

<hr>

〔註2〕陳志明〈漫談「詩眼」和「詞眼」〉（《詩文鑑賞方法二十講》（臺北：木鐸出版社，1987年1月），頁131～132。

柳枝擬人化，使其富有生命力。芳草本無情，但瓊芳寄寓情感於其中，讓柳枝對離人也黯然神傷，忍不住頻頻回望，形成情景交融的意趣。

又如〈懷古〉：「爛柯棋歷劫，橫槊酒鏖兵。」詩眼在「棋」與「酒」，是點明王質爛柯歷劫及三國英雄爭霸的關鍵字。前者見於南朝梁・任昉《述異記》記載：晉代王質伐木，見童子數人棋而歌，因聽之。童子予王質一物，如棗核，王質含之不覺飢餓。不久，童子曰：「何不去？」王質回頭，見斧柯爛盡，既歸無復時人。後者是蘇軾《前赤壁賦》描述三國英雄：「釃酒臨江，橫槊賦詩，固一世之雄也，而今安在哉？」瓊芳以「棋」、「酒」二實字為眼，替代常見的動詞，對仗亦極為工整，更見鍊字之巧。

又如〈某翰林新婚以牡丹圖索題〉：「連璧友兼金屋貯，四時春向玉堂賒。」「貯」字有萬分珍惜、不肯輕易示人之意，在此也反映了翰林金屋藏嬌的喜悅；而「賒」字用得更妙，形容翰林新婚，夫妻情意之深，就彷彿春天永駐於此，極有新意。

最後，再看〈題桃源圖〉：「心超自脫塵根界，圖妙能空色相天。」「脫」與「空」皆為動詞，詩人運用此二字，既表達桃源與世隔絕之意，也襯托出詩人看畫的心境，一語雙關，可謂畫龍點睛，確實恰到好處。

由以上詩例來看，可知詩人鍊字並不講求奇絕，反喜琢磨常見字，以強化所欲表達的情韻，並加深詩作的感染力，此實是瓊芳鍊字的一大特色。

（三）善用虛字

虛字與實字的分界，是相對而非絕對，在古代漢語中，虛字包含了代詞、副詞、介詞、連詞、助詞、嘆詞，[註3]其作用在表達句子的神情聲氣。虛字雖含義空泛，用法不一，難於理解和掌握，但若運用得當，不僅可使全詩氣脈流轉，靈動生色，且在敘事抒情時，也能

〔註3〕參閱陳霞村編、左秀靈校《古代漢語虛詞類解》（臺北：建宏出版社，1995年4月），頁4。

充分展現作者的情感。〔註4〕瓊芳亦善用虛字來表情達意，使詩歌因而靈活多變，強化了敘事抒情的妙趣。以下試舉數例觀之。

〈張麗華〉

一枕臨春夢<u>乍</u>回，韓禽鼙鼓渡江來。

<u>祇今</u>璧月年年滿，<u>猶</u>照臙脂井底灰。

張麗華是南朝陳後主的寵妃，當隋國將領韓禽攻佔陳國後，張麗華與陳後主便躲在臙脂井內，隨後皆被擒獲處死。瓊芳用「乍」、「祇今」、「猶」等虛字，承上啟下，對照物是人非之感，也加深了朝代更替的無奈。

〈馮小憐〉

龜茲有國樂忘歸，堪嘆人生葉露稀。

齊禍<u>愈</u>深妃<u>愈</u>寵，臨亡<u>猶</u>著翟翬衣。

馮小憐是北齊後主高緯的寵妃，行為舉止十分荒誕，但卻偏得君王寵愛。兩個「愈」字點明了北齊亡國的原因，而「猶」字則強烈諷刺馮小憐的女禍亡國與高緯的昏庸無能。此詩如無「愈」、「猶」兩虛字的運用，則神味俱失，諷刺之意也無法如此深刻。

〈柳枝詞〉

絕唱當年記渭城，至今樂府少依聲。

<u>只</u>留客舍青青柳，<u>仍</u>向離筵管送迎。

瓊芳分別用「只」、「仍」二虛字於句中，從王維〈渭城曲〉中的送別之意，寫到古今楊柳所象徵的離情依依，將楊柳所蘊含的別離相思表露無遺。此詩表面雖平鋪直敘，但瓊芳善用虛字，不僅讓全詩轉折靈活，也隱含著物是人非、惆悵落寞之感，別具巧思。

又如〈呂后〉：「呂家<u>自</u>有傳衣缽，易過嬴秦<u>又</u>易劉。」此「自」字和「又」字的運用，除表示一切「自然」有其定局，任何人皆不能改變外，也烘托出呂后政治手腕之高明。〈曉行見殘月〉：「餘輝不似

〔註4〕　參閱黃永武《字句鍛鍊法》（臺北：洪範出版社，1986年1月），頁210。

團圓時，<u>猶自</u>多情照行客。」詩中「猶自」二字，有逕自、獨自的意涵，藉月亮的餘輝透顯詩人在異鄉的孤寂心情，頗富情思。

　　除了絕句外，律詩與古詩也常有虛字出現。如〈牡丹〉：「濂溪<u>只為</u>推蓮甚，降格仙葩富貴論。」瓊芳用「只為」二字，一方面將周敦頤獨鍾蓮花之心特別點出，一方面也為被視為富貴象徵的牡丹花作一辯白。牡丹本為百花之王，但由於李唐以來廣受富貴人家的喜愛，不知不覺也就染上俗氣之感，因此周敦頤特地標榜蓮花的出淤泥而不染，以示自己的不同流俗。瓊芳看出這一點，故指出周敦頤的心態，而議論也在其中了。

　　再看〈澄臺觀海〉：「常言觀海難為水，<u>況復</u>登臺別有天。」瓊芳用「況復」一詞轉折語句，看似無實際意涵，但卻連接上下兩句，帶出登臺後豁然開朗的心境。又如〈謁岳少保墓〉：「白骨<u>自</u>香鐵<u>自</u>臭，賢奸同垂不朽名。」岳飛與秦檜的忠奸善惡，早已深植人心，瓊芳對此並無再加論述，僅用兩個「自」字，表示一切「自然」有其定局，透顯出歷史對兩人的評價定論。

　　又如〈征東即事〉：「莫把羈愁縈丙夜，<u>且</u>將素志勵丁年。」瓊芳描述赴試途中，濃厚的鄉愁常縈繞不去，但一舉成名的渴望也在心頭燃燒。因此這「且」字的運用，在詩中便是一大轉折語，含有改換心境，勉勵期許之意。

　　由上述詩例來看，虛字雖無實際含義，但在轉折及連接語句時，常是一大關鍵字，可明白表露詩中的意蘊，實不容忽視。尤其瓊芳常運用虛字，委婉地表達心中情感，使諷刺、議論、感慨之情自然流露其中，含蓄蘊藉，辭達有味。

二、善用典故

　　《文心雕龍》：「事類者，蓋文章之外，據事以類義，援古以證今者也。」［註5］所謂「事類」，即指用典。凡綜採經史舊籍中的前言往

────────────

〔註5〕〔梁〕劉勰著、王師更生注釋《文心雕龍讀本》卷八〈事類〉（臺北：

行，都叫做「用典」，或據事類義，來增加風趣氣氛；或援古證今，來影射難言之事；或摭拾鴻采，來造就文章的美感。〔註6〕瓊芳詩歌之所以典雅有致，不落俗套，與典故的運用息息相關。

用典的方法有明用、暗用、反用、借用等四種，〔註7〕以下即依此四種方法分析施瓊芳詩歌的用典技巧。

（一）明用法

明用，顧名思義就是明明白白的用典，使讀者一目了然，可以作直線的聯想。如為吳履廷「踏雪尋梅圖」所題的絕句二十首之十八：

　　暗香疏影句清新，每惜吟詩不見人。

　　此日華光重寫照，逋仙還睹再來身。

此詩全以林逋愛梅之事歌詠吳履廷圖畫之高妙，讓詩人彷彿見到逋仙再現。第一句「暗香疏影句清新」，是化約林逋〈山園小梅〉詩：「疏影橫斜水清淺，暗香浮動月黃昏」二句。林逋此詩將梅花的美姿與靈性表露無遺，是歷代公認詠梅的千古絕句。瓊芳愛慕林逋高潔的人格，用林逋再現，來歌詠畫中人的品德高尚及愛梅成癡，直可與林逋相比。其實吳履廷「踏雪尋梅圖」究竟如何，僅見題詩很難體會圖畫的佈局結構，但詩人以林逋愛梅之典融入畫中，則讀者便能自由想像此畫的意境，並因畫面的形象來瞭解詩人所要傳達的思想情感。

又如〈窗前〉：「窗前何處覓談雞，作輟功夫悟頓迷。」劉義慶《幽明錄》有載：晉朝袞州刺史宋處宗曾買一長鳴雞，關在窗前籠裡，愛養有餘，雞逐作人語，與處宗談論即有言致，使處宗言功大進。瓊芳用此典，是期許自己應當上進，不可中輟。

又如〈詠懷〉：「景彼箕山操，古人有高風。」「箕山操」即「箕山

　　文史哲出版社，1999 年 9 月），頁 168。

〔註6〕參閱黃永武《字句鍛鍊法》（臺北：洪範出版社，1986 年 1 月），頁82。

〔註7〕參閱許師清雲《近體詩創作理論》（臺北：國立編譯館，1999 年 4 月），頁 218；蘇文擢《邃加室論集》（臺北：文史哲出版社，1985 年 10月），頁 360。

之節」，《呂氏春秋・求人》：「昔堯朝許由於沛澤之中，曰：『十日出而焦火不息，不亦勞乎？夫子為天子，而天下已治矣，請屬天下於夫子。』許由辭曰：『為天下之不治與？而既已治矣，自為與？啁啾巢於林，不過一枝；偃鼠飲於河，不過滿腹，歸已君乎！惡用天下？』遂之箕山之下，潁水之陽，耕而食，終身無經天下之色。」〔註8〕後人常以此比喻隱居不仕的節操，瓊芳運用此典，心中亦有景仰效尤之意。

又如〈柳枝詞〉：「最愛漢宮人柳樹，三眠三起似春蠶。」出自《三輔故事》：「漢苑中有柳狀如人形，號曰人柳，一日三眠三起。」故怪柳又稱「三眠柳」。瓊芳在此用「三眠人柳」，描述楊柳柔弱的枝條在風中時時伏倒、搖擺不定的樣貌。

又如〈青門瓜〉：「桃花不染亡秦恨，開落春風自武陵。」乃化用陶淵明〈桃花源記〉之典，因桃花源的人民，本是為了遠離秦政的迫害才會搬遷至此，對於秦亡當然不感憾恨；再者，桃源與世隔絕已久，外在縱有再多的是非，也不能干擾其安和寧靜的生活。瓊芳以桃花源的安寧，對比故秦東陵侯邵平的晚景，將時代離亂、人事興衰融入其中，餘韻不絕。

又如〈鯤身漁火〉：「地幕未化鵬程勢，火照將潮鹿耳津。」是用《莊子・逍遙遊》之典：「北溟有魚。其名為鯤，鯤之大，不知其幾千里也。化而為鳥，其名為鵬，鵬之背，不知其幾千里也。」〔註9〕只是〈逍遙遊〉的鯤魚最後化為鵬鳥飛去，而七鯤身則始終佇立在那裡。瓊芳在此化用莊子之語來描述鯤身地形的廣大，十分巧妙。

又如〈月餅〉：「誰識素娥偷藥悔，鏡天還羨餅師妻。」中秋節向來是團圓的日子，詩人以嫦娥偷藥奔月之事，對照餅師妻的人月雙圓，十分巧妙。嫦娥奔月的傳說，在中秋佳節特別為人傳頌，瓊芳此語化用李義山〈嫦娥〉：「嫦娥應悔偷靈藥，碧海青天夜夜心。」並結

〔註8〕　〔秦〕呂不韋門下客撰、〔漢〕高誘注、陳奇猷校釋：《呂氏春秋校釋》（臺北：華正書局，1985年8月），頁1515。

〔註9〕　〔清〕郭慶藩輯《莊子集釋》（臺北：華正書局，1994年8月），頁8。

合唐寧王歸還賣餅妻之事，兩相對照，既點出嫦娥在月宮的寂寞，也襯托出人間夫妻的團圓。唐寧王是唐玄宗之兄，貴盛一時，其見賣餅師之妻白皙美麗，強行佔為己有。一日，問賣餅妻是否思念丈夫，她沈默不語，寧王於是召賣餅師前來，夫妻相視不能一語，唯有垂淚而已。王維當時在府中作客，心中不忍，因作〈息夫人〉一詩，打動了寧王，歸還賣餅妻。瓊芳寫月餅而化約義山的〈嫦娥〉詩並不稀奇，但妙在句末化用寧王歸還賣餅妻之事，與詩題有呼應之效。

再看〈再題怡棠畫像〉：「腰貫思揚州，名利癡磨客。」此句乃用殷芸《小說》之事：有客相從，各言所志，或願為揚州刺史，或願多貲財，或願騎鶴上升，其一人曰：「腰纏十萬貫，騎鶴上揚州。」欲兼三者，然而天下美事安有兼得之理。瓊芳用其事來描述人心對名利兼具的渴望，反襯出吳怡棠甘於恬淡的高潔人格。

（二）暗用法

暗用，是指字面上乍看不易察覺出用典的痕跡，而實有出處。如〈某翰林新婚以牡丹圖索題〉：「寫照箇中憐衛鄂，鬱金雕玉儘堪誇。」前句暗用李義山〈牡丹〉詩：「錦幃初卷衛夫人，繡波猶堆越鄂君。」來形容牡丹的國色天香。按：衛夫人是春秋時衛靈公夫人南子，容貌絕世；而鄂君乃楚王母弟子皙，子皙泛舟於新波之中，越人擁楫歌曰：「……今日何日兮，得與王子同舟。蒙羞被好兮，不訾詬恥。心幾煩而不絕兮，知得王子。山有木兮木有枝，心悅君兮君不知。」〔註10〕鄂君子皙乃揜修袂行而擁之，舉繡被而覆之。義山藉衛夫人的錦幃，描述牡丹乍放之豔；又以鄂君與越人共擁之繡被，比擬牡丹花蕊在花苞內相擁之狀；而瓊芳化約其詩，襲用其意，表面看來不著痕跡，實則匠心獨運。

又如〈秋晚閒眺〉五律尾聯：「麗矚已忘機，新月東林吐。」此詩是瓊芳抒發秋晚靜觀所得，有遠離塵俗的閒情逸致。此聯的結構安排脫

〔註10〕〔漢〕劉向《說苑·善說·越人歌》。

胎自五代馮延巳之〈鵲踏枝〉：「獨立小橋風滿袖，平林新月人歸後。」馮延巳此詞主要在表達生命的悲感哀情，但以「平林新月人歸後」作結，而有無盡之味。瓊芳效法其意，但改寫自己的恬退之情；尾聯將情景合而爲一，乍看之下了無痕跡，實則暗用了前人詞句，十分高明。

又如〈過五丈原〉：「桑稅子孫供薄祭，石圖風雨護遺靈。」五丈原位於今陝西省岐山縣南，相傳諸葛孔明六出岐山，曾在此駐軍，最後伐魏之際，病卒於此地。瓊芳臨古憑弔，前句從當地居民至今依然祭拜孔明之舉，彰顯後人對孔明的崇敬；後句暗用杜甫〈八陣圖〉一詩，以「石圖」點出孔明當年用細石堆成的八門陣勢，暗寓孔明對吞吳失計的遺憾。此句表面寫眼前實景，但用「石圖」一詞，將景致與典故化爲一體，既寫孔明的功業，同時隱含孔明忠君愛國的精神不死，依然永存人心。

又如〈桃葉〉：「回首堂前巢燕盡，桃花依舊水澄潭。」桃葉是王獻之的愛妾，獻之曾在秦淮河畔送桃葉，並作〈桃葉〉詩，云：「桃葉復桃葉，渡江不用楫。但渡無所苦，我自迎接汝。」〔註11〕瓊芳在此暗用劉禹錫〈烏衣巷〉：「舊時王謝堂前燕，飛入尋常百姓家。」之語，結合王獻之送桃葉一事，發出物是人非的感慨。

（三）反用法

反用，是反其意而用，就是典故的正面意義不用，故意顛倒其義，或翻進一層運用。〔註12〕如〈唐柳奇緣〉詩十八首之四：

　　病裡容顏恨裡才，三蟲爲使鴆爲媒。

　　天留奇疾窮盧扁，爲待藍橋搗藥來。

此詩前寫柳氏得癘疾，故被鴇母棄之道旁。次句「三蟲」，語出道家，謂人體中有三蟲，能害人命；「鴆」爲毒酒；原本三蟲與鴆酒皆是傷

〔註11〕〔宋〕郭茂倩《樂府詩集・清商曲詞二》〈桃葉歌・序文〉（臺北：里仁書局，1999 年 1 月），頁 664。

〔註12〕參閱許師清雲《近體詩創作理論》（臺北：國立編譯館，1999 年 4 月），頁 220。

人之物，但瓊芳反用此二者，言三蟲與鴆酒在天意的安排下，反促成了這段奇緣。而後又以柳氏之疾，即使神醫再世也難以治癒，她所遭遇的一切，都是為了等待良緣的到來，好助她脫離煙花之地。末句「藍橋」之典，本指陝西省藍田縣中的一橋，因相傳其地有仙窟，乃裴航遇仙女雲英之處，故後以「藍橋」作為男女約會之所。瓊芳在此翻進一層運用，以「藍橋搗藥」比擬唐靜軒延醫治療柳氏，最後成就一段良緣，既緊扣題旨，也道出唐柳之間的真情。

如〈佛手柑〉：「花應迦葉拈微笑，實比兜羅軟並探。」上句源自《五燈會元》載：世尊在靈山說法，一日拈華示眾，百萬人天不會其意，獨迦葉破顏微笑，世尊曰：「吾有正法眼藏，涅槃妙心，實相無相，微妙法門，不立文字，教外別傳，咐囑摩訶迦葉。」這「拈花微笑」之典，本指禪宗「以心傳心」之妙，但瓊芳反以世尊所拈之花喻佛手柑的花朵。而下句「兜羅」即「兜羅綿手」，本指佛陀之手，但詩人亦以此來比擬佛手柑果實的形狀與柔軟。

又如〈柳枝詞〉：「安得秦淮金縷曲，春風吹度玉關西。」唐朝詩人王之渙有〈出塞〉一詩：「羌笛何須怨楊柳，春風不渡玉門關。」意指塞外之地，春風不到，楊柳不生，自然也無人可慰相思寂寥。但瓊芳反用此意，欲使春風吹度玉關，使離人不必飽嚐別情之苦。

（四）借用法

借用，是典故的原意與詩意不同，只是借用典故中某一部份相關連的意思，來表情達意。如〈吳履廷以踏雪尋梅圖囑題為賦長篇〉中，有「憶昔洛陽縣令君，候門掃雪起袁安。又記東晉風流士，扁舟訪戴雪谿裡。」等句，便以「袁安高臥」及「扁舟訪戴」的典故，來比擬吳履廷的高尚節操與閒情雅致。漢朝袁安，在未達時日子十分窮困，一日洛陽大雪，人多出而乞食，獨袁安僵臥不起；洛陽令按行至袁安門口，見而賢之，舉為孝廉，除陰平長，任城令；〔註13〕故後人常以

〔註13〕范曄《後漢書》卷四十五〈袁張韓周列傳〉第三十五（臺北：鼎文

「袁安高臥」來比喻身處困境仍堅守節操的行爲。而「扁舟訪戴」則是晉朝王徽之訪友的典故，據《世說新語·任誕》載：王子猷居山陰，雪夜念及好友戴逵，即乘小舟訪之。經宿方至，造門不前而返。人問其故，王曰：「吾本乘興而行，興盡而返，何必見戴！」〔註14〕瓊芳在此借用袁安堅守節操之行，比喻吳履廷人格的高潔；又以王徽之訪友之事，烘托吳氏踏雪尋梅的風流雅致；用典十分切當。

再如題「踏雪尋梅圖」絕句二十首之四：

灞橋風雪著吟身，梅信猶遲十日春。

珍重南枝先解事，衝寒竹外候詩人。

「灞橋」位在長安東，跨水作橋，是古人送客，折柳贈別之處。「梅信」則指梅花開放報導春天將到的信息。「灞橋」原是以楊柳爲意象的送別之所，但瓊芳借用於此，描繪出灞橋上大雪紛飛，僅吳履廷獨自一人站立於風雪中賞梅，不但烘托出雪中梅花的意象，也暗示了吳履廷高潔的人品。

又如〈題陳忠愍公遺像〉：「公軍如細柳，棘門不繼難持久。遂使老羆當道威，到此翻讓德安守。」等句，連用二典，其中「細柳」、「棘門」之典，出自《漢書·周亞夫傳》，據載：漢文帝時，匈奴入侵，以劉禮屯兵霸上，徐厲屯兵棘門，周亞夫屯兵細柳，共同抵禦匈奴。而後文帝親自勞軍，至霸上和棘門皆直馳而入，到細柳軍，周亞夫軍容整飭，以軍禮相見，文帝曰：「此眞將軍矣。鄉者霸上、棘門如兒戲耳，其將固可襲而虜也。至於亞夫，可得而犯邪！」瓊芳借用此典，以「細柳軍」比擬陳化成所率領的軍隊紀律嚴謹，以「棘門軍」比喻牛鑑所率領的軍隊紀律鬆弛，以致無法和陳化成一同抵擋英軍。而後「老羆當道」之典，出自《北史·王羆傳》，據載：王羆除華州刺史，嘗修州城未畢，梯在城外，神武遣韓軌、司

書局，1987 年 1 月），頁 1517。

〔註14〕〔南朝宋〕劉義慶編、〔南朝梁〕劉孝標注《世說新語》〈任誕〉（北京：中華書局，1999 年 2 月），頁 475。

馬子如夜襲，羆不覺。及曉，韓軌等人已乘梯入城，羆尚臥未起，聞閣外汹湧聲，便袒身露髻徒跣，持一白棒大呼而出，謂曰：「老羆當道臥，貉子那得過！」敵見，驚退。瓊芳借王羆之事，比擬陳化成之英勇善戰，無奈牛鑑貪生怕死，以致吳淞失陷，陳化成也戰死前線。

又如〈唐柳奇緣詩〉：「一掬靈芸臨去淚，西風吹上紫萱株。」按：王嘉《拾遺記》卷七〈魏〉記載：三國魏文帝所寵愛的美人薛靈芸，在被選入宮之際，曾歔欷累日，淚下霑衣。而升車就路時，以玉唾壺盛淚，及至京師，壺中淚凝如血，由此可見其心中對未來的惶恐無助。瓊芳借用薛靈芸臨別流淚之事，描述柳玉娘賣身葬母而流入煙花的無奈，十分吻合柳氏的苦衷。

善用典故，是瓊芳詩歌中的一大特色，這也是形成其詩清純雅正的主因。綜觀上述詩例，可知瓊芳並無選用生澀冷僻的典故，反多用普通常見之典，使讀者可以清楚明白所欲表達的思想與情感。而在用典的手法上，雖然有明用、暗用、反用、借用等四種，但其技巧純熟，能將每一個典故與詩意自然貼切，毫無晦澀扭捏之感，令其詩自有獨特的雅致風格。

三、議論入詩

沈德潛《說詩晬語》卷下第六十三條「詩中著議論」云：

> 人謂詩主性情，不主議論。似也，而亦不盡然也。試思二雅中何處無議論？老杜古詩中，奉先詠懷、北征、八哀諸作，近體中，蜀相、詠懷、諸葛諸作，純乎議論。但議論須帶情韻以行，勿近傖父面目耳。〔註15〕

沈德潛以為詩主性情外，也不乏議論，並舉《詩經》二雅、杜詩為例，說明議論入詩，乃詩歌常見之體例。而且好的議論，必須「帶情韻以行」，方能增加詩情。瓊芳之詩，除語式典雅、善用典故外，還常在

〔註15〕蘇文擢《說詩晬語詮評》（臺北：文史哲出版社，1985年10月），頁514。

詩中夾雜議論，寓理於詩，此類作品，多見於詠史詩及風土詩。瓊芳以冷靜客觀的態度去體察周遭事物，因此在敘事常夾雜議論，使詩歌富含哲理，發人省思。

如其在描繪臺灣歲時民俗〈七夕〉時，先道出七夕的由來，隨後又言：「女言久聚淡忘情，濃意都從離別生。間歲參商一相見，便似初婚意喜驚。」此段以淺顯易懂的文字，論述天下所有情人的心理：在朝夕相處時，不容易察覺彼此的情深意重，然而一到離別之際，濃厚的情意立刻油然而生。尤其久別重逢之時，那種歡欣愉悅之情，更是勝過新婚之喜，俗謂「小別勝新婚」，正是此理。此外，詩人在七夕夜，看世間女子皆在月下焚香乞求織女賜予巧慧與美貌，想到女子之所以要「乞巧」，無非是希望能嫁得好夫婿，有一個幸福美滿的姻緣，因此又云：「休論仙巧人難乞，巧似天孫亦別離。」織女之巧本不是焚香祭拜就可以得到，何況巧慧如織女，也不能避免別離之苦，然則「乞巧」又有何益？平淡之詞中含有至理。

又如〈牡丹〉：「濂溪只爲推蓮甚，降格仙葩富貴論。」北宋著名理學家周敦頤的〈愛蓮說〉，將出淤泥而不染的蓮花作爲高潔君子的象徵，而把花中之王牡丹比爲世俗之花，此後，牡丹的富貴與豔麗，便與庸俗、媚世等負面形象劃上等號了。瓊芳有感於此，故在詠牡丹時發出議論，說明濂溪先生只是爲了強調潔身自愛、守正不阿的君子，才會特別推崇蓮花，以蓮比擬君子的品德。而雍容華貴的牡丹，不過是爲了反襯蓮花的高雅，才會成爲汲汲於富貴者的象徵。

瓊芳以議論入詩，並非刻意要標新立異，純粹是站在客觀的立場，提出自己的見解。如在〈褒姒〉一詩中，論及褒姒、息嬀得寵的原因時，其謂：「息國寡言褒寡笑，迷人多在即離間。」說明這種若即若離的態度，正是愛情引人入勝之處。又言「百二西京三十世，笑時不及哭時多。」諷刺周幽王爲博佳人一笑，不惜斷送大好江山，從今往後，只聞哭聲而少聞笑聲了。

　　此外，在〈馮小憐〉七絕二首：「想因乞相華林厭，別換軍容媚淑妃。」「齊禍愈深妃愈寵，臨亡猶著翟翬衣。」馮小憐爲北齊後主高緯之妃，曾戎裝隨行後主親自反攻平陽，兩軍在平陽交戰時，原本北齊大軍奮勇爭先，準備一舉擊潰北周兵力，卻因馮小憐貪看攻城場面之故，平白錯失良機，導致齊軍大潰。自古以來，嬪妃多以柔順來取媚君王，但瓊芳以爲，想必是馮小憐明白北齊後主已厭倦了婉約女子，因此別換戎裝來迎合後主，博取三千寵愛於一身。而國亡之際，後主猶貪圖享樂，其昏庸無能，著實可憐亦可笑。瓊芳以寥寥數語，發心中之議論與諷刺，與李義山〈北齊〉：「晉陽已陷休回顧，更請君王獵一圍。」有異曲同工之妙。

　　另在〈衛莊姜〉中，瓊芳對莊姜無子之事，雖亦感到遺憾，但詩末：「爲兼德貌難兼福，天限全恩待碩人。」天恩有限，正如萬事難以兩全，人間世事總在不公平中，又自有公平之處。再看〈二喬〉一詩，「嫁得英雄能保族，中年黃鵠亦甘心。」江東二喬美艷絕倫，聲名遠傳，常令曹操垂涎不已。後來大喬嫁給孫策，小喬嫁給周瑜，皆爲當時豪傑，雖然孫策與周瑜都英年早逝，但瓊芳以爲，二喬能嫁得英雄使其保全族人生命，半生守寡自然也甘心了。

　　又如〈建溪灘〉：「……爭奇不爭大，舍短取所長。不然衣帶闊，狎懦同尋常。自昔規狹隘，全以險張皇。竹王分地小，以險霸夜郎。李賀詩格卑，以險著晚唐。」瓊芳認爲福建的建溪灘之所以令人著迷，是因爲它地勢奇險，容易震撼人心。詩人見閩地的奇山麗水，心中別有所思，認爲天下萬事都是「爭奇不爭大」，因奇險之事物容易吸引人的目光，就如夜郎國土雖小，但竹王能善用險道稱霸西南，受封王印；還有李賀詩歌奇譎詭麗，在晚唐也自成一家。這種尚奇好險之心，在〈延建道上山水〉中也可得見：「……乃知閱歷在消磨，奇境原從險處過。我今嗜奇初學癖，怯險心多奈奇何。」人生的閱歷確實是隨著時間的流逝而慢慢累積，不過已經習慣平凡的人，固然對奇險之物感到新鮮，但本性的拘束恐怕也是一大障

礙。此二詩很明顯是連續之作，尤其詩人在提出爭奇之說後，還表露了自己嗜奇怯險之心，此話看似矛盾，但實際上又合乎常情，頗富理趣，令人印象深刻。

　　詩人在詩中夾雜議論，這些議論有時也充分反映社會現況。如〈盂蘭盆會竹枝詞〉中「倒懸無限人間苦，偏是冥曹解脫頻。」諷刺人民一味超渡亡魂，以祈求平安康泰，卻不明白真正的苦難是來自人間，那些孤魂野鬼不就是在人間受苦才成為無主孤魂嗎？人們不思解脫人間之苦，只知超渡亡魂，豈不本末倒置？又如〈北港進香詞〉：「不用祇園金布施，僧囊已飽楮灰中。」北港進香時，人人皆大方地捐獻香油錢，自然成為道僧中飽荷囊的大好時機。施瓊芳見此，不免覺得可笑。不過，瓊芳在詩中所言之議論，不全是諷刺現實社會，其中也有肯定的時候，如〈北港進香詞〉言及北港媽祖來臺南乞火之事，詩云：「始知飲水思源意，不隔人神一例推。」議論中便持正面肯定之意。

　　瓊芳將哲理與議論融入詩歌裡，直接表達心中的情感與思想，使得讀者也能從中一窺詩人的內在襟懷。由上述所引詩例來看，瓊芳並非一成不變的老學究，其對外在事物與人情世故皆有敏銳的觀察力，故在談古論今之際，能把觀察所得凝鍊為詩，雖以議論入詩，但卻以情感出之，讀來並不乏味，反而啓人深思，令詩歌餘韻不絕。

四、虛實相生

　　詩歌若從頭至尾皆如實描繪，容易缺乏想像空間，也沒有意趣及韻味；但若全以虛寫，則又有如水中月、鏡中花，虛無飄渺，令人難以理解。劉鐵冷在《作詩百法》中曾云：「詩無虛筆，即無靈氣。詩無實意，即無摯語。詠物題尤須注意，蓋虛實之外，又宜於來脈去路，留有餘不盡地步也。泛賦固屬空廓，呆詮亦嫌拙滯，不黏不脫，可於虛實中參之。」〔註16〕由此看來，有虛有實，虛實相生，方能創造出

〔註16〕劉鐵冷編纂《作詩百法》（臺北：廣文書局，1970 年 1 月），頁 100。

成功的詩歌。

　　瓊芳之詩，常以虛實相生的手法創作，實筆，是具體的描述；虛筆，是個人主觀的情感與思想。虛實相生，亦即在作詩之際，藉由具體的描述，引起讀者的聯想，進而明白詩人心中的感受。如〈柳枝詞〉組詩九之五與九之六：

> 碧縷輕盈翠帶長，謝庭飛絮昔吟香。
> 東皇借與宮袍色，便入靈和鬥眾芳。

> 漁家帆影酒家旗，露色煙光點染奇。
> 他日移根來太液，休將細靨妒蛾眉。

第一首首句實寫，描述柳條輕盈細長，迎風擺動。次句用典，寫柳絮纖細輕靈，猶如白雪一般，但不直說柳絮如雪，而說謝道蘊「未若柳絮因風起」之語，千古留香；命意相同，卻委婉有致。隨後進一步推想是司春之神借與楊柳青青之色，使碧綠如絲的楊枝，得以在群芳競豔的春天中獨受帝王愛賞。此詩由實入虛，並巧用典故，讓柳枝的形象更加鮮明。

　　第二首詠柳，次句實寫，描述柳枝在岸邊垂擺的景象，第三句則是詩人的假設，他以為若將楊柳移至北京的太液池，那碧絲輕盈的模樣不知要令多少蛾眉妒羨了。「細靨」一詞，是擬人化的動作，也是詩人的直覺描述，屬於虛筆。柳枝並不會笑，但詩人見柳枝輕輕擺盪，露色煙光映照在上頭，讓楊柳彷彿像位美人在微笑一般，妒煞宮中紅顏。二詩皆由實入虛，先寫柳枝的柔美，再寫詩人對柳的觀感與想像，虛實相間，增添浪漫色彩。

　　再如〈五月辛亥地震書事〉，這首五言古詩鉅細靡遺地敘述道光十九年（1839）的嘉義大地震，是名副其實的社會寫實詩，但詩首：「何處大神力，舉手搖天柱？下視百須彌，若撼蟻封土。」這種詢問句，是詩人心中的想像，也是虛筆的描述，反映了詩人對此次大地震的驚懼與不解，此與之後描述地震過程與震後災民的慘況，呈現出明顯的虛實相對。但這對比並不突兀，讀者反而能藉由

詩人的主觀感受，與災情的寫實情景相對照，進而聯想當時地面動盪的程度。這虛實相生的手法，在〈六月望日水災書事〉中也能看見，瓊芳在描述水災的過程時，也是先以神話起始，詩云：「媧皇畫蘆灰，堯時已無力。更閱四千年，灰暈全銷蝕。」隨後才如實描繪水災的災情。這種以虛筆設問、想像的語句，不僅表達了詩人深刻的感受，也增強了之後的災情實景，將天災所帶來的驚惶和苦難完整地呈現出來。

瓊芳之題畫詩，也常以虛實相生的手法歌詠畫作。蓋題畫詩是詩人以圖畫為審美的對象，受畫意而萌發心中感觸，繼而化為詩句，以表達觀畫之所見所感，因此題詩時，或具體描述畫作的內容；或敘述個人觀畫所感，以引起讀者的想像空間，使畫作景象具體化。例如〈蔡尚直折梅圖〉：

　　雲裘露舄態翩翩，貌出高人得意天。
　　十里春風香雪海，一時翹首看逋仙。

第一句「雲裘露舄態翩翩」，直寫蔡尚直折梅時姿態翩翩的模樣，下一句「貌出高人得意天」，則是詩人對蔡尚直的讚賞，屬於個人主觀感受。而第三句「十里春風香雪海」，直接描述梅花盛開，迎面盡是芳香撲鼻的景象。最後「一時翹首看逋仙」，以擬人化手法來描繪梅花綻放的姿態，並以林逋來比喻蔡尚直的愛梅及高隱，此亦屬於詩人主觀情感的投射。梅花並不會看人，是詩人賦予它視覺，才讓梅花有了生命與靈性。梅花向來是君子的象徵，詩人先用「翹首」二字點出梅花不輕易近人的姿態，並用「看逋仙」將梅花給擬人化。宋人林逋以梅為妻，以鶴為子，是當代品行高潔的隱士；如此高士，怪不得梅花要翹首爭看了。詩人用實筆具體描繪折梅人蔡尚直的形態，以及梅花綻放的景象；又用虛筆來反映個人對梅花的觀感，並讚賞蔡尚直的為人。虛實相生，豐富了詩歌的內容。

又如〈題桃源圖〉：

　　記續柴桑畫再傳，置身佳境亦奇緣。

　　　　心超自脫塵根界，圖妙能空色相天。

　　　　日永漁樵間論道，雲深雞犬易登仙。

　　　　重來今是唐虞世，花落花開勝昔年。

這首詩的典故是來自陶淵明的〈桃花源記〉，桃花源本是陶淵明虛構的一個理想國，那裡的景色寧靜幽遠，居住的人民純樸可愛，是與世隔絕的好地方。

　　此詩首聯點出桃源圖乃是〈桃花源記〉的再現。中間二聯，則是詩人觀畫的心靈感受。這裡雖未實寫桃源圖的山水景致，但作者描述自己觀畫的感受，使桃源圖的悠遠寧靜自動浮現紙上。桃花源本無固定形象，畫家所畫的桃源圖是自己心中的桃花源，而詩人觀畫所湧起的超脫自然的感受，亦是個人的主觀情志；其以虛寫實，讓讀者在閱讀題畫詩時，可以藉由詩人觀畫的感受，進而聯想此畫的空妙自然，自動描繪出自己心中的桃源圖。桃花源的與世無爭，可說是所有文人心中的理想國度，在那幽深僻遠的地方，就連凡夫俗子都能靜心悟道，即使羽化登仙也不是難事。末聯：「重來今是唐虞世，花落花開勝昔年。」語中頗有感慨，世上雖未必真有桃花源，但只要人心清靜無憂，則桃花源自存個人心中。

　　綜上所述，虛實相生的手法，可增添詩作的意象，令讀者自由聯想；如此虛中有實，實中有虛，不僅豐富詩篇的內容，也增強了藝術的美感。

五、組詩聯詠

　　凡同時用數首詩來歌詠同一主題者，皆稱之為「組詩」或「連章詩」。綜觀瓊芳之詩，多以組詩聯詠一題，形成其詩歌的特色之一。瓊芳《石蘭山館遺稿》中的組詩共有 67 組，茲統計列表於下（不包含試帖詩）：〔註17〕

〔註17〕試帖詩是清代科舉考試的應試詩體，其文體特殊，故不列入組詩的
　　　　統計範疇。

詩　　　　題	組詩首數	總計
〈見楊柳漫筆〉、〈客途冒雪〉、〈懷古〉、〈青門瓜〉、〈前題（西漢古鏡歌）餘意再書兩絕〉、〈贈人雙壽詩〉、〈贈蔡翁尙異七十壽〉、〈偶成〉、〈秋晚閒眺〉、〈退筆冢〉、〈寒食日郊行〉、〈度建溪灘〉、〈恭祝萬壽節〉、〈題全臺闈幽錄〉、〈詠懷〉、〈端陽雜詩〉、〈旅寓同林晴皋太史戲詠雜作〉、〈過德州〉、〈別內〉、〈除夜旅懷〉、〈封翁金陵甘靜齋先生七十壽詩〉、〈即前題（爲吳汝艮兄弟賦讀書燈）戲書二絕〉、〈讀王仲甫司馬弔張廣文烈姬詩附後〉、〈書皮襲美集後〉、〈晉宮〉、〈王母李太孺人壽詩〉、〈石維賢折梅圖題詞〉、〈褒姒〉、〈贈鄂三林翁六十七歲壽詩〉、〈白仲安邑侯紅旗報捷圖索題〉、〈題神仙富貴圖〉、〈葉翁六十一壽詩〉、〈白榆歌〉、〈息嬀〉、〈隋清娛〉、〈綠珠〉、〈桃葉〉、〈馮小憐〉、〈吳絳仙〉、〈紅拂〉、〈關盼盼〉、〈薛濤〉、〈韓翠蘋〉、〈花蕊夫人〉	二首一組	44組
〈題華亭孝子姜雲亭熙恩慶編後〉、〈題顏暘谷司訓春山訪友圖〉、〈題怡棠行樂圖〉、〈齋中一丈紅葵花齊開和韻〉、〈爲吳汝艮兄弟賦讀書燈〉	三首一組	5組
〈題臺灣府志八景圖〉、〈熊介臣夫子六秩晉一壽詩〉、〈題蔡尙直折梅圖〉、〈顏暘谷處觀王溫其所畫山水圖〉、〈題九日游仙跡巖倡和集〉、〈倭艮峰師命擬吳茲山州牧壽詩〉、〈擬古四時閨詞〉、〈黃虛谷先生姻丈輓詞〉、〈盂蘭盆會竹枝詞〉、〈吳江舟中偕林晴皋太史馮虛谷孝廉即景唱句和韻〉	四首一組	10組
〈節義蔡母蘇氏行看題詞〉、〈贈友人新婚詩〉	六首一組	2組
〈夏雨即事〉	八首一組	1組
〈柳枝詞〉	九首一組	1組
〈臺陽臘除雜詠〉	十首一組	1組
〈北港進香詞〉	十二首一組	1組
〈唐柳奇緣詩十八首〉	十八首一組	1組
〈繼前篇（吳履廷以踏雪尋梅圖囑題爲賦長篇）再書絕句二十首〉	二十首一組	1組

　　由上表可知，瓊芳詩歌的組詩，以二首一組者最多，其次是四首一組者，而組詩中最多首者，爲二十首組合而成。瓊芳擅長用組詩聯詠的形式，分別從不同的角度來書寫同一主題，每一首詩自有其獨立性，但整合在一起後，詩題的主旨即凸顯出來。此種手法，

在風土詩、詠史詩、題畫詩、詠懷詩、酬贈詩、詠物詩等各類皆可看見。組詩聯詠最大的好處，就是使讀者可以從各方面來瞭解詩人所欲歌詠的主題，進而明白詩人所處的時代風貌與社會現象，及其心中真正的情感。

以風土詩為例，〈臺陽臘除雜詠〉組詩十首，分別描述臘除時臺南人的年俗，各詩皆有標題，可以單獨成篇，但組合在一起，便將臺南年俗全部表現出來，使後人可以更清楚地明白清代臺灣人過年的景況。又如〈盂蘭盆會竹枝詞〉、〈北港進香詞〉兩組詩，其中每首詩各別從不同角度切入，或鋪陳盛會景象，或描述居民風俗，或夾敘個人感受，而合成整體來看，就是一幅內容豐富的臺灣風土圖。

再看題畫詩，題畫詩固然是詩人觀畫有感所題，但也有為他人持圖索詩而作，從組詩的內容，可以清楚看見詩人與持畫者的交情及對畫作的欣賞程度，如〈繼前篇（吳履廷以踏雪尋梅圖囑題為賦長篇）再書絕句二十首〉，瓊芳已用一長篇古詩寫吳履廷踏雪尋梅圖一事，但他又再書絕句二十首，從各方面吟詠此畫與吳履廷高尚的人格，從中明顯可見他與吳履廷深厚的友誼。又如〈題蔡尚直折梅圖〉、〈顏暘谷處觀王溫其所畫山水圖〉等組詩，亦是從各角度讚美畫作，並抒發觀畫心得。

而在其他各類的詩歌裡，瓊芳也常反覆歌詠同一主題，如〈柳枝詞〉九首全詠楊柳，瓊芳詠柳之作很多，但〈柳枝詞〉將柳枝的春意與別愁一一捻出，讀來一氣呵成，餘韻不絕。又〈吳江舟中偕林晴皋太史馮虛谷孝廉即景唱句和韻〉、〈贈友人新婚詩〉等酬贈詩，亦是如此，然而從中自可看出詩人對友人的重視了。

上述這些組詩，其內容各自獨立，僅以題目為中心，並無一定的統屬關係，彼此也無起承轉合的貫串。不過，也有部分組詩是施瓊芳依序書寫的，例如〈夏雨即事〉與〈唐柳奇緣詩〉即是。〈夏雨即事〉是詩人從苦熱祈雨，至喜雨，後因久雨而轉成苦雨的心情描述，讀了

這組連章詩，我們不但能體會作者的心境，也明白臺灣夏季的氣候，真是變化無常。而〈唐柳奇緣詩十八首〉，瓊芳雖已在詩前用序文說明始末，但在歌詠唐柳姻緣之時，仍是從首至尾詳細敘述，使人配合序文讀詩時，能夠一目了然。類似〈夏雨即事〉與〈唐柳奇緣詩〉此種依序書寫的組詩，雖然分開來看也不會有太大障礙，但若依序閱讀，便會有一個較為完整的認識，也更能明白詩人所亦表達的意涵。

總之，組詩聯詠不僅可以擴展詩題的面貌，還展現了多方面的層次，讓後人可以深入瞭解詩人的內心世界。此外，從組詩聯詠的型態，也可見瓊芳作詩的功力之深，畢竟，連綴許多詩來歌詠同一主題，且每一首又沒有重複的情況，若無豐厚的才力與學養，實難為之。

第二節　風格特色

文學上的風格，是指文學作品在內容和形式中所共同展現出來的特色。作家的個性固然是決定作品風格的主因，但生平遭遇及才力學養也佔有很大的因素，此與「子美不能為太白之飄逸，太白不能為子美之沈鬱」〔註 18〕的道理相同。姚一葦在《藝術的奧妙》中說：「吾人對於一個作家或一部作品的風格探討時，一方面要衡量它的時代性，與它所具的時代意識；另一方面同時要研究他個人的心理和生理的狀態，以確立它的特殊性與它的個人意識。」〔註 19〕綜觀瓊芳詩歌，其溫婉者多，剛健者少；恬淡者多，豪放者少，此種詩歌特色，與其生平經歷及性情思想有很大的關聯。

詩人的風格，甚少一生不變，而往往隨著時代環境的變遷、心境的轉變、閱歷的增長，詩風也隨之發展。瓊芳之詩，大體可謂清純雅正、沖淡自然，但部分作品也有其他不同的風格特色。以下先論其主要詩風，再述及其他風格。

〔註 18〕〔宋〕嚴羽《滄浪詩話‧詩評》，頁 155。
〔註 19〕姚一葦《藝術的奧秘》（臺北：開明書店，1968 年），頁 294。

一、主要風格

（一）清純雅正

　　瓊芳清純雅正風格的形成，有內在與外在的因素。內在源自於恬淡風雅的性格及儒家文化的影響。瓊芳一生頗為順遂，其律己甚嚴，凡事皆秉諸於禮，在主掌海東書院時，雖實行教學改革，廣開學風，但也力闡正學，教諸生以五性人倫為本，開明心術，變化氣質為先。〔註20〕如此謙退有禮的個性，沈著穩重的處世態度，自然不會有飄逸豪放的詩歌。而外在因素，則與其寫作技巧有關，其文字典雅工整，內容清純端正，並善用典故來表情達意，使得詩歌常有含蓄蘊藉之情。這內外因素合而為一，便展現出清純雅正的詩風。此種清純雅正的風格，在《石蘭山館遺稿》中隨處可見，即使詩題難以發揮，瓊芳依舊可以寫得雅致有味，不落俗套。如〈雞聲〉：

　　　　百鳥逡巡未敢呼，先聲破曉振寰區。
　　　　齊邦風雨思君子，晉代河山舞壯夫。
　　　　喚醒古今難覺夢，分開善利兩邊途。
　　　　鳳凰希世纔鳴盛，此物奚容一旦無。

　　〈雞聲〉的題目雖俗，但由瓊芳寫來一點也不俗，從字句、詩意、典故的運用與闡發，皆清純雅正，且十分切題，有不黏不脫、不即不離之妙。

　　又如〈牡丹〉：

　　　　道是高陽舊子孫，甄霞育日孕天根。
　　　　永嘉始著名人口，洛邑羞承女主恩。
　　　　四季無如三月好，百花共戴一王尊。
　　　　濂溪只為推蓮甚，降格仙葩富貴論。

牡丹花本就雍容華貴，瓊芳以之為題，雖描繪其高貴之姿，但字句並不豔麗，依舊以雅詞出之，寓理於詩，留有餘韻。其他如〈題臺灣府志八景圖〉、〈地瓜〉、〈寒食日郊行〉及酬贈詩、詠史詩、詠物詩等，皆是如此。這些作品在第四、五章中已分別論及，此不贅述。總而言

〔註20〕蛻菴老人《大屯山房譚薈》（收於《臺北文獻》1～4 期合刊本），頁 179。

之，瓊芳詩歌最主要的風格就是清純雅正，尤其是「雅」的特色，在詩中更是通篇可見，少有例外。但值得注意的是，瓊芳詩歌的「雅」，雖剔除了俚諺村語，但也不流於古奧枯澀，使人望之卻步，而是鍛鍊工巧，自然流暢。

今人王國璠先生曾評其詩：「薈萃眾長，不師一代，有清妙之音，而無奧衍之病，眞可說是東寧三百年來的大家。」〔註21〕論點十分中肯。瓊芳從無標榜何家何派，也不推崇詩法，故在他的詩中，看不出有特意效法何人的痕跡。尤其瓊芳用字典雅，善於將典故融入詩中，且寓理於詩，因此讀來自然有清妙之感，而無奧衍之病。

（二）沖淡自然

清純雅正是施瓊芳詩作中最重要也最基本的風格，其次便是沖淡自然。形成此類詩風的主因，與其樸實恬淡的性格及優裕的家境有關。瓊芳詩中經常表現出恬淡曠遠的襟抱與閒適自得的情趣。如〈秋晚閒眺〉：

> 無事此靜觀，澄懷對霽宇。遙望郭南山，蒼然暮色古。
> 鴉背夕陽村，蟬聲秋樹園。麗矚已忘機，新月東林吐。

此詩首聯寫無事靜觀萬物，心中一片寧靜；三、四兩聯則實寫所見景致，最後言及「忘機」，透顯怡然自得、與世無爭的心情。末句以月出東林作結，與全詩澹泊的心境收呼應之效，餘韻悠悠。

又如〈晚泊〉：

> 落日虹橋臥彩雙，櫓聲歇處水淙淙。
> 護堤柳引船維纜，棲榜鴉隨客過江。
> 酒熟喜經臨渡市，天晴時啓對山窗。
> 荻蘆風細炊煙綠，幾杵疏鐘晚寺撞。

此詩應是赴試途中所作，瓊芳出門在外，常有懷鄉之情，但詩中寫晚泊所見情景，可以明顯感受出詩人心中的愜意，尤其末聯以「荻蘆風

〔註21〕邱勝安、王國璠《三百年來台灣作家與作品》（高雄：臺灣時報社，1977 年 10 月），頁 48。

細炊煙綠，幾杵疏鐘晚寺撞。」作結，更是淡遠有致，自然顯現詩人寧靜閒逸的一面。

再如〈泉城曉發至橋南〉：

醒眼風光一覽鮮，那容驢背續殘眠。
佳名洛郡新山水，遺跡清源古佛仙。
雙塔霄凌天與柱，一橋跨海石爲船。
者般麗矚須留記，卻恨匆匆促早鞭。

此亦是赴試途中所作，描繪曉發時所見的山水奇景，全詩語意輕快，對閩地山水充滿驚嘆之意，展現心中的愉悅自足。又如：

〈初夏即事〉

臨水高樓習靜居，銅匜篆嫋碧嬾疏。
庭陰啼鳥葉濃處，天氣困人梅熟初。
午後客稀容袒服，睡餘日永但觀書。
愛他閒趣薰風解，一過南窗室自虛。

〈夏午睡起戲筆〉

鬱漴終宵惱蝶魂，朝涼始入黑甜昏。
妻嫻先戒婢呼飯，童慧解辭賓到門。
減去夜眠添晝寢，覺來午晷訝朝暾。
爲蘇燥吻茶三碗，又引輕衣汗一番。

二詩是詩人自述夏日家居的情況，詞不涉豔，語不尚麗，雖無刻意敘述心中的優遊自得，但其閒逸的生活情趣卻自然表露無遺。

此類作品多見於詠懷詩，因詠懷詩乃瓊芳明志抒懷之作，故悠閒自得的情志自然流露於詩中。此外，在題畫詩中也偶可窺見，如〈題桃源圖〉、〈題顏暘谷司訓春山訪友圖〉、〈題某友秋山書屋圖〉等，亦有閒適恬淡之風。金門舉人林豪在整理瓊芳詩稿時，曾稱譽：「先生一生品學，以恬退爲尙。」〔註22〕此「恬退」之風，在《石蘭山館遺稿》裡時常可見，而黃典權先生在點校遺稿時，也認爲「恬退」是其

────────────

〔註22〕參閱《石蘭山館遺稿・板本說明》上冊（臺北：龍文出版社，1992年3月）

詩風最概括的評論。〔註23〕由此可見，瓊芳之詩一如其人，恬淡自得，不與人爭。

二、其他風格

（一）雄放勁健

瓊芳雄放勁健之詩並不多，此與其恬淡儒雅的性格有關。偶見此類作品，也多爲長篇古體詩，因古體詩的限制較少，在敘事抒情時也較爲靈動，可盡情發揮，不必處處受限，自然容易有雄渾之風。如〈建溪灘〉：

> ……臥者穹贔屭，立者蹲虎狼。銳者鼃牙礪，曲者蚊龍僵。疑昔延津劍，幻化千刀鉳。盤錯將舟試，不虞鋒缺傷。豈無召龍術，惡灘變康莊。……

詩人運用想像，以各種動物的姿態譬喻礁石的狀貌，窮形盡相地刻畫景物，充分表達了建溪灘的奇險壯闊。再如〈中元觀放燈歌〉：

> ……人間亦有渡亡會，水陸道場燈盡然。嘗聞黑海腥波毒，千斤吞舟恣其欲。茫茫大劫中，淪爲黑暗獄。又聞兵後更凶年，白骨荒郊無似續。落月冷秋墳，夜夜棠梨曲。不見陽光不出頭，自照空悲燐火綠。……琉璃兩三盞，旃檀六七層。一展常生火，引出大千無數照冥燈。燈輪高，燈影鬥若敖。餒而嗟來就，世界陰轉陽，時光夜如晝……

瓊芳敘述中元夜放水燈的情景，兼言孤魂野鬼形成的原因，筆勢勁健，讀來一氣呵成。尤其此詩句式變化較多，少至三字，多至十字，讓全詩節奏明快，渾厚有力。又如〈題陳忠愍公遺像〉：

> ……殷雷動地江波鳴，火龍半空走霹靂。赤心一隊前當鋒，刺蝟勢欲褫虜魄。轟然萬點鐵星中，兵盡猶聞呼殺賊。賊軍如盧循，旁連道覆更煽氛。公軍如細柳，棘門不繼難持久。遂使老羆當道威，到此翻讓德安守。……

〔註23〕黃典權〈石蘭山館遺稿・遺稿所見作者之風格〉（《臺南文化》第 6 卷第 1 期），頁 127。

瓊芳透過五七言句式，用雄渾的筆調，描繪陳化成英勇奮戰、壯烈殉國的經過，更顯慷慨激昂，生動逼真。

瓊芳長篇古詩甚多，但並非每一首皆雄放勁健，許多仍是維持一貫的雅正之風，只有少數幾首才有雄渾奔騰之感，雖然此類詩篇僅是瓊芳詩中的鳳毛麟角，但也勾勒出剛健的一面。

（二）清麗柔婉

瓊芳性格恬淡，為人方正自持，故從無香豔詩作，蛻菴老人《大屯山房譚薈》亦云：「瓊芳秉禮讀書垂五十年，為文根於經史，時豔不屑也。」驗證瓊芳諸詩，多雅詞而無靡語，可知此話確實不假。但有少數作品，瓊芳用清淡自然的字句，描繪出較為華麗的意象，以表達含蓄的情感。此種清麗柔婉之詩在《石蘭山館遺稿》中甚少，只是偶然興到的抒情之作，並非其詩歌的重要類型。然而蛻菴老人卻依此而評其詩「有晚唐風格，牧之、飛卿兼而有之。」並選錄〈餞春〉二首以為實例：

> 楝樹初苞便促裝，歸思最急是韶光。
> 驚心夜雨鶯花債，回首春風富貴場。
> 此去關山同送客，誰家欄檻不斜陽。
> 青驄本自難拘繫，錯恨垂絲柳未長。

> 薄命花辭樹，離情鳥送春。啼鵑三蜀雨，芳草六朝人。
> 豆譜紅詞婉，蕉抽綠意新。書窗無綺恨，祇惜寸陰珍。

此二詩文字清麗，語言精鍊，尤其「驚心夜雨鶯花債」、「錯恨垂絲柳未長」、「薄命花辭樹，離情鳥送春。」、「書窗無綺恨」等句，意象鮮明，表達餞春之意，頗有深沈的情思，所以蛻菴老人認為瓊芳詩歌兼有杜牧及溫庭筠的詩風。不過，細觀瓊芳之詩，類似〈餞春〉之清麗者極少，怎能以此少數詩作來代表整體詩風呢？況且，杜牧之詩高華綺麗，溫庭筠之詩穠麗纏綿，兩人皆為晚唐華美文學的代表，詩中常有遲暮感傷、悵惘迷離的情調，但瓊芳清麗之作極少，除〈餞春〉二詩中流露傷春之意，其餘作品多無此種情調，因此所謂「有晚唐風格，牧之、飛卿兼而有之」的評論，並不客觀。

　　繼蛻菴老人之後,《臺南市志稿‧人物志》在介紹瓊芳生平,進而評論瓊芳之詩時,曾云:「短什長謳,有六朝及中晚唐風致。」及至《臺南市志‧人物志》則云:「有盛唐風致。」此二說皆非定論。先看「六朝及中晚唐風致」一評,此應是承襲蛻菴老人之說,並擴大範疇,將六朝及中唐詩風也囊括入內。那麼,六朝及中唐風致又是如何呢?一般而言,六朝詩風以華美為主,講求詞藻的華麗與對仗的工整,此與瓊芳之詩有雷同之處,但又不盡相同,因瓊芳詩歌偏重典雅,雖對仗工整,但文字並不華豔,內容也絕不輕佻,因此這「六朝風致」還有待商榷。至於「中唐詩風」,應指元白的新樂府精神,即諷喻時事,關懷民生疾苦,此點在瓊芳詩歌中確實可見,如風土詩裡〈北港進香詞〉、〈中元觀放燈歌〉、〈盂蘭盆會竹枝詞〉及社會寫實詩等皆是。

　　基本上,「有六朝及中晚唐風致」之語,過於籠統,無法令人確切明白所指為何。以「中晚唐風致」為例,中唐詩人名家輩出,韋柳的自然、元白的平易及韓孟的奇詭,皆自成一家;而晚唐也有寫實、苦吟、華美等三派,只是華美詩風後來居上,成為晚唐主流。今人吳毓琪在說明施瓊芳的詩觀時,亦曾引用此語,吳君便認為此語乃指詩人「尚奇」、「險僻」之詩觀,並引〈建溪灘〉、〈延建道上山水〉二詩以證此說,〔註24〕但此二詩只是瓊芳在閩地遊歷後,描述閩地的奇山麗水所帶來的震撼,其文學觀並不崇尚新奇險僻。由此看來,這「有六朝及中晚唐風致」之評,不僅似是而非,也容易造成讀者的誤解。

　　至於「盛唐風致」之說,在籠統之餘,也揄揚過甚。因盛唐詩壇百花吐豔,名家如林,不論在內容或藝術上都有高度成就,後人難以與其比擬。瓊芳之詩,雖典雅有致、清逸可喜,明顯可見深厚的學養與哲理,但並無盛唐詩歌那種壯闊多釆的萬千氣象,這點也是無庸置疑的。

　　歷來對瓊芳詩風的評論,缺乏完整的介紹,偶有言之,也僅以兩三語籠統帶過,但由以上的析述,可知施瓊芳詩作的風格,共有四種

〔註24〕吳毓琪〈臺南詩人施瓊芳作品中的台灣社會面向〉(《文學臺灣》36期,2000年10月),頁118。

類型，其中以清純雅正、沖淡自然的詩風爲主，雄放勁健、清麗柔婉
之作僅佔少數。瓊芳性情恬退有禮，生平經歷也頗爲順遂，因此整體
詩作自然傾向雅正、沖淡的道路，這是外在環境的影響，也是詩人內
在生命的反映。

第七章　結　論

在清代臺灣文學史上，施瓊芳是提升臺灣學術的一大推手，但長期以來，人們多僅注意到他與次子施士洁父子雙進士的殊榮，而忽略他的文學成就及對臺灣學術教育的貢獻，可謂見小而遺大。綜觀上述其一生的事蹟，我們可以對瓊芳作更完整的評價。

第一節　施瓊芳之歷史地位與影響

瓊芳對臺灣的貢獻，可從兩個面向來看，一是提升臺灣學術；一是推動公益並教化民心。

關於提升臺灣學術一事，瓊芳在中進士後，尋任教於臺南海東書院。當時臺灣的正規書院，依等級區分為道轄、府轄、廳轄、縣轄等，而海東書院便是道轄學府，也是當時的最高學府。〔註1〕由於是臺灣最高行政機關所建立，因之規模宏敞，地位崇高，能入門受學的青年，皆是各地優秀學子，而講席也必是一時名儒。瓊芳乃科舉正途出身，品學俱佳，文理優長，於咸豐四年（1854）正式出任海東書院山長，以引掖後進為己任。其深研宋明理學，力闡正學，教諸生以五性人倫

〔註1〕 正規學院中，道轄為海東書院；府轄為崇文書院；廳轄有明志、文石、仰山……等書院；縣轄有引心、鳳儀、玉峰、白沙等書院。參閱林文龍《台灣的書院與科舉》（臺北：常民文化，1999年9月），頁17。

為本，開明心術、變化氣質為先。﹝註2﹞此外，瓊芳也曾與徐宗幹共同鼓勵學子，創作有關臺灣風情之詩篇，廣開學風，一時之間，文人學子競為吟詠，師生亦相互切磋，大大提升臺灣學子的詩文水準。此舉影響深遠，加以其次子施士洁在光緒二年（1876）考中進士後，繼承父志，同樣選擇辭官回臺，教育人才；而當士洁任海東書院山長時，也提倡詩詞古文之學；故同光年間臺灣士子考中舉人進士者漸多，且詩文著作亦可與內地相提並論，瓊芳實功不可沒。

至於公益與教化方面，可從瓊芳詩文得知，如〈育嬰堂給示呈詞〉、〈募建育嬰堂啟〉、〈代募修郡內藥王廟小引〉等，皆是公益之舉。同治年間瓊芳亦協助臺灣道吳大廷辦節孝總局，采訪節孝婦女共二百五十人，造冊呈請旌表，以裨化民風。由於臺灣地處偏隅，舉辦節孝之衙門因經費及層轉被退等問題，常畏難不辦，以致數十年未曾旌表節孝之行。瓊芳有感於此，故協助吳大廷共同表彰節孝，以積極教化民心。

瓊芳在臺灣，積極於公益教化之事。尤其辭官回臺任教一事，更為臺灣士子立下榜樣，不僅其子士洁也回臺從事教育，士洁門下學生如許南英、丘逢甲等才俊之士，也全在中進士後便辭官返臺，著力於培養人才，對功名仕途毫不眷戀。由此觀之，瓊芳對早期臺灣的文教建設，功莫大焉，實乃提升臺灣學術的一大功臣。

第二節　施瓊芳詩歌之文學價值

瓊芳之風土詩與社會寫實詩，反映了臺灣社會與風俗民情，由於臺南文獻在嘉慶十二年（1807）至日治初期，因方志未修，許多人文記載都一片模糊，瓊芳詩歌的出現，可補史料不足之缺失，並與方志內容互為印證。再深一層來看，康雍時期，由於臺灣文風不盛，故有關臺灣的風土社會詩篇多由宦遊文人所撰，少見本土文人的創作。及至道咸時期，臺灣本土文人逐漸興起，其所作詩歌，因為地理、血緣

﹝註2﹞蛻萣老人《大屯山房譚薈》（收於《臺北文獻》1～4期合刊本），頁180。

及文化視域的不同，自然有別於宦遊文人的作品。瓊芳身為道咸時期的臺南詩人，其詩作中所流露對臺灣的認同與關懷，是屬於本土文人才有的情感，絕不同於宦遊文人感慨境遇之鳴。

瓊芳之題畫詩，不僅純為題畫而已，尚包括以詩記事、以詩記人，藉由題畫詩的流傳，後人可以清楚明白清朝道光咸豐年間，臺灣文壇與畫壇的部分事蹟。如〈題陳忠愍公遺像〉，詩前序文先記述題詩的緣由，而後詳細敘述陳化成殉國的壯烈事蹟，亦可與史料互為印證。再者，瓊芳之題畫詩中，常注重畫作的寫真傳神、自然生動，此講求「形似」的鑑賞觀，固然是瓊芳的個人觀點，但背後或可反映當時臺灣文人賞畫的價值標準，值得後人重視。

瓊芳之詠史詩，多冷靜的思辯哲理，少有暗寓寄託之辭，此與瓊芳恬淡的性格與深研宋明理學有關；加之其一生並未遭逢乙未割臺的去國亡家之痛，因此詩裡既無黍離之悲，也無影射時政之辭，反有觀照史事後自然湧現的人生省思，此可謂其詠史詩的一大特色。

瓊芳之詠懷詩，反映其個人情思，透露了一心要回歸故鄉、自在生活的渴望，後人讀之便可瞭解為何他願意辭官回臺，貢獻己力來教育臺灣學子。

瓊芳之酬贈詩，雖不乏交際應酬之作，但也有真情流露、勸勉期許的詩篇，如〈送四兄昭玉六弟昭澄附海舟西歸晉省應試鄉闈〉、〈為吳汝艮兄弟賦讀書燈〉等詩即是。此外，尚有表彰節孝、宣揚美事的〈題全臺闈幽錄〉、〈唐柳奇緣詩〉十八首等，都能進一步看出他的社會生活與內心世界。

瓊芳之試帖詩，或為個人練習之作，或為主掌海東書院時，用為教學示範之作。雖試帖詩並沒有顯露作者的真實情志，但要研究清代科舉在臺灣的情形，則瓊芳一百一十一首試帖詩，便是珍貴的重要資料。

瓊芳的詠物詩，切題之際，能不黏不離，別開生面，可見其巧妙構思與敏銳的觀察力。至於少數的閨情詩，更足以印證其與妻子伉儷情深，所謂「平生不二色」的美譽，不是憑空而來。

綜上所述，瓊芳的作品，不僅反映了他的個人情志，也爲後人揭開清代中葉臺灣的社會、文學面貌。基本上，瓊芳作詩並無詩法理論，也不特地標榜以何人爲宗，其詩風格以清純雅正、沖淡自然爲主。雖常運用典故，但皆貼切巧妙，收委婉凝煉之效；並非一味推砌、炫耀才學。尤其瓊芳遣詞造字十分雅致，尤喜寓理於詩，使詩中常有理趣，因此讀來自然「有清妙之音，而無奧衍之病。」〔註3〕頗富思想性。

綜觀清代臺灣詩歌，道咸之前，以歌詠山川草木、鳥獸蟲魚爲主，道咸以後，才逐漸有反映現實、批判時局的作品；〔註4〕瓊芳之詩，反映了道咸時期的臺灣社會面貌，兼具史料價值與文學價值，在臺灣詩史上，自有不容忽視的重要地位。如再從區域文學的角度來看瓊芳其人其詩，則瓊芳無疑是臺南區域文學的代表詩人。以此來看，則瓊芳詩歌的雅正美學，或許不僅只是個人的詩歌特色，還能藉此管窺清代臺南區域文學的美學特質何在。

〔註3〕邱勝安、王國璠《三百年來台灣作家與作品》（高雄：臺灣時報社，1977年10月），頁48。

〔註4〕施懿琳《從沈光文到賴和──臺灣古典文學的發展與特色》（高雄：春暉出版社，2000年6月），頁3。

附錄一　施瓊芳生平簡表

嘉慶二十年（1815）　一歲

於六月四日子時生

道光十三年（1833）　十九歲

七月，周凱調署臺灣道兼學政，瓊芳入其門。

道光十六年（1836）　二十二歲

周凱復權臺灣道，舉瓊芳為丁酉科（道光十七年）拔貢。

道光十七年（1837）　二十三歲

渡海至省城福州赴鄉試，順利中舉。

作有〈北上夜宿泉城〉、〈泉城曉發至橋南〉、〈莆陽道中〉、〈建溪灘〉、〈延建道上山水〉等詩。

道光十八年（1838）　二十四歲

赴京參加會試，作〈清湖鎮待計偕友未至正月六日無聊偶成〉。試罷，榜上無名，南旋時，有一同年（名不詳）作〈述懷〉詩，瓊芳與同年及同門生蔡廷蘭次其韻和之。其一闕題，但詩前有序，云：「見其述懷一首，心傾慕之。郁園同年次其韻成兩首，予不揣固陋，亦附二公韻後，思效顰焉。戊戌南茞時作。」其二〈再次前韻和蔡郁園同年〉。

道光十九年（1839）　二十五歲

瓊芳在臺攻讀，準備來年應試。五月十七日，嘉義大地震，作〈五月辛亥地震書事〉五言古詩一首；六月十五日，嘉義大水爲患，波及臺南，亦作〈六月望日水災書事〉五言古詩述之。

是年冬，第二次赴京，準備參加道光二十年庚子恩科會試。

道光二十年（1840）　二十六歲

庚子恩科會試未中，但同門生林鶚騰金榜題名，授翰林庶吉士，因俗稱翰林爲太史，故此後瓊芳與林鶚騰唱和，常稱之爲太史。瓊芳與林鶚騰之唱和詩，共有〈和林晴皋太史旅館雜詠〉四首、〈旅寓同林晴皋太史戲詠雜作〉二首、〈吳江舟中偕林晴皋太史馮虛谷孝廉即景唱句和韻〉四首、〈晴皋太史同年以題顏希源百美新詠詩索和勉擬附後〉六十六首，雖無註明時間，但由詩題來看，應作於道光二十年至二十五年間。

瓊芳因落第，故留在北京讀書，以備來年辛丑（道光二十一年）科春試。十月，恭逢萬壽慶典，作〈恭祝萬壽節〉七律二首，並作〈封翁邱履坦六秩壽序〉，文前註曰：「翁爲福州進士邱達軒比部尊人，誕期在十月庚子，留京時作。是年十月，恭逢萬壽慶典，故起段從此著筆。」

周凱在道光十七年病逝後，其遺著《內自訟齋文集》由門生林樹梅議刻，施瓊芳、林鶚騰、蔡廷蘭、呂世宜等二十二人參訂，亦於是年雕版刊行。

道光二十一年（1841）　二十七歲

辛丑會試未中，回臺繼續攻讀。

道光二十三年（1843）　二十九歲

是年冬，第三次赴京，參加甲辰（道光二十四）科春試。

道光二十四年（1844）　三十歲

甲辰會試不第，但同年及同門生蔡廷蘭名登金榜，瓊芳再度留京以待來年參加乙巳恩科會試。

在京時，代同門生林鶚騰作〈莊牧亭駕部志謙令慈壽序〉。

道光二十五年（1845）　三十一歲

登乙巳恩科進士，經吏部分發即補江蘇知縣，未赴任，再經詮選為候選六部主事，未就職，乞養回臺。

是年在都，作〈題陳忠愍公遺像〉雜言古詩一首。回臺後，十月，瓊芳作〈熊介臣夫子六秩晉一壽詩〉七律四首，祝賀臺灣道熊一本六十一歲大壽。

道光二十六年（1846）　三十二歲

瓊芳渡海回祖籍地晉江祭祖墳，發現八世祖施仁峰之墓被毀，五月初六呈〈瓊芳祖墳被毀呈控文卷〉，控告當地土豪王麟、王添、王信、王諒等人，並留在晉江西岑鄉處理善後，重修祖墳。這場訴訟經過數月往還，最後因公親饒世宗等從中調處，雙方在十一月以和解結束。

道光二十七年（1847）　三十三歲

三月，被毀祖墳修妥，瓊芳撰文記之。其在晉江時，所貽詩文眾多，計有散文〈谿西社祀朱子祝文〉、〈虎岫東樓中秋祭祀魁星祝詞〉、〈祖塋重修告峻賽土神文〉、〈增修虎岫寺亭碑記〉、〈聚星樓喜金例序〉；駢文〈谿西社文昌祠修竣祝文〉、〈太祖暨姚氏連太叔祖德沛公墳塋修竣祭告文〉；詩〈虎岫真武觀樓上九日祠文昌〉、〈題九日遊仙跡嚴倡和集〉。

道光二十八年（1838）至咸豐三年（1853）　三十四歲～三十九歲

瓊芳與徐宗幹在海東書院實行教學改革，於制義試帖外，增加賦詩雜作等內容，鼓勵學生對臺灣的民情風俗進行創作，廣開學風。可確知為此時所作詩文有：〈擬韋宏嗣戒博奕論〉、〈燕窩賦〉，此代吳上舍敦仁作；〈香珠賦〉、〈山澤通氣賦〉、〈擬謝靈運遊赤石進帆海詩〉此代吳孝廉敦禮作；〈地瓜〉七古一首，〈中議大夫刑部員外郎吳公誌銘〉一篇。

咸豐四年（1854）　四十歲

清廷諭令鄭用錫、施瓊芳、林國華、林占梅等協辦團練，勸捐事宜，以平定鳳山縣林恭之亂。同年，為石鼎美撰〈育嬰堂給示呈詞〉，批評溺死女嬰的惡習，並勸捐育嬰費用，倡建育嬰堂以幫助貧苦人家，改善溺嬰之風。

是年，正式出任海東書院山長。

咸豐六年（1956）　四十二歲

作〈題全臺闡幽錄〉七律二首，詩前有序：「周廣文維新，承徐樹人觀察諭，釆輯臺屬節孝為《全臺闡幽錄》。丙辰秋，以書來囑序，為七律二首。」

咸豐七年（1957）　四十三歲

撰〈李母陳太孺人八褒壽序〉，文前有序：「陳居木岡青埔社。丁巳三月八旬，其子秉珪與吳履廷孝廉有戚誼，因介乞言，書此以遺之。」

咸豐八年（1858）　四十四歲

司訓韋澤芬之母過世蕭太安夫人過世，撰〈韋母蕭太安人誄〉。

咸豐九年（1859）　四十五歲

經陳乃嘉孝廉等囑作〈代募官修郡北開元寺序〉。

咸豐十年（1860）　四十六歲

撰〈代臺郡新建普陀佛剎募緣小引〉。

咸豐十一年（1861）　四十七歲

撰〈承德郎砥柱施公墓誌銘〉。另〈臺郡募修北條水道序〉一文，應是代臺灣道洪毓琛作於咸豐十年或十一年。

同治二年（1863）　四十九歲

代臺灣道丁曰健撰〈重修臺灣道署記〉。

同治三年（1864）　五十歲

撰〈爲臺灣故道洪公毓琛請祀名宦稟末結語〉、〈爲臺灣故道憲孔公昭慈請諡請專祠稟末結語〉。

同治五年（1866）　五十二歲

撰〈宣德郎修亭陳君墓誌銘〉。

七月二十六日，生母林太夫人病逝。

十月，臺灣道吳大廷來臺，與瓊芳有深交，故有〈答復吳桐雲觀察書〉。

同治六年（1867）　五十三歲

逢吳大廷與夫人雙壽，撰〈誥授資政大夫吳桐雲觀察暨德配孫夫人雙壽〉賀之。

同治七年（1868）　五十四歲

吳大廷以病乞休，瓊芳呈〈爲臺郡諸紳公同爲吳道憲大廷留任稟〉。

九月十三日，病逝於石蘭山館，享年五十四歲。

註：本表主要參考施瓊芳《石蘭山館遺稿》、盧嘉興《開臺唯一父子進士施瓊芳與施士洁》

附錄二 《石蘭山館遺稿》詩歌題材分類表

卷七 詩鈔一

詩　題	體　裁	類　別	備　註
題華亭孝子姜雲亭熙恩慶編後	七律	酬贈	
北上夜宿泉城	七絕	詠懷	
泉城曉發至橋南	七律	詠懷	
莆陽道中	七律	詠懷	
建溪灘	五古	詠懷	
延建道上山水	七古	詠懷	
蘆鳥船	五絕	詠物	
征東即事	七古	詠懷	
見楊柳漫筆	七絕	詠懷	
清湖鎮待計偕友未至正月六日無聊偶成	五古	詠懷	
維揚懷古	七律	詠史	
次蔡郁園同年述懷韻	七律	酬贈	詩中有註
再次前韻和蔡郁園同年	七律	酬贈	
東廣武成太公堆	古詩	詠史	
晚泊	七律	詠懷	
和林晴皋太史旅館雜詠 柳藍 蘆席 紙壁 煤炭	五絕	酬贈	
仲春杪曉行偶筆	七絕	詠懷	

詩　題	體　裁	類　別	備　註
元日旅館書懷	七律	詠懷	
客途冒雪	七律	詠懷	
東阿懷古	七律	詠史	
杭州	七律	詠史	詩中有註

卷八　詩鈔二

詩　題	體　裁	類　別	備　註
懷古	五律	詠史	
爲程仁山題洗硯魚吞墨圖	七古	題畫	
青門瓜	七絕	詠史	
西漢古鏡歌	七古	酬贈	
前題餘意再書兩絕	七絕	酬贈	
讀琵琶行書後	五律	詠史	
贈人雙壽詩二首	七律	酬贈	詩中有註
與戚屬添妝	五古	酬贈	
牡丹	七律	詠物	
題顏暘谷司訓春山訪友圖	七絕	題畫	
吳怡棠郡侯獨像歌	雜言	題畫	
再題怡棠畫像	五古	題畫	代李懷庭太守作
題怡棠行樂圖	五律	題畫	代吳占卿孝廉作
代題吳怡棠畫冊	五古	題畫	
贈蔡翁尙異七十壽	七律	酬贈	

卷九　詩鈔三

詩　題	體　裁	類　別	備　註
偶成	七絕	詠懷	
秋晚閒眺	七律	詠懷	
退筆冢	七律	詠物	
六月望日水災書事	五古	社會寫實	自註道光己亥年

五月辛亥地震書事	五古	社會寫實	
餞春	五律	詠懷	
臺陽臘除雜詠	五絕	風土	共十首絕句，每首皆另註小標題
窗前	七律	詠懷	
墨菊	七絕	詠物	
題臺灣府志八景圖 鹿耳春潮 　安平晚渡 　澄臺觀海 　鯤身漁火	七律	風土	
中元觀放燈歌	雜言	風土	
寒食日郊行	七律	風土	

卷十　詩鈔四

詩　題	體　裁	類　別	備　註
節義蔡母蘇氏行看題詞	七律	酬贈	詩中有註
池亭春曉	七絕	詠物	
渡建溪灘	五律	詠懷	
仙霞關	五古	詠懷	
平望夜泊	七絕	詠懷	
臘月道中冒雨	五古	詠懷	
春閨怨	六言	閨情	
秋閨怨	六言	閨情	
懸門菖蒲	五律	風土	
端陽日戲詠	七古	風土	
吳履廷以踏雪尋梅圖囑題爲賦長篇	七古	題畫	詩中有註
繼前篇再書絕句二十首	七絕	題畫	第十九首絕句有註

卷十一　詩鈔五

詩　　題	體　裁	類　別	備　註
恭祝萬壽節	七律	酬贈	
西歸晉京秉辭母親	七絕	詠懷	
過五丈原	七律	詠懷	
謁岳少保墓	七古	詠史	
題全臺闡幽錄	七律	酬贈	詩前有序
題陳忠愍公遺像	雜言	題畫	詩前有序
熊介臣夫子六秩晉一壽詩	七律	酬贈	詩中有註
詠懷	五律	詠懷	
送四兄昭玉六弟昭澄附海舟西歸晉省應試鄉闈	五古	酬贈	
徐州道中偶興	七律	詠懷	
詠史二章	五古	詠史	

卷十二　詩鈔六

詩　　題	體　裁	類　別	備　註
冬至憶去年此節啓程入都方道塗嶺有感而作	五古	詠懷	
三伏月猶苦熱	五古	風土	
端陽雜詩存二	七絕	風土	
夜航	七絕	詠懷	
西湖尋梅	七絕	詠懷	
虎邱船夜	五律	詠懷	
苑柳	七絕	詠物	
亭柳	七絕	詠物	
旅寓同林晴皋太守戲詠雜作	七絕	酬贈	共二首絕句，每首另註標題
旅邸中秋	七律	詠懷	
臘月延平道中	五律	詠懷	
旅夜漫興	七律	詠懷	
過德州	七絕	詠懷	

詩 題	體 裁	類 別	備 註
曉行見殘月	七古	詠懷	
餞春	七律	詠懷	
題桃源圖	七律	題畫	
寄贈內子	七律	閨情	
別內	五絕	閨情	
除夜旅懷	七絕	詠懷	
臺陽上元日奎樓春季魁星	七律	風土	
華亭孝子明經姜熙建賓興田詩以誌美	五古	酬贈	
封翁金陵甘靜齋先生七十壽詩	七律	酬贈	詩中有註
某翰林新婚以牡丹圖索題	七律	題畫	

卷十三　詩鈔七

詩 題	體 裁	類 別	備 註
遊福蘆山有懷葉臺山相國	七古	詠史	疑有漏句
讀史二首	七律	詠史	
夏雨即事	五律	風土	
齋中一丈紅葵花齊開和韻	七絕	酬贈	
七夕	七古	風土	
爲吳汝艮兄弟賦讀書燈	七律	酬贈	
即前題戲書二絕	七絕	酬贈	詩中有註
都下同友人觀劇	七律	詠懷	
讀秋風辭	七絕	詠史	
西漢	七絕	詠史	
同泰寺	七律	詠史	
乞巧	七絕	風土	
雞聲	七律	詠物	
題蔡尚直折梅圖	七絕	題畫	
贈友人新婚詩	七律	酬贈	詩中有註
戲詠七巧圖	五古	題畫	
讀王仲甫司馬弔張廣文烈姬師附後	七律	詠史	
書皮襲美集後	七絕	詠史	

卷十四　詩鈔八

詩　題	體　裁	類　別	備　註
送某友人奉使塞外	七律	酬贈	
讀漢高祖本紀	七律	詠史	
呂后	七絕	詠史	
晉宮	七絕	詠史	
王母李太孺人壽詩	七律	酬贈	
初夏即事	七律	詠懷	
夏午睡起戲筆	七律	詠懷	
虎岫眞武觀樓上九日祠文昌	五古	詠懷	詩題有註
元旦旅次	七古	詠懷	
曉行	七律	詠懷	
新豐	雜言	詠史	
從軍塞上曲	七律	詠懷	
顏暘谷處觀王溫其所畫山水圖	七律	題畫	
唐柳奇緣詩十八首並序	七絕	酬贈	詩前有序
某翁小照題詞	七律	題畫	

卷十五　詩鈔九

詩　題	體　裁	類　別	備　註
石維賢折梅圖題詞	七絕	題畫	
勞山亭骰圖戲詠	七律	題畫	
三絃	五律	詠物	
東明寺	雜言	詠史	
帳燈紙屏	七律	詠物	
題九日游仙跡巖倡和集	七律	詠史	詩題有註
倭艮峰師命擬吳茲山州牧壽詩	七律	酬贈	詩題有註
征車	七絕	詠物	
端午日作	七律	風土	
寒食日郊行	七絕	風土	詩中有註

詩　題	體　裁	類　別	備　註
亭柳	六言	詠物	
朱怡庭參軍小照索題	七律	題畫	
空田見網雀者	五絕	社會寫實	
王母李太孺人小照雜言一章	雜言	題畫	
親迎日觀禮	五古	風土	
詠自鳴鐘	七律	詠物	
擬古四時閨詞	五絕	閨情	自註春夏秋冬四時
小瓦塔	七絕	詠物	
月餅	七絕	詠物	

卷十六　詩鈔十

詩　題	體　裁	類　別	備　註
黃虛谷先生姻丈輓詞	七律	酬贈	詩題、詩中有註
伐蠹篇	七古	詠物	詩前有序
打燈謎	五古	詠物	
薄餅	五古	風土	
惡洋煙	七律	社會寫實	詩題有註
楊柳	七絕	詠物	詩題有註
蘿蔔	七絕	風土	
膏粱	七絕	詠物	
消梨	七絕	詠物	
打煎戲筆	七律	詠懷	
吳雨江小照題詞	七律	題畫	詩題有註
褒姒	七絕	詠史	
西子	七絕	詠史	
贈謬三林翁六十七壽詩	七律	酬贈	詩中有註
顏暘谷以黃梧齋廣文詩集轉索題存一	七律	酬贈	
白仲安邑侯紅旗報捷圖索題	七律	題畫	
拜岳王墳偶經蘇小墓	七絕	詠史	
記夢	七律	詠懷	詩前有序
和春夜懷友迴文原韻	七律	酬贈	

卷十七　補餘詩鈔一

詩　題	體　裁	類　別	備　註
題神仙富貴圖（有序）	五絕	題畫	詩前有序，詩題有註
和黃梧齋顏暘谷春日過吳家園亭	五律	酬贈	
葉翁六十一壽詩	七律	酬贈	詩中有註
楊柳歌	七古	詠物	
北港進香詞	七絕	風土	
題某友秋山書屋圖	七絕	題畫	
陶侃運甓其一 　　　　其二	七律	詠史	
願賜上方劍	七律	詠懷	
銅丸警更	七律	詠物	
我是玉皇香案吏	五古	詠懷	
勤能補拙	五古	詠懷	
聽濤歌	七古	風土	
佛手柑	七古	風土	
寄生螺	七律	詠物	
柳枝詞	七絕	詠物	
白榆歌	七古	詠物	
地瓜	七古	風土	
盂蘭盆會竹枝詞	七絕	風土	
戰艦	七古	詠物	
擬謝靈運遊赤石進帆海詩	五古	詠懷	代吳孝廉敦禮作，刊入《瀛洲校士錄》
白魚	七古	詠物	
雲中君	楚辭	詠懷	

卷十八　補餘詩鈔二

詩　　題	體　裁	類　別	備　註
題白邑侯紅旗報捷圖	五古	題畫	代黃紹庭太守作
吳江舟中偕林晴皋太史馮盧谷孝廉即景唱句和韻	五律	酬贈	
晴皋太史同年以題顏希源百美新詠詩索和勉擬附後 衛莊姜 虞姬 明妃 趙飛燕 李夫人 息嬀 弄玉 夏姬 陳后 隨清娛 趙合德 班婕妤 孫壽 二喬 孫夫人 薛靈芸 潘夫人 王戎婦 綠珠 羊后 桃葉 蘇蕙 潘貴妃 馮小憐	七絕	詠史	

張麗華			
樂昌公主			
宣華夫人			
吳絳仙			
寶穆皇后			
紅拂			
雪兒			
上官昭容			
江梅妃			
關盼盼			
薛濤			
尋陽妓			
紫雲			
張紅紅			
孟才人			
盧媚兒			
韓翠蘋			
花蕊夫人			
賈愛卿			
琴操			
琵琶			
戈小娥			
紅綃			
窅娘			
秦若蘭			
懿德后			
朱淑眞			
張麗嬪			
凝香兒			
葉小鸞			
朝雲			

卷十九 試帖一

詩　題	備　註
政貴有恆	
詩正而葩	嘉慶四年朝考考題
十八學士登瀛洲	
開徑望三益	
鳴鶴在陰	
千里暮雲平	
七月既望	
河海不擇細流	乾隆三十四年會試考題
農事遍東皋	
以文會友	
何簑何笠	
馬蹄無處避殘紅	
瑤琴一曲來薰風	
陽禮教讓	
麥天晨氣潤	
槐花忙舉子	
龍虎榜	
秋分見壽星	
三多文史足用	
春水綠波	
天孫爲織雲錦裳	
前赤壁賦	
秋之秋	
川不辭盈	
清風來故人	
中多與祭	
子路負米	
眾仙同日詠霓裳	

卷二十　試帖二

詩　題	備　註
酒近南山作壽杯	
堅冰在鬚	
月林散清影	
文無難易	
日色冷青松	
且看黃花晚節香	
夜寒應聳作詩肩	
同工異曲	
春風得意馬蹄疾	
河出榮光	嘉慶十二年順天鄉試考題
洗心藏密	嘉慶二十一年順天鄉試
河流順軌	
政如農功	嘉慶二十二年散館試題
恭儉維德	
興廉舉孝	
竹外鳥窺人	
艾虎	
做事須循天理	
驅飛廉於海隅	
麥秋至	嘉慶七年散館試題
園柳變鳴禽	
西郊雲好雨不垂	

卷二十一　試帖三

詩　題	備　註
摛藻為春	乾隆四十九年會試試題

奇文共欣賞	
首夏猶清和	乾隆五十九年天津召試題
鞠有黃華	
國士無雙	
好竹連山覺筍香	
蟬不知雪	
古硯微凹聚墨多	
一詩換得兩尖團	
詩清都為飲茶多	
焚香選卷	
稼穡維寶	乾隆三十年江南召試試題
師直為壯	道光二十一年會試試題（瓊芳曾應此試，落第）
凡百敬爾位	道光二十五年會試試題（瓊芳應試，中式進士）
諸生講解得切磋	
袖中吳郡新詩本	
穆如清風	
綠樹陰濃夏日長其一 　　　　　　其二	
牆新數仞	
主善為師	
澗生席草	
魯魚帝虎	
泉冷無三伏	
十年不摘洞庭霜	
身多疾病思田里	
朝罷香煙攜滿袖	

卷二十二　試帖四

詩　　題	備　　註
秋至最分明	
魏絳以和戎功受女樂	
松涼夏健人	
十月納禾稼	
待到重陽日	
松風半夜雨	
喜雨	
梅子黃時雨	
以雷鳴夏	
清風徐來	
文章實致身	
滿城春色屬群仙	
座中佳士	
松浮欲盡不盡雲	
度己以繩	
一觴一詠	
虞信文章老更成	
寬猛相濟	
慈母手中線	
楊柳風橫弄笛船	
鯨魚跋浪滄溟開	
編橋渡蟻	
蘭薰雪白	
鴻毛遇順風	
忠孝狀元	

附錄三 《石蘭山館遺稿》詩歌篇目分類統計表

類別 體裁		風土	題畫	詠史	詠懷	酬贈	社會	詠物	試帖	閨情	合計
近體詩	五絕	10	2			4	1	1		6	24
	七絕	21	30	79	14	27		19			190
	五律	9	3	3	7	5	1	1			29
	七律	8	13	13	21	51		8		1	115
古體詩	五古	4	4	1	9	3	2	1			24
	七古	4	2	3	4	1		6			20
	雜言	1	3	2							6
六言詩								1		2	3
楚辭體				1							1
五言八韻									111		111
合 計		57	57	101	56	91	4	37	111	9	523

主要參考書目

古籍依作者年代排序，今人專著則依出版時間排序

一、施瓊芳詩歌版本

1. 《石蘭山館遺稿》上中下三冊，〔清〕施瓊芳著，臺北：龍文出版社，1992 年 3 月。
2. 《全臺詩》第五冊，施懿琳主編，臺北：行政院文化建設委員會，2004 年 2 月。

二、古籍類

（一）史　部

1. 《史記》，〔漢〕司馬遷著，臺北：鼎文書局，1986 年 3 月。
2. 《漢書》，〔東漢〕班固著，臺北：鼎文書局，1986 年 10 月六版。
3. 《後漢書》，〔南朝宋〕范曄著，臺北：鼎文書局，1987 年 1 月。
4. 《晉書》，〔唐〕房玄齡等著，臺北：鼎文書局，1980 年 8 月三版。
5. 《新唐書》，〔宋〕歐陽修、宋祁著，臺北：鼎文書局，1985 年 2 月。
6. 《清史稿臺灣資料集輯》，臺北：臺灣銀行經濟研究室，1968 年 3 月。
7. 《清史列傳選》，臺北：臺灣銀行經濟研究室，1968 年 6 月。
8. 《福建通志臺灣府》，《臺灣文獻史料叢刊》第二輯第二十四冊，臺北：大通書局，1987 年 10 月。
9. 《裨海紀遊》，〔清〕郁永河著，《中國方志叢書》臺灣地區第 46 冊，

臺北：成文出版社，1983 年 3 月。

10. 《臺灣府志》，〔清〕高拱乾著，《臺灣府志三種》，北京：中華書局，1985 年 5 月。

11. 《臺灣府志》，〔清〕蔣毓英著，《臺灣府志三種》，北京：中華書局，1985 年 5 月。

12. 《重修臺灣府志》，〔清〕范咸著，《臺灣府志三種》，北京：中華書局，1985 年 5 月。

13. 《諸羅縣志》，〔清〕周鍾瑄著，臺灣文獻叢刊第一四一種，臺北：臺灣銀行經濟研究室，1962 年 12 月。

14. 《重修臺灣縣志》，〔清〕王必昌著，《臺灣文獻史料叢刊》第二輯，臺北：大通書局，1987 年 10 月。

15. 《臺灣縣志》，〔清〕陳文達著，《臺灣文獻史料叢刊》第二輯，臺北：大通書局，1987 年 10 月。

16. 《安平縣雜記》，作者不詳，《臺灣文獻史料叢刊》第二輯，臺北：大通書局，1987 年 10 月。

17. 《澎湖廳志》，林豪纂輯，《臺灣文獻史料叢刊》第一輯，臺北：大通書局，1987 年 10 月。

18. 《淡水廳志》，陳培桂纂修，臺中：臺灣省文獻委員會，1977 年 2 月。

（二）子　部

1. 《莊子集釋》，〔清〕郭慶藩編著，臺北：華正書局，1994 年 8 月。

2. 《呂氏春秋校釋》，〔秦〕呂不韋門下客著，〔東漢〕高誘注，陳奇猷校釋，1985 年 8 月。

3. 《淮南鴻烈集解》，〔漢〕淮南王劉安著，〔東漢〕高誘注，劉文典撰，臺北：文史哲出版社，1985 年 9 月。

4. 《世說新語》，〔南朝宋〕劉義慶編，〔南朝梁〕劉孝標注，北京：中華書局，1999 年 2 月。

5. 《說郛》，〔元〕陶宗儀編著，《景印文淵閣四庫全書》，臺北：臺灣商務印書館，1983 年。

（三）集　部

1. 《先秦漢魏晉南北朝詩》，逯欽立輯校，北京：中華書局，1984 年 12 月。

2. 《初學記》，〔唐〕徐堅著，臺北：新興書局，1972 年。

3. 《歷代名畫記》，〔唐〕張彥遠，臺北：文史哲出版社，1983 年。

4. 《鐵圍山叢談》,〔宋〕蔡絛著,北京:中華書局,1983 年 9 月。

5. 《樂府詩集》,〔宋〕郭茂倩編著,臺北:里人書局,1999 年 1 月。

6. 《武林舊事》,〔宋〕周密著,北京:中華書局,1998 年 10 月。

7. 《歷代題畫詩》,〔清〕陳邦彥編,北京:北京古籍出版社,1996 年 9 月。

8. 《宋詩記事》,〔清〕厲鶚著,臺北:中華書局,1971 年 4 月。

9. 《東槎紀略》,〔清〕姚瑩著,臺北:大通書局,1984 年。

10. 《試律叢話》,〔清〕梁章鉅著,上海:上海書店,2001 年 12 月。

11. 《臺海使槎錄》,〔清〕黃叔璥著,臺北:臺灣銀行經濟研究室,1957 年 11 月。

12. 《歷代詠物詩選》,〔清〕俞琰編,臺北:廣文書局,1968 年 1 月。

13. 《內自訟齋文集》,〔清〕周凱,《臺灣歷史文獻叢刊》,1994 年 5 月。

14. 《愛吾廬文鈔》,〔清〕呂世宜著,《叢書集成新編》78 冊,1986 年 1 月。

15. 《斯未信齋文編》,〔清〕徐宗幹撰,南投:臺灣省文獻委員會,1994 年 5 月。

16. 《大屯山房譚薈》,〔清〕蛻萫老人著,《臺北文獻》1 至 4 期合刊本;又見《鯤海粹編》中華民國史蹟研究中心 1980 年 3 月出版。

17. 《小酉腴山館主人自著年譜》,〔清〕吳大廷著,臺北:臺灣銀行經濟研究室,1971 年 12 月。

18. 《吳汝綸全集》,〔清〕吳汝綸撰,施培毅、徐壽凱點校,安徽:黃山書社,2002 年 9 月。

19. 《清文宗實錄選輯》,臺北:大通書局,1987 年 10 月。

三、今人專著

(一) 專　書

1. 《清代通史》,蕭一山著,臺北:商務印書館,1962 年 9 月。

2. 《臺灣先賢著作提要》,王國璠著,新竹:新竹社教館,1974 年。

3. 《三百年來臺灣作家與作品》,王國璠、邱勝安著,臺北:臺灣時報,1977 年 10 月。

4. 《百家翰林書畫集》,安季邦編輯,臺北:禹甸文化事業有限公司,1977 年 8 月。

5. 《中國詩學‧設計篇》,黃永武著,臺北:巨流圖書公司,1980 年 5

月。

6. 《中國詩學·鑑賞篇》，黃永武著，臺北：巨流圖書公司，1980 年 5 月。

7. 《臺南縣志》，臺南：臺南縣政府編印，1980 年 6 月。

8. 《臺南市志》，臺南：臺南縣政府編印，1983 年 3 月。

9. 《清代臺灣：政策與社會變遷》，楊熙著，臺北：天工書局，1983 年 6 月。

10. 《清代科舉考試述略》，商衍鎏著，臺北：文海出版社，1983 年 10 月。

11. 《施氏世界》創刊號，施文炳主編，彰化：世界施氏宗親會，1984 年 10 月。

12. 《臺灣文化誌》，日人伊能嘉矩著，江慶林、劉寧顏等譯，臺中：臺灣省文獻委員會，1985 年 11 月。

13. 《字句鍛鍊法》，黃永武著，臺北：洪範出版社，1986 年 1 月。

14. 《詩文鑑賞方法二十講》，臺北：木鐸出版社，1987 年 1 月。

15. 《臺灣的書院》，王啟宗著，臺中：臺灣省政府，1987 年 6 月。

16. 《臺灣民俗》，吳瀛濤著，臺北：眾文圖書出版社，1987 年 11 月。

17. 《臺灣舊慣習俗信仰》，日人鈴木清一郎著，高賢治、馮作民譯，臺北：眾文圖書公司，1989 年 8 月。

18. 《臺灣開發史研究》，尹章義著，臺北：聯經出版社，1989 年 12 月。

19. 《科舉史話》，王道成著，臺北：國文天地雜誌社，1990 年 3 月。

20. 《後蘇龕合集》，施士洁著，臺北：龍文出版社，1992 年 3 月。

21. 《雅堂文集》，連橫撰，南投：臺灣省文獻委員，1992 年 3 月。

22. 《臺灣詩乘》，連橫撰，南投：臺灣省文獻委員會，1992 年 3 月。

23. 《臺灣詩薈》，連橫撰，南投：臺灣省文獻委員會，1992 年 3 月。

24. 《臺灣通史》，，連橫著，南投：臺灣省文獻委員會，1992 年 3 月。

25. 《重修臺灣省通志》，劉寧顏總纂，臺中：臺灣省文獻委員會，1993 年 6 月。

26. 《臺灣的傳統中國社會》，陳其南著，臺北：允晨文化，1994 年 2 月。

27. 《簡明臺灣史》，楊碧川著，高雄：第一出版社，1994 年 5 月。

28. 《兩宋題畫詩論》，李栖著，臺北：學生書局，1994 年 7 月。

29. 《清代臺灣義民研究》，丁光玲著，臺北：文史哲出版社，1994 年 9 月。

30. 《古代漢語虛詞類解》，陳霞村編，臺北：建宏出版社，1995 年 4 月。

31. 《臺灣歲時小百科》上下，劉還月著，臺北：臺原出版社，1995 年 6 月。

32. 《中國科舉制度史》，李新達著，臺北：文津出版社，1995 年 9 月。

33. 《中國繪畫史》，張朝暉、徐琛著，臺北：文津出版社，1996 年 10 月。

34. 《臺灣歷史閱覽》，李筱峰、劉峰松合著，臺北：自立晚報社文化出版部，1997 年 3 月。

35. 《詩與美》，黃永武著，臺北：洪範書局，1997 年 6 月。

36. 《施氏世界》第二期，世界臨濮施氏宗親總會編印，1997 年 11 月。

37. 《蘇軾題畫文學研究》，衣若芬著，臺北：文津出版社，1999 年 5 月。

38. 《臺灣的書院與科舉》，林文龍著，臺北：常民文化，1999 年 9 月。

39. 《臺灣古典詩面面觀》，江寶釵著，臺北：巨流圖書公司，1999 年 12 月。

40. 《從沈光文到賴和──臺灣古典文學的發展與特色》，施懿琳著，高雄：春暉出版社，2000 年 6 月。

41. 《清代繪畫史》，薛永年、杜娟著，北京：人民美術出版社，2000 年 6 月。

42. 《府城的節令與民俗》，范勝雄著，臺南：臺灣建築與文化資產出版社，2000 年 10 月。

43. 《臺灣古典文學作家論集》，盧嘉興著，臺南：臺南市立藝術中心，2000 年 11 月。

44. 《插圖本中國繪畫史》，潘公凱著，上海：上海古籍出版社，2001 年 12 月。

45. 《臺灣開發史》，張勝彥等編著，蘆洲：國立空中大學，2002 年 3 月。

46. 《清代臺灣宦遊文學研究》，謝崇耀著，臺北：蘭臺出版社，2002 年 3 月。

47. 《清代臺灣八景與八景詩》，劉麗卿著，臺北：文津出版 2002 年 4 月。

48. 《明志書院沿革志》，詹雅能編撰，新竹：新竹市政府，2002 年 10 月。

49. 《閩臺教育的交融與發展》，黃新憲著，福州：福建人民出版社，2003 年 7 月。

50. 《臺灣才子》，陳貽庭、張寧、陳慶元合著，北京：九州出版社，2003

年 8 月。

（二）學位論文

1. 《清代臺灣詩所反映的漢人社會》，施懿琳著，臺灣師範大學國文所博士論文，1991 年 5 月。

2. 《清代臺灣竹塹地區傳統文學研究》，黃美娥著，輔仁大學中研所博士論文，1999 年。

3. 《劉家謀宦臺詩歌研究》，黃淑華著，東吳大學中研所碩士論文，2000 年 5 月。

4. 《清代臺灣啓蒙教育研究（1684～1895）》，曾蕙雯著，臺灣師範大學教育學系碩士論文，2000 年。

5. 《明清臺南刻書研究》，楊永智著，東海大學中研所碩士論文，2001 年。

6. 《臺灣天然災害古典詩歌研究》，戴雅芬著，政治大學中等學校教師在職進修碩士學位班碩士論文，2001 年。

（三）報紙及期刊論文

1. 〈石蘭山館遺稿〉，黃典權著，《臺南文化》第 6 卷第 1 期，1958 年 8 月。

2. 〈分巡臺澎兵備道熊一本──其人其事其詩〉，王國璠著，《臺北文獻》第 9 期，1965 年 5 月。

3. 〈清代中葉臺灣的叛亂要點〉，王詩琅著，《考古人類學刊》第 28 期，1966 年 4 月。

4. 〈開臺唯一父子進士施瓊芳與施士洁〉，盧嘉興著，《臺灣研究彙集》（一），1966 年 12 月。

5. 〈澎湖唯一的進士蔡廷蘭〉，盧嘉興著，《臺灣研究彙集》（一），1966 年 12 月。

6. 〈臺灣金石學的導師呂世宜〉，盧嘉興著，《臺灣研究彙集》（一），1966 年 12 月。

7. 〈清代官守臺灣的古文學家周凱〉，盧嘉興著，《臺灣研究彙集》（五），1968 年 3 月。

8. 〈左宗棠所薦舉的臺灣道吳大廷〉，盧嘉興著，《臺灣研究彙集》（八），1969 年 7 月。

9. 〈周芸皋事略〉，葉英著，《臺南文化》新刊（四）第 7 期，1979 年 6 月。

10. 〈題畫詩與畫題詩〉，鄭騫著，《中外文學》第 8 卷第 6 期，1979 年 11 月。

11. 〈題畫文學及其發展〉，日人青木正兒著、魏仲祐譯，《中國文化月刊》第 9 期，1980 年。

12. 〈書院與臺灣社會〉，黃秀政著，《臺灣文獻》第 31 卷第 3 期，1980 年 9 月。

13. 〈臺南米街父子進士〉，王甘菊著，《聯合報》1992 年 12 月 28 日 17 版。

14. 〈現存最早的一首題畫詩〉，高文、齊文榜著，《文學遺產》1992 年 第 2 期。

15. 〈清代臺灣社會的轉型——內地化的解釋〉，李國祁著，《歷史月刊》1996 年 12 月。

16. 〈臺南海東書院興廢初探〉，楊護源著，〈《臺南文化》新 46 期，1998 年 2 月。

17. 〈臺南詩人施瓊芳作品中的臺灣社會面相〉，吳毓琪著，《文學臺灣》第 36 期，2000 年 10 月。

18. 〈海東進士施士洁的詩情與世情〉，余美玲著，《逢甲人文社會學報》第 1 期，2000 年 11 月。

19. 〈清代臺南詩人施瓊芳近體詩用韻考察〉，向麗頻著，《東海中文學報》，2001 年 7 月。

20. 〈徐宗幹臺灣關係刻書考述〉，楊永智著，《東方人文學誌》第 1 卷 第 1 期，2002 年 3 月。

21. 〈府城臺南父子雙進士——施瓊芳、施士洁〉，謝碧連著，《臺南文化》新 53 期，2002 年 10 月。

22. 〈地域歷史人群研究：臺灣進士〉，汪毅夫著，《東南學術》第 3 期，2003 年。